샤바의 소년
Le gone du Chaâba

First published in France under the title Le Gone du Chaâba
By Azouz Begag © Éditions du Seuil, 1986
All rights reserved.

Korean Translation Copyright © 2007 by Prume Publishing Co.
Korean edition is published by arrangement with Editions du Seuil
through Imprima Korea Agency.

이 책의 한국어판 저작권은 Imprima Korea Agency를 통해 Editions du Seuil와의 독점 계약으로 푸르메에 있습니다. 저작권법에 의해 한국 내에서 보호를 받는 저작물이므로 무단전재와 무단복제를 금합니다.

샤바의 소년

아주즈 베가그 | 강미란 옮김

푸른메

옮긴이 | 강미란
1977년 제주도에서 태어나 중앙대학교 불어불문학과에서 학사와 석사를 마쳤다. 그동안 한국어를 불어로 옮기는 일을 주로 해왔고, 현재 프랑스 보르도 3대학에서 외국어 혹은 제2언어로서의 불어교육학을 공부하는 한편, 세상에 걱정 없는 남편 니꼴라와 결혼하여 프리랜서 번역가로 일하며 살고 있다.

샤바의 소년

1판 1쇄 인쇄 2007년 10월 29일
1판 1쇄 발행 2007년 11월 2일

지은이 | 아주즈 베가그
옮긴이 | 강미란
펴낸이 | 김이금
펴낸곳 | 도서출판 푸르메
편집 | 최은하
마케팅 | 이은정
등록 | 2006년 3월 22일(제318-2006-33호)
주소 | 서울시 마포구 서교동 451-45 303호(우 121-841)
전화 | 02-334-4285~6
팩스 | 02-334-4284
전자우편 | prume88@hanmail.net
종이 | 화인페이퍼
인쇄 · 제본 | 한영문화사

ISBN 987-89-92650-06-9 03860

* 책값은 뒤표지에 표시되어 있습니다.

어느 날 나는, 프랑스 아이들보다 낫다는 것을
공부로 증명하고 싶어졌다.

Le gone du Chaâba

샤바의 소년

오늘 아침 지두마는 빨래를 하기로 마음먹었다. 판자촌에 하나밖에 없는 물펌프를 사용할 요량으로 아침 일찍부터 일어나 서둘렀다. 우리 동네 사람들은 론 강의 물을 수동펌프로 거둬 올려 사용했는데, '펌프'라는 발음이 낯선 동네 사람들은 이것을 '봉바'라고 불렀다. 예전 집주인 베르티에 씨가 정원에 댈 물을 받아놓을 생각으로 빨간 벽돌을 쌓아 작달막한 저수독을 만들어놓았다. 바로 그 안에서 우리의 지두마가 물에 불어 잔뜩 무거워진 이불을 짜고, 비벼대고, 시멘트 바닥에 탁탁 내리치고 있었다.

90도로 몸을 구부린 지두마는 옷에 비누칠을 하고, 물을 대기 위해 두세 번 펌프질을 해댔다. 지두마는 근육으로 탄탄해진 두 팔로 다시 옷을 비비고, 헹구고, 물을 받고, 옷의 물을 쭉 짰다. 지두마는 똑같은 동작을 반복하고 또 반복했다. 이렇게 시간은 흘러가고 있었다.

판자촌에 펌프가 딱 하나밖에 없다는 사실을 지두마가 몰랐을 리 없다. 그렇다면 도대체 왜? 바로 지두마의 '빨래 반복 행위'에는 나름의 명확한 의도가 담겨 있었다. 되도록이면 더 시간을 끌고 싶은 것이 지두마의 생각이었다. 그러나 만일 누군가가 지두마의 행동을 조금이라도 나무라는 모험을 가한다면 그 사람은 고통의 맛을 확실히 경험하게 될지니!

우연인지 필연인지 그 '누군가'가 바로 지두마의 몇 발자국 뒤에서 기다리고 있었다. 지두마의 판잣집과 붙어 있는 막사에 사는 이웃 아줌마였다. 아줌마는 두 팔로 이불이며 아이들 옷, 행주 등의 빨랫감으로 가득한 양동이를 들고 그렇게 서있었다. 지두마의 이웃은 기다리고, 기다리고 또 기다렸다. 그러나 지친 기색이 전혀 없는 천하장사 지두마. 하다못해 기다리는 이웃에게 눈길 한번 주지 않았다. 지두마는 여전히 빨래에 여념이 없었다. 몇 분 전부터 등이 따가워라 쏟아지는 그 이웃의 짜증 가득한 눈길을 지두마가 못 느꼈을 리 없었다. 그러나 우리의 지두마는 눈썹 하나 깜짝하지 않고 오히려 빨래 동작을 더 늦췄다.

이웃 아줌마는 꾹 참고 기다렸다. 참고 기다렸…… 아니, 더이상은 견딜 수 없었다. 한계에 다다른 이웃 아줌마, 곧 양동이를 집어던지고 상대 선수 지두마에게 날쌔게 달려들었다. 엄청난 충격이었다. 지두마와 이웃 여인, 이 두 아줌마가 서로에게 목청 높여 욕설을 퍼붓는데…….

갑작스러운 소란에 귀가 솔깃해진 판자촌 아줌마들이 하나둘씩 집에서 빠져나오기 시작했다. 판자촌의 아줌마들은 크게 두 파로 갈리는데, 그중 한 파에 속한 아줌마 하나가 나서서 두 선수를 갈라놓았다. 두 사람의 흥분을 조금이라도 가라앉히려는 의도였다. 그러면서 싸우던 한 아줌마를 향해 화가 더 많이 났다 나무라며 그 아줌마의 오른쪽 뺨에 역타를 가했다. 그때, 더이상 기다릴 것 없다는 듯 싸움판에 온몸을 내던지는 여인이 있었으니!

바로 우리 엄마였다. 타다 만 밀크커피를 나한테 내맡기고는 갖은 욕을 퍼부으며 당신의 그 단단한 골격에 공격개시를 명령한 것이었다.

애당초 엄마를 말려볼 생각은 안중에도 없었다. 그 누가 감히 성난 코뿔소의 앞길을 막겠는가! 나는 잽싸게 커피를 마셔 치우고 경기 관람에 나서기로 했다. 집 앞 계단에 웅크리고 앉아 봉바가 있는 빨래터 앞에서 벌어지는 세기의 경기를 관람하는 것은 정말 재미있는 일이었다. 왜 좋은지 그 이유를 묻는다면 사실 한마디로 설명할 순 없다. 뭐랄까, 여자들이 싸우는 것을 보고 있으면 묘한 기분에 휩싸인다고나 할까?

바야흐로 아줌마들의 파벌 전쟁이 시작되었다. 우리 엄마, 지두마, 그리고 다른 모든 아줌마들이 달려들어 독을 가득 품고 전쟁을 했다.

"알라신이시여! 저 년의 눈알을 확 뽑아버리소서!"

한 아줌마가 애틋한 자신의 소망을 담은 짧은 기도를 토해냈다.

"오늘밤에 네년 판잣집에 불이나 나버려라! 자다가 불에 타서 콱 뒈져버려!"

듣고 있던 다른 아줌마의 보복의 말이 이어졌다.

여자들도 이토록 다양하고 엄청난 욕을 할 수 있다는 사실을 예전에는 미처 몰랐었다. 하물며 우리 엄마까지……. 등수로 따지면 우리 엄마는 가뿐하게 앞에서 몇 등 안에 들 것이 분명했다.

이렇게 여자들의 전쟁이 터질 때마다 아줌마들은 서로를 할퀴고, 옷을 찢어대고, 머리채를 흔들어 잡고, 갓 세탁한 이불이며 옷가지를 몽땅 다 진흙탕에 내던졌다. 놀라운 표현력을 발휘하여 다채로운 욕설을 서로에게 선사하기도 했고, 심지어는 입에 담지 못할 저주까지 퍼부었다.

나는 여자들의 이런 싸움을 좋아했다. 언젠가 지두마가 손가락으로 아주 특이한 제스처를 선보이며 우리 엄마가 속한 파의

한 아줌마를 공격한 적이 있었다.

"옛다, 이거나 먹어라!"라면서 지두마가 오른손을 내보였는데, 나머지 손가락은 쫙 펴고 장지만 손바닥 쪽으로 굽힌, 알 수 없는 제스처였다. 이에 지두마의 상대편 아줌마는 자기도 질세라 갖은 욕을 퍼부었고, 화가 머리끝까지 난 그 아줌마는 한창 격앙되어 막강의 히스테리 작전을 펼쳤다. 왼손으로는 치마를 걷어올리고 뒤쪽으로 몸을 살짝 젖힌 후, 오른손으로는 팬티를 잡아내렸다. 아줌마의 팬티는 하얀색이었고, 특특특특 대형이었다. 손으로 완전히 가린 아줌마의 거시기는 바로 여자들의 신경전에 한몫을 톡톡히 하는 존재였던 것이다.

나는 이 아줌마의 행동이 참 이상하다고 생각했다. 바로 그때, 그 아줌마와 호기심 가득한 내 눈빛이 교차했다. 이윽고 아줌마의 거시기 신경전도 막을 내렸다. 나는 이유 없이 얼굴이 달아올랐다.

봉바는 싸움을 걸기 위한 하나의 변명일 뿐이었다. 판자촌에 사는 여자들 중 밖으로 나가서 일을 하는 이는 단 한 명도 없었다. 그러니 새벽부터 저녁노을이 질 때까지, 그리고 또다시 새벽이 밝아올 때까지 여자들은 온종일 판자촌에서 꼼짝달싹 못하며 지냈다. 우리가 공동으로 사용하는 마당, 정원 그리고 변소는 정해진 당번이 청소를 하기로 되어 있었다. 그러나 결코 당번이 제대로 지켜지는 일이 없었다.

한바탕 싸우고 난 후 여자들은 생을 마감하는 그날까지 서로를 미워하고 헐뜯을 것을 다짐했지만, 이튿날 밝아오는 햇살에 지난날 타올랐던 증오심은 늘 허무하게 가라앉고 말았다. 어쨌든 달라지는 것은 하나도 없었다. 판잣집이며 아무렇게나 지어 올린 막사들은 어제의 그 자리에 무심코 놓여 있었으며, 그 누구도 판자촌을 떠나는 이가 없었다. 판자촌에서 물 대는 곳도 단 한군데, 봉바는…… 여전했다.

우리 판자촌 '샤바'에서는 누군가를 몇 시간이 넘게 미워할 수가 없었다. 그런데도 이번 봉바 사건은 그 여파가 컸던지라 그 후 샤바의 아줌마들은 각자 집에 물통을 구비해두고 빨래를 했다.

저녁이 되었고, 일을 마친 남자들이 샤바로 돌아왔다. 하지만 아무도 그들이 집을 비운 사이에 일어났던 일에 대해 눈치채지 못했다. 여자들이 입을 굳게 다물었던 것이다. 그렇지 않아도 어려운 인생살이, 남자들 사이에서까지 불화가 빚어져 봤자 얻을 것은 하나 없다는 생각 때문이었다.

우리집을 중심으로 대강 세워진 판잣집들 위로 불쑥 튀어나온 담벼락 위에 올라가서 보거나, 집 입구의 거대한 나무 문을 열고 들어가보면 마치 목공소에라도 와 있는 기분이 들었다.

우리집 마당에는 절반 정도 시멘트로 메워진 길이 중앙으로 울퉁불퉁 제멋대로 나 있었고, 그 양옆에는 판자와 철판들이 아무렇게나 놓여 있었다. 길의 끄트머리에는 변소용으로 쓰는 초라한 막사 하나가 외롭게 서있었다. 콘크리트로 지어진 우리집은 더이상 이 엉망진창인 기하학의 산물을 버텨낼 재간이 없었다. 판자로 대강 만든 집과 막사들이 우리집을 둘러싸고 서로 뒤엉켜 붙어 있었다. 한바탕 폭풍이라도 몰아친다면 단 한 번에 집이며 무엇이며 싹쓸어 가버릴지도 모르는 일이었다. 하지만 놀랍게도 일정한 형태도 없는 이 무더기들은 우리집 담벼락과 나름의 조화를 이루고 있었다.

하루 일과를 마친 아빠는 여느 날과 다름없이 집 앞 계단에 앉아 있었다. 주머니에서 담배가 들어있는 통을 꺼내더니 그것을 왼손바닥 위에 올려놓고 뚜껑을 열었다. 엄지, 검지, 장지 이렇게 손가락 세 개를 이용해서 담뱃잎 덩어리를 집어올린 후 아빠는 그것을 주물주물 만져댔다. 곧이어 치과에서 하는 것처럼 입을 아, 하고 벌리더니 주물거린 담뱃잎을 어금니와 볼 사이로 냉큼 집어넣었다.

벌렸던 입을 다물고 담배통의 뚜껑을 닫은 아빠는 표정 없는 눈빛으로 산더미처럼 쌓인 막사들을 한번 스윽 둘러보았다. 아무리 그래도 알제리의 어려운 현실에서 벗어나고자 아빠에게 도움을 청하고 이곳으로 피난 온 고향 사람들을 마다할 수는 없는 일이었다.

얼마 전에 일어난 일이다. 샤바의 남자들이 모두 모여 정원에 엄청나게 큰 구덩이를 팠다. 그리고 그 구덩이 안에 원래는 가정용 연료 보관탱크로 쓰이는 큰 탱크를 묻었다. 탱크 윗부분에는 적당한 크기의 구멍을 내어놓았다. 그리고 구멍 주위에 판자를 갖다 대어 판자촌에 없어서는 안 될 중요한 장소를 만들었다. 드디어 샤바에도 누구나를 위한 '위생시설', 즉 변소가 생긴 것이다.

그런데 바로 오늘, 그 변소통이 말썽을 부렸다. 그만 똥이 가득 차서 넘쳐버린 것이다. 역겨운 똥분출이 발생한 샤바의 위생시설 앞에서 아빠는 잔뜩 심술이 나 있었다. 깨끗하게 뒤처리는 못할망정 오히려 어설프게 똥찌꺼기를 흘려댄 모든 이들을 향해 아빠가 큰소리로 욕을 해댔다. 아빠가 배설물과 그 처리에 대한 사람들의 무관심을 목도한 것은 이번이 처음이 아니었다. 이미 우리의 위생시설이 참새만큼이나 큰 초록색 똥파리들로 점령을 당해버렸다. 똥파리들은 윙윙윙 합창을 하며 변소 위를 날아다녔다.

아빠와 사이드 삼촌이 두 손에 헝겊을 매고, 코와 입을 막을 수 있도록 손수건으로 머리를 싸맸다. 그리고 두 사람은 젖 먹던 힘까지 다해 변소통을 들어올렸다. 동여맨 손수건 뒤로 두 사람의 찡그린 표정이 역력했다. 이윽고 아빠와 사이드 삼촌은 똥파리 부대를 이끌고 담벼락으로 향했다. 가득 넘친 똥통을 다른 구덩이에 버릴 생각이었던 것이다. 동네 꼬맹이들이 아빠와 똥파리 부대를 뒤쫓아가며 아직 김이 모락모락 피어오르는 배설물에 돌멩이를 던졌다.

똥통 처리 임무를 마치고 돌아온 아빠와 삼촌은 정원에서 아직 쓸 만한 곳을 찾았다. 그리고 그곳에 다시 구덩이를 팠다. 이제 참새똥파리들은 새로 펼쳐질 그들만의 만찬을 기다리면 되는 셈이다.

저녁 여섯 시가 되면 샤바는 어둠에 잠겼다. 판잣집에 하나둘씩 석유램프가 켜지고 새로운 밤이 시작되었다. 무스타프 형은 엄마와 아빠가 쓰는 침대에 드러누워 '블렉 르 록(Blek le roc, 1955년에 프랑스에서 연재되기 시작한 이탈리아 만화 《Blek》의 주인공)'의 모험 이야기에 푹 빠져 있었다. 아이샤, 파티아 그리고 조라 누나는 엄마와 함께 부엌에서 수다를 떨며 한숨 돌리고 있었다. 저녁 메뉴는 구운 피망. 피망 굽는 연기가 집안 가득했다.

나는 라디오에서 흘러나오는 히트송 메들리를 듣고 있었다.

그러던 중, 변소에 가서 일을 봐야겠다는 생각이 들었다. 하지만 참아야 했다. 절대 꾹 참아야 했다. 숨을 고르고, 조금만 더 참아보자 노력했다. 그랬더니 한결 나아진 기분이 들었다. 그러나 정말 나아진 것은 아니었다. 변소 용무가 급했다. 하지만 참고, 참고 또 참았다. 나는 왜 그 고생을 해가며 참아야만 했는가?

밤이 되면 절대 변소에 들락날락하지 말아야 한다는 사실을 알고 있었기 때문이다. 재수 없는 일이 일어날 수도 있으니까 말이다. 바로 꾀가 많은 유령 '준'들이 변소에 살고 있는 것이다. 엄마 말을 빌자면, 유령 준들은 더러운 곳을 아주 좋아한다는 사실! 그러니 밤중에 변소에 가면 큰코다칠 일이 뻔했다. 단, 내가 유령을 무서워했다거나 그런 것은 절대 아니었음을 꼭 알아두기 바란다. 혹시 모를 일을 대비하자는 것이었을 뿐.

할 수 없이 나는 두 손으로 배를 지그시 눌러 변들의 통행을 막으려 해보았다. 그러나 때는 이미 늦었고, 막혔던 길이 터져버렸다. 그래서 나는 변소까지 동행해줄 이해심 깊은 영혼을 찾아 주위를 휘 둘러보았다. 당연히 아무도 없었다. 무스타프 형에게 부탁한다면, 늘 그랬듯이 나를 놀려댔을 것이다. 그렇다면 엄마? 누나? 흠……. 절대 아니다. 여자들에게 그런 부탁을 할 수는 없는 노릇이지 않은가. 어쨌든 여자는 안 된다. 그러니 나는 영락없이 혼자의 몸이었다. 게다가 뱃속에서는 구르륵구르륵 전쟁이 일어나기 시작했다. 아! 정말 쌀 것만 같았다. 전기램프, 전기램프를 빨리 찾아야 했다. 나는 흐느끼는 목소리로 누나에게 물었다.

"조라 누나! 람부(램프) 어딨어?"

아니, 전기램프는 관두기로 했다. 시간이 촉박했기 때문이었다. 나는 얼른 집을 나섰다. 그러고는 번개처럼 달려 집에서 몇 미터 떨어진 변소에 다다랐다. 이미 내 바지는 신고 있던 샌들 위로 주루룩 내려와 있었다. 나는 아슬아슬하게 달려 있는 경첩 사이로 간신히 지탱되고 있는 육중한 나무 문을 열어젖혔다. 아무도 없는 모양이었다. 무시무시한 준들의 소굴인 변소가 비어 있었다.

나는 칠흑 같은 어둠 속에서 푸세식 변기 위로 쭈그려 앉았다. 앗! 그만 왼발로 칠칠찮은 누군가가 흘려놓은 똥을 밟아버렸다. 에라, 나도 모르겠다. 무슨 상관이냐 싶어 신경 쓰지 않기로 하자 마음이 곧 편해졌다. 하지만 문제는 언제든지 이 정적을 뚫고 똥물이 넘칠 수도 있다는 것이었다. 숨막히는 서스펜스가 이어졌고, 나는 있는 힘을 다해 배를 꾹 눌렀다. 빨리! 되도록이면 빨리 일을 마쳐야 한다는 강박관념 때문이었다.

변소에 쭈그려 앉은 나는 미세한 소음에도 깜짝깜짝 놀랐다. 그러던 중 갑자기 샤바의 밤을 깨울 만큼 큰소리가 들려왔다. 나를 놀라게 했던 이런저런 자잘한 소음과는 확실히 달랐다.

너무 놀란 나는 귀를 쫑긋 세웠다. 규칙적으로 들려오는 그 소리는 점점 커져만 가고……

　누군가의 발소리인가? 그렇다. 누군가가 변소를 향해 다가오는 것이 틀림없었다. 온몸에 소름이 돋고 피부가 쭉 갈라지는 느낌이었다. 바로 그때, 언제 어떻게 닥칠지 모를 준들의 공격을 대비해 잠가두지 않았던 변소 문이 확 하고 열렸다. 변소 에티켓의 기본인 '사람 있어요!' 라는 말조차 잊은 나는 얼른 바지를 추켜올렸다. 그때, 무엇인지 알 수는 없었지만 재빠르게 움직이는 그림자가 보였다. 그리고…… 정체불명의 미지근한 액체가 내 얼굴 위로 마구 쏟아져 내렸다. 너무 놀라 다물지 못한 나의 입속까지 그 액체가 가득 고였다. 킁킁! 오줌 냄새가 났다. 아, 역시 이것은 오줌이란 말인가! 나는 그만 악! 하고 소리를 질렀다.

　사건의 요는 바로 알리 아저씨가 내 얼굴 위로 요강을 비운 것이었다. 나만큼이나 놀란 아저씨는 내가 무슨 말을 할 겨를도 없이 얼른 나를 일으켜 세웠다. 아저씨는 껄껄껄 웃어댔고, 나는 오줌으로 범벅이 된 남방을 쥐어짰다. 알리 아저씨는 나를 집까지 바래다주었다.

　우리가 집에 도착하자 무스타프 형이 나에게 무슨 일이라도 일어났나 걱정하는 눈빛으로 얼른 침대에서 뛰어나왔다. 엄마와 누나도 놀란 토끼마냥 내 쪽으로 뛰어왔다. 알리 아저씨가 사건 브리핑을 했고, 별일이 아니니 걱정하지 말라며 가족들을 안심시켰다. 온 집안이 웃음바다가 되었다. 놀란 엄마는 입을 다물지 못했고 그저 눈만 끔벅거릴 뿐이었다. 무엇을 해야 할지 갈피를 못 잡은 엄마는 여느 북아프리카 여자들이 그렇듯 그 육중한 몸집을 하릴없이 흔들어댔다. 그리고 이내 잠잠해지나 싶더니 얼른 가족 목욕용으로 마련해둔 초록색 대야를 꺼냈다. 이윽고 엄마는 수건으로 내 몸을 구석구석 샅샅이 닦아주었다. 아이샤는 부엌에서 목욕할 물을 끓였다.

나는 이 경험을 통해 두 가지의 교훈을 얻었다. 첫째, 절대로 밤에는 변소에 가지 말 것. 둘째, 남자라면 차라리 밖으로 나가 일을 볼 수 있는 적당한 장소를 물색하는 것이 백번 지혜로운 일이라는 것. 우리 주변에 펼쳐진 너그러운 자연이 얼마든지 적절한 장소를 공급해주고 있지 않은가! 어차피 변소는 여자들이나 쓰는 것이었다. 남자들은 풀숲이나 나무 사이에서 볼일을 보면 되었다. 나는 샤바의 남자들이 빈 깡통에 물을 가득 담고 숲으로 사라지는 것을 본 적이 여러 번 있었다. 그렇다! 우리 판자촌에서는 불을 지필 때만 종이를 썼던 것이다.

엄마가 잔치나 중요한 일이 있을 때만 쓰려고 장롱 깊이 숨겨두었던 향수. 엄마는 어쩔 수 없이 그 향수를 꺼내어 내 몸에 문지르고 또 문질러댔다. 그밖에 다른 방도가 없었기 때문이다. 그러고는 담요로 감싸 안은 나를 얼른 큰 침대에 눕혀주었다. 한창 독서에 열중인 무스타프 형 옆에다 말이다.

부엌으로 향하던 엄마가 갑자기 고개를 창문 쪽으로 돌렸다. 저 멀리서 들려오는 저음의 목소리! 아빠의 목소리였다. 이것은 바로 그들만의 비밀신호. 아빠가 사전연락 없이 누군가를 집으로 데려올 때면 일부러 큰소리로 떠들어댔다. 그러면 엄마가 알아서 대충 손님 맞을 준비를 할 수 있기 때문이다.

메시지를 전달받은 엄마는 즉시 집 정리에 들어갔다. 내 몸을 씻어 더러운 물이 가득했던 대야는 비우고 말고 할 것 없이 민첩한 동작으로 침대 밑으로 밀어넣었다. 걸치고 있던 앞치마를 벗어던지고, 식탁 밑으로 의자를 가지런히 정리했다. 손으로 직접 수를 놓아 침대 위에 씌워두었던 대형 베갯잇도 깔끔하게 정돈했다. 이제 아빠와 손님을 맞을 준비 완료. 나는 엄마에게 아빠가 이렇게 밤늦게 데려온 손님이 누구냐고 물었다. 엄마는 그 손님이 바로 베르티에 씨라고 대답했다. 베르티에 씨라면 우리집의 옛 주인이다.

아빠와 베르티에 씨는 밤늦도록 대화를 나누었다. 두 남자는 가리발디 가에 위치한 작은 건설회사에서의 첫 만남을 추억하며 껄껄 웃기도 했다. 나는 뜻하지 않게 그들의 대화를 엿듣게 되었다. 베르티에 씨는 아빠의 서툰 불어를 이해하고 완벽하게 해석까지 해냈다. 나는 이런 베르티에 씨의 놀라운 언어적응능력에 감탄을 하지 않을 수가 없었다. 나는 베르티에 씨가 정말

대단한 사람이라고 생각했다. 아…… 짧고도 짧은 밤이었다.

 오늘 아침에 세수는 했던가? 바지는 제대로 걸쳐 입었는가? 나는 확인차 두 손을 허벅지에 갖다 대었다. 모든 것이 완벽했다. 맨몸으로 길을 나서지는 않았나보다. 이제 샤바의 아이들과 함께 학교로 향하는 일만 남았다.
 오늘 아침 아빠는 새벽 다섯 시에 일어났다. 나는 아빠가 소형 오토바이를 몰고 공사현장까지 제대로 갔는지 걱정이 되었다. 아빠는 왜 베르티에 씨에게 이튿날 일을 하려면 잠을 좀 자둬야 한다고 말하지 않았을까? 그러니 이제 그만 집으로 돌아가라고 왜 말하지 못했을까?
 그놈의 인정이 뭔지, 그놈의 손님접대는 또 뭔지…….
 나는 아빠가 참 불쌍한 남자라는 생각이 들었다. 바로 그때 갑자기 라바가 내 앞을 가로질러 뛰어가더니 뒤를 돌아 우리 모두를 향해 말했다.
 "정지! 잠깐만 거기들 서봐!"
 라바의 말에 아이들 모두가 가던 길을 멈췄다.
 "야, 너희들! 키스를 어떻게 하는지 알아?"
 이 분야에 절대 문외한인 아이들은 말을 잇지 못했다. 단, 무스타프 형은 달랐다. 확신은 없었지만 어떻게든 질문에 대답해

보고자 애를 쓰는 눈치였다.

"난 알지! 입을 맞추면 되는 거야."

"그게 아니거든?"

라바가 무스타프 형의 말을 받아쳤다.

"아무도 아는 사람이 없구나? 나만 알고 있는 거네. 어떻게 하는 건지 말해줄까?"

반응하는 사람이 아무도 없었다.

"알고 싶지 않은 거야? 할 수 없지, 뭐…… 말 안 할래, 그럼."

이렇게 말을 한 라바는 가던 길을 계속 갔다. 그리고 조금 더 걷더니 갑자기 발걸음을 멈췄다.

"어쨌든 너희들에게 키스하는 방법에 대해 설명을 해주겠다. 일단 입을 벌리고, 여자 입 안에다가 혀를 넣는 거야. 다들 알겠나?"

아무런 반응이 없었다.

"혀를 댄다고 혀를! 별로 어려운 일이 아니야, 이렇게 하면 되는 거야!"

말을 마친 라바는 마치 여자를 안은 듯 팔을 벌리고 고개를 약간 오른쪽으로 젖혔다. 그리고 자신의 그 얄팍한 입술을 통해 뾰족한 혀를 내밀었다. 이윽고 라바는 내민 혀를 이리저리 움직였다.

참으로 이상한 행동이 아닐 수 없었다. 나는 이런 행동을 하는 서양 사람들을 이해할 수 없었다. 서양 사람들이 우리 아빠처럼 입 안에 넣고 들이마시는 담배를 애용하지 않는 것이 천만다행이지……. 아이들은 라바의 키스 수업에 다들 넋을 잃고 굳어버렸다. 관중들이 당황해하는 것을 눈치 챈 연사 라바, 실전연습을 보여주기 위해 옆에 있던 싸이다 옆으로 다가갔다.

"싸이다, 움직이지 마. 프랑스 사람들이 어떻게 키스하는지 아이들한테 보여주는 거다!"

깜짝 놀란 싸이다는 너무 당황한 나머지 어쩔 줄 몰라했다. 그러던 싸이다가 냉큼 가방을 집어던지더니, '걸음아 날 살려라' 집으로 도망을 갔다. 나는 영문도 모른 채 웃음을 터뜨리는 사촌 형 라바를 보면서 따라 웃었다.

우리 아이들 무리는 다시 학교로 향했다.

싸이다는 이미 멀리멀리 도망간 상태였다. 저 멀리서 확성기처럼 손을 입에다 갖다 댄 싸이다가 외쳤다.

"나쁜 놈! 너희 엄마랑 아빠한테 다 이를 거야!"

라바는 또다시 웃기만 했다. 다른 아이들도 모두 따라 웃었다. 한바탕 웃음으로 지난밤 변소 사건의 피로가 싹 가신 듯했다.

라바가 이번에는 무스타프 형한테 다가갔다.

"너, 여자랑 어떻게 키스하는지 몰랐었지?"

"응, 몰랐어. 근데 넌 어떻게 알았냐? 누가 말해줬어?"

"시장에서……. 시장에서 알았어. 키스뿐인 줄 알아? 이것저것 배우는 게 얼마나 많은데. 목요일이랑 일요일 아침에 나랑 같이 시장에 안 갈래?"

"우리 아빠가 알면 큰일 나. 시장에 가서 일하는 걸 아빠가 알면 아마 날 죽이려 들걸?"

"너네 아빠가 무슨 상관이야? 난 시장 가는 걸 허락해달라고 아무한테도 물어보지 않았어. 그냥 내가 가고 싶어서 가는 거야."

"너네 집은 그렇겠지. 근데 우리집은……."

"네가 하고 싶은 대로 하면 되지, 뭐. 돈 벌고 싶거나, 여자한테 혀로 키스하는 법을 배우고 싶으면 시장에 와!"

라바는 며칠 전부터 드나들기 시작한 빌뢰르반느 시장에서 일자리를 구했다. 진열장을 세우고, 차에서 물건을 꺼내어 정리를 하고, 일이 다 끝나면 남은 물건을 다시 차에 실으면 되는 것이었다. 가끔 가게 사장님과 함께 물건을 파는 일도 있었다.

무스타프 형이 라바에게 물었다.

"너 시장에서 일하면 얼마나 버냐?"

"오전 일하면 1프랑 50상팀 정도 벌어. 일이 끝나면 상해서

팔 수 없게 된 과일이며 야채도 공짜로 받을 수 있어. 상하긴 했는데 썩은 건 아닌 것들 있잖아. 그걸 다 집에 가지고 오는 거지!"

무스타프 형은 이미 알고 있었다. 라바가 봉지를 안고 돌아와 집집마다 돌아다니면서 공짜로 얻은 바나나, 감자, 미라벨(자두의 일종이나 자두보다 작고 노란색을 띤 과일), 양파 등을 나눠주는 모습을 이미 여러 번 본 것이다. 라바가 말했다.

"우리 엄마는 내가 공짜로 얻은 과일이랑 야채를 다른 사람들한테 나눠주는 걸 영 싫어하더라? 엄마가 그러는데 우리 가족만 먹어야 한대. 근데 난 무지하게 많이 얻어오는걸? 게다가 그런 건 빨리 먹어치워야 해. 안 그러면 썩어."

라바의 엄마는 바로 천하장사 지두마. 지두마는 장남의 자선 행위를 영 탐탁지 않게 여겼다. '나누는 삶'에 열성인 아들을 지두마가 나서서 몇 번이나 말려보려 했으나 헛수고일 뿐이었다.

무스타프 형은 말없이 생각에 잠겼다.

얼마 전부터 샤바의 아줌마들 역시 라바의 짭짤한 돈벌이에 대해 생각이 많아진 모양이었다. 라바가 벌어오는 돈이며 야채와 과일들, 하다못해 너무 익어 못 먹게 되었어도 그것을 벌어오는 것이 하루 종일 집에서 빈둥거리는 제 자식들보다 낫다는 생각이었다.

우리 엄마도 마찬가지였다. 엄마는 온종일 시장에 관한 이야기만 했다. 엄마는 우리가 시장에 나가 돈을 벌어오길 은근히 원하는 눈치였다.

"이 게으름뱅이들아! 너희는 부끄럽지도 않더냐? 라바를 좀 봐! 라바는 돈도 벌어오고 야채도 얻어서 온다잖아. 그런데 너희들은 종일 집에 콕 박혀서 하는 일이 뭐가 있어? 뭘 벌어와? 고약한 놈들! 알라신이시여, 왜 저에게 저런 바보들을 자식으로 주셨습니까?"

엄마는 하루 종일 불만이 많았다.

나는 학교가 쉬는 날에 밖에 나가서 올리브나 파는 일 따위에는 관심조차 없었다. 게다가 아빠는 우리가 시장에 몰래 나가서 일하는 것에 대해 절대 반대였다. 아빠는 우리 형제들에게 자주 이렇게 말씀하시곤 했다.

"너희들은 학교에서 열심히 공부해야 한다. 나는 공장에서 내 자식들을 위해서 열심히 일을 할 테니. 필요하다면 나는 죽도록 일을 하겠다. 절대로 너희들은 나처럼 가난하고 허드렛일이나 하면서 살지 말아라. 돈이 필요해? 내가 얼마든지 벌어다 줄 테니 이제 다시는 시장이니 뭐니 그런 얘기는 하지 말아라!"

나는 아빠의 말이 백번 옳다고 생각했다.

밤이 되어 이불 안으로 파고 들어가는 나를 붙들고 무스타프 형이 말했다.

"내일 나랑 같이 시장에 가자! 라바랑 라바 형이랑 동생이랑 다 같이 시장에 가는 거라구. 엄마 말이 맞아. 우리라고 시장에서 돈을 못 벌 건 또 뭐람?"

"난 안 갈래."

"시장에 안 간다고……? 시장에 가기 싫다고……? 너 혹시 아직도 엄마 치마폭에나 둘러싸여 아무것도 하지 않아도 되는 어린애라고 생각하는 거야? 내일 나랑 같이 시장에 가는 거다. 알았어?"

말을 마친 무스타프 형은 자기 침대로 돌아갔다. 나의 의지를 절대 굽히지 않겠다고 다짐한 나도 곧장 잠이 들었다.

"야, 빨리 일어나! 벌써 여섯 시야!"

아, 이것은 악몽이 아닌 현실이었다! 무스타프 형은 나를 깨우기 위해 가차없이 내 어깨를 쳐댔다. 형은 따뜻하고 포근하기만 한 내 이불을 걷어치웠고, 나는 더이상 형의 고문에 견딜 자신이 없었다. 무스타프 형의 무지막지한 공격에 대항하느니 나는 차라리 일어나기로 결심했다. 나는 힐끗 시계를 바라봤다. 여섯 시 5분 전이었다. 이런 고문은 난생 처음 겪는 것이었다. 엄마는 우리를 위해 이미 밀크커피와 쿠스쿠스(굵은 곡식가루를 쪄서 만든 북아프리카 아랍인들의 주식. 고기, 소시지, 채소 등을 곁들여 먹기도 함)를 준비했고, 나는 기계적으로 커피를 따라 마셨다. 내가 제일 좋아하는 메뉴임에도 불구하고, 내게는 그것을 즐길 여유조차 없었다.

엄마는 우리가 자랑스러웠는지 한술 더 떠 응원까지 했다.
"참 잘 생각했다. 이렇게 해야 하는 거지, 암 물론이고말고. 부지드의 아들들이 얼마나 생활력이 강한지 이참에 보여주라고!"

그나마 다행인 것은 시장에 가면 이런저런 쇼도 볼 수 있고, 놀이기구도 있고, 솜사탕도 먹을 수 있다는 것이었다……. 그렇지 않았다면, 죽었다 깨어나도 절대 꼭두새벽부터 일어나서 준비하는 일도 없었으리라!

여섯 시 15분. 나는 겨우 고양이 세수를 했고, 이제 나가야 할 시간이었다. 해님은 코끝을 간신히 내비칠 뿐이었다. 얼어붙을 듯 차가운 바람이 부드럽고 상하기 쉬운 내 피부를 괴롭혔다. 집 건너 큰길에는 간간이 차들이 지나다녔고, 주황빛 가로등만이 어두운 길을 간신히 비춰주었다.

판잣집들 틈으로 희미한 불빛이 새어나왔다. 판자촌 남자들이 일 나갈 준비를 하는 것이다.
"뭘 그렇게들 꾸물거려? 벌써 여섯 시 20분이야."
우리집 앞에서 기다리고 있던 라바가 퉁명스럽게 말했다.

심지어 아쎈느도 나와 있었다. 하지만 간신히 서있는 아쎈느의 눈은 굳게 감겨 있었다. 아마 아쎈느의 엄마, 지두마의 빗자루 공격을 이기지 못해 할 수 없이 침대에서 기어나온 것일 게다……. 불쌍한 아쎈느는 아직도 잠에서 덜 깬 상태였다.
어젯밤 동네 아줌마들이 모두 모여 아이들을 시장으로 보내자고 비밀 모의를 한 것이 틀림없었다.
"다들 앞으로!" 하고 라바가 명령했다.
"알리는? 알리도 온다고 했는데……" 하고 무스타프 형이 물었다.
"할 수 없지, 뭐. 시간이 없어. 우리끼리 가자."
최후의 결정권은 라바에게 있었다.
정말 유감이지만 어쩔 수 없었다. 알리는 신흥부자세력에서 낙후된 것이다. 우리 '작은 상인 클럽'은 시장을 향해 발길을 재촉했다.
우리는 담벼락을 끼고 걸었다. 담 밑으로 나 있는 잡초들은 이슬방울이 버거운지 축 처져 있었다. 드디어 모냉 아브뉴에 도착했다. 이 길은 우리 판자촌과 주택가를 갈라놓는 길이다. 주택가의 굳게 닫힌 덧문을 비집고 흘러나오는 빛줄기는 찾아볼 수 없었다. 주택가에 사는 프랑스 사람들은 아직도 자고 있는 것이다.
라바는 주머니에서 담뱃갑을 꺼내더니, 담배 한 개비를 입에 물었다. 라바가 담배를 피운다는 사실을 나는 여태 모르고 있었다. 이윽고 라바는 시장에 도착해서 우리가 해야 할 일을 설명해주었다.

"상인들이 트럭을 몰고 시장에 도착할 때까지 다들 기다려. 그리고 그 사람들이 진열장을 준비하기 시작하면 얼른 가서 이렇게 말하는 거야. '일할 사람 뽑슴까요?' 어때, 쉽지?"

"일할 사람 뽑슴까요?"

이 얼마나 우스꽝스러운 문장인가! 가뜩이나 숫기없는 나는 이런 문장을 입에 담을 자신이 없었다.

일곱 시 15분 전. 우리는 모두 시장에 도착했다. 상인들이 도착하기 전에 올 생각으로 걸음을 재촉했는데도 불구하고, 이미 발빠른 상인들은 진열까지 다 해놓고 손님을 기다리고 있었다. 한발 늦은 상인 몇몇은 한창 진열장을 조립하고 있는 중이었다.

우리 '작은 상인 클럽' 회원들은 시장 광장 중심에 서서 서치라이트를 켠 듯, 다가오는 트럭을 하나하나 관찰했다. 라바는 이미 한 상인을 찍고 그를 향해 달려갔다. 몇 분 후 돌아온 라바, 우리에게 다시금 용기를 북돋아주었다.

"뭣들 하고 있어? 빨리들 가서 물어봐. 여기 멍하니 서있으면 사람들이 와서 일해 달라 할 것 같아?"

라바는 우리를 안타깝게 여기는 것이 틀림없었다. 그러더니 동생의 어깨를 툭 밀면서 라바가 말했다.

"야, 너! 저기 뚱땡이 보이지? 빨리 가서 물어봐."

라바의 동생은 형의 명령에 복종했다. 우리 모두의 얼굴은 조금씩 걱정으로 상기되었고, 라바의 동생이 작전을 실행하는 장면을 지켜보았다. 작전 성공이었다! 라바의 동생도 일거리를 찾은 것이다.

결국 회원들 모두가 각자 일자리를 찾았고, 나만 홀로 추위와 걱정에 떨며 뚱하니 광장에 서있었다. '일할 사람 뽑습까요?' 라는 말을 도저히 부끄러워서 할 수가 없었다. 이렇게 시간은 흘렀고, 여기저기서 몰려든 상인들은 채소며 과일이 바둑판처럼 사각으로 놓인 시장을 까맣게 메웠다.

저 멀리 왼편으로 무스타프 형이 '2CV' 트럭에서 배 상자를 내리는 모습이 보였다. 나는 엉엉 울고 싶은 기분이 들었다. 무스타프 형은 나에게 손짓과 눈짓으로 뭐라도 좀 해보라는 신호를 보냈다. 하지만 무얼 하면 좋단 말인가? 샤바로 돌아가서 아침식사를 천천히 음미하란 말인가? 아니다. 결코 엄마가 이런 나를 용서하지 않을 것이다.

운반하는 상자가 영 버거운지 허리가 구부정한 노부부를 향해 나는 할 수 없이 걸음을 옮겼다. 그러고는 간신히 입을 열어 말했다.

"일할 사람 뽑습까요?"

노인은 돌아보지도 않고 대답했다.

"아니, 됐다. 우리 둘로 충분해."

아! 너무도 쓰린 고통이었다. 창피해서 얼굴이 빨개진 나는 무스타프 형에게 가서 말했다. 시장에서 일하고 싶지 않다고 말이다. 무스타프 형은 내가 던진 사표 수리를 단번에 거절했고, 대신 트럭에서 물건을 내리는 다른 상인을 가리키며 말했다.

"저기 저 사람 보여? 혼자서 일하러 왔나봐. 빨리 가서 일거리 달라고 말해봐. 힘 좀 내라구! 지금 물어보지 않으면 이미 기차는 떠나는 거야. 자, 빨리 달려. 숨 한번 크게 들이마시고!"

나는 발을 질질 끌며 방금 도착한 상인에게 다가갔다. 늦게 도착한 상인은 나를 거들떠볼 여유도 없이 장사 준비에 바빴다. 나는 일부러 상인의 눈에 잘 띄는 곳에 서서 채용면담의 주옥인 바로 그 문장을 읊어댔다. 상인은 내 쪽을 향해 고개를 들고 몇 초간 생각하는 눈치더니, 곧 자기 일에 열중이었다. 그리고 결국 입을 뗀 상인.

"너무 늦었다. 일을 벌써 다 끝냈는걸. 이것 봐, 내놓을 상자가 별로 없잖아……. 혹시 모르니 점심때 다시 와보든지."

"점심때 말이심까, 사장님? 문제 없슴다, 사장님. 고맙슴다, 사장님. 점심때 맞춰서 오겠슴다, 사장님."

약간 실망한 나는 형에게 가서 사장님과의 계약사항을 설명해주었다. 그리고 점심때까지 집에 가서 기다리면 안 되겠느냐고 물었다. 무스타프 형은 집이 너무 멀어서 나 혼자서는 절대 가면 안 된다고 했다.

"여기 저기 다니면서 점심때까지 기다려. 어차피 다시 올 텐데 뭐하러 샤바까지 가냐?"

"알았어. 그럼 점심때까지 시장 구경이나 할래."

주머니 깊숙이 두 손을 찔러넣고, 목티를 턱까지 올린 나는 건들건들 시장을 돌아다녔다. 시장을 초록색과 노란색으로 물들인 채소와 과일이 놓인 진열대는 규칙이 없어 보였지만 나름대로 조화를 이루고 있었다. 진열대 위로는 각양각색의 파라솔이 놓여 있었다. 또 빵 가게 바로 옆에는 장난감 가게가 있었다.

저 멀리로 보이는 생선장수는 자신의 밥벌이인 비린내 풍기는 생선을 팔기 위해 한껏 목청을 드높였다. 생선장수 주위로는 아줌마들이 바쁘게 움직이며 장을 보고 있었다. 나는 고약한 생선냄새 때문에 목티를 바싹 당겨 올려 코를 막았다. 그리고 시장바구니며 짐수레, 주인과 함께 장을 보러 나온 개들로 가득한 길을 어렵게 뚫어가며 시장 구경을 계속했다.

잠꾸러기 아쎈느가 보였다. 그러나 지금은 아침과는 달리 형형한 눈을 부릅뜨고 진열대 뒤에 서있었다. 아쎈느는 나를 보더니 말은 못하고 그저 미소만 던졌다. 아마 가게 주인 때문일 것이다. 나도 아쎈느에게 미소를 지어 보였다. 바로 그때, 시끄러운 시장의 소음에도 불구하고 들려오는 소리가 있었으니! 내가 단번에 알아챈 그 목소리의 주인공은 바로 라바였다.

"미라벨, 미라벨이 왔어요! 한번만 먹어봐, 다들 예뻐져! 미라벨 사세요, 미라벨!"

라바의 가게 주인이 라바에게 이 이상한 문장을 큰소리로 외쳐대라고 명령했나보다. 오전에 할 일이 없어서 가뜩이나 실망한 나는 하소연이라도 털어놓을까 하고 라바에게 다가갔다.

"근데 있지, 점심때 다시 오래. 장 접을 때 있잖아. 그때 다시 오라고 하더라."

"이리 와봐. 저기, 상추 파는 할머니 보이지? 저번 주에는 어떤 애랑 일하더니 오늘은 혼자 온 모양이야. 빨리 가봐. 분명 너한테 일거리를 줄 거야."

라바가 가리킨 상추 파는 할머니는 나이가 너무 많아 겨우 걸음을 옮기는 정도였다. 매고 있는 앞치마마저 할머니한테는 버거워 보였다. 그 할머니는 나를 바로 채용했다. 단, 조건이 있었다.

"50상팀 이상은 못 준다."

드디어 일자리를 얻은 나는 부드러운 목소리로 대답했다.

"문제 없슴다, 사장님!"

첫 직장부터 이런저런 조건을 내세우며 까다롭게 구는 이 과연 누구인가!

점심때가 되어 장을 접을 때까지 할머니의 상추는 딱 반밖에 안 팔렸다. 그렇다고 할머니가 남은 상추를 나한테 준 것도 아니었다. 나는 진열대 접는 일을 도왔고, 남은 상자도 차 안으로 날랐다. 일이 끝나자 할머니는 당신의 그 상한 손으로 다 합쳐 50상팀이 되는 동전 몇 개를 나에게 내밀었다. 이상하게도 그 돈을 받는데 상당히 미안한 생각이 들었다.

나는 무스타프 형과 다른 회원들에 합류했다. 샤바로 돌아오는 내내 아이들은 오늘 하루 나의 사장이었던 할머니와 내가 받은 50상팀을 가지고 놀려댔다. 그러나 누가 뭐라 해도 나는 부자였다. 그 무엇보다 중요한 것은 이제 나는 부자라는 사실이었다.

일주일이 지났고 수업이 없는 목요일이 다시 돌아왔다. 나는 별로 확신은 없었으나 어쨌든 시장으로 가보았다. 50상팀을 주었던 할머니를 찾아서 일을 했지만 봉급 인상은 없었다.

그리고 다시 돌아온 목요일. 하지만 오늘은 달랐다. 나는 무스타프 형에게 시장에 가지 않겠다고 당당하게 말했다. 어찌나 단호하게 싫다고 했던지 무스타프 형은 누워 있는 나를 방해할 생각조차 못했을 것이다. 형은 다른 아이들과 시장으로 갔고 나는 아침의 단잠을 즐겼다.

아침 여덟 시. 엄마는 몇 분 전부터 빗자루며 수세미, 걸레, 물이 가득한 양동이까지 놓여 가뜩이나 정신없는 방을 사방팔방 휘젓고 다녔다. 그리고 계속해서 구시렁댔다. 나는 따뜻하게 방바닥으로 쏟아져 내리는 햇빛에 결국 일어나기로 마음을 먹었다.

엄마가 내 아침상을 차려주지 않았지만 불평할 수가 없었다. 할 수 없이 나는 쿠스쿠스와 밀크커피를 준비했다. 엄마는 내 다리 사이로 비질을 하며 나를 밀어냈다.

"저리 비키지 못해! 너 자꾸 내 앞에서 이렇게 얼쩡거릴래?"

엄마가 왜 짜증을 부리는지 나는 너무도 잘 알고 있었다. 엄마 눈에는 시장에 가서 일하는 것을 관둔 내가 영 미우리라. 부엌 계단에 앉아 아침식사를 끝내는 것이 훨씬 나을 듯싶었다. 게다가 오늘 아침은 날씨가 참 좋았다. 햇살이 쏟아지는 테라스에 앉아 아침식사를 하며 결코 쉽지만은 않을 휴일을 맞는 일. 나쁠 것이 없었다.

"잘 생각했다! 빨리 기어나가서 염소랑 토끼랑 밥이나 먹어! 그것들은 잡아먹기라도 하지……"

나는 대답 대신 큰소리로 '메롱'을 외치며 엄마 쪽으로 혀를 낼름 내밀었다. 혀끝을 뾰족하게 하고, 최대한 파렴치하고 건방져 보이게 말이다.

이에 엄마는 나에게 더러워진 대걸레를 던지며 말했다.
"이런, 악마 자식놈 같으니라고!"
"아빠한테 다 이를 거야! 엄마가 나한테 악마라고 했다고 아빠가 돌아오면 다 이를 거야!"
당돌한 나의 말대답에 엄마는 더욱더 붉으락푸르락했다.
"이 몹쓸 놈아! 너 천국에 못 간다, 그럼!"
"무슨 상관이야?"
"게으름뱅이 녀석!"
"그래, 나 게으름뱅이다! 그래서 뭘 어쩌라고! 아빠한테 다 이를 거야. 엄마가 형이랑 나한테 시장에 가서 일하라고 했다고 다 말할 거야."
나는 볼멘소리로 엄마에게 대들었다.
아빠한테 다 이른다는 나의 협박에 걱정이 되었는지 엄마는 이야기를 멈추고 하던 청소를 마저 했다. 나는 커피잔을 창가에 두고 집을 나섰다. 기분이 참 좋았다.
나는 기둥을 만들기 위해 모아놓은 빨간 벽돌 무더기 위에 궁둥이를 대고 앉았다. 그리고 정원 벽에 등을 기댔다. 이윽고 나는 론 강변과 샤바를 가르는 풀숲을 향해 시선을 던졌다. 나에게는 이렇게 보내는 시간이 50상팀보다 훨씬 귀했다.
"아주즈! 벌써 일어났어?"
라바의 동생, 사촌 아쎈느였다.

"아니, 아직도 자고 있는 중이야. 그러는 넌? 너네 형이랑 시장에 안 갔어?"

"응, 안 갔어."

아쎈느는 질질 흘러내리는 코를 소매로 스윽 닦았다. 드디어 콧물이 멈췄다. 곧이어 아쎈느가 말을 이었다.

"저번에 시장에 갔을 때 주인이 그러더라. 자긴 더이상 일해 줄 사람이 필요 없다고 말이야. 내가 그 주인네 과일 훔치는 걸 봤나봐."

"우리 뭐할까? 숲에 갈래?"

아쎈느와 나는 철조망을 성큼 넘어 숲으로 들어갔다. 숲속의 나무는 판잣집보다 열 배는 더 컸으며, 그 나뭇잎들은 아쎈느와 나의 머리숱보다 훨씬 더 무성했다. 다른 얘기지만, 아쎈느는 머리 색깔이 나보다 훨씬 밝은 데다가 눈도 파란색인 것이, 어찌 보면 프랑스 아이를 더 닮았다.

나무를 빙빙 감아 돌아 꼭대기까지 올라붙어 있는 담쟁이덩굴은 굵어진 뿌리로 통통 불어 있는 지면까지 닿아 있었다.

아쎈느는 몸을 숙여 담쟁이덩굴 줄기를 하나 자르더니 그것을 입에 물었다. 그리고 주머니에서 성냥갑을 꺼내어 줄기에 불을 붙이고, 숨이 차서 허덕거리는 사람마냥 한번 쭉 들이마셨다. 그러자 아쎈느가 물고 있던 줄기 끝이 빨갛게 불타올랐다.

"자, 너도 한번 피워봐."

"싫어, 난 안 피워."

"맛이라도 한번 봐."

"싫다고 했잖아. 자꾸 그 담배 가지고 괴롭힐래?"

우리는 타는 줄기 냄새를 뒤로 남기며 숲속 탐험을 계속했다.

"담배 냄새가 너무 고약해. 우리 오두막에서 담배 피우면 안 된다는 건 너도 잘 알고 있겠지?"

거대한 떡갈나무 가지 사이에 얌전하게 놓여 있는 우리의 오두막은 빈약해 보이기만 하는 겉모습과는 달리 언제나 그 자리에 견고히 남아 있었다.

나는 학교가 쉬는 날이면 동네 아이들과 함께 온종일 오두막에서 놀곤 했다. 한번은 여기에 여자 아이들이 청소를 해주러 온 적이 있었다. 우리가 엄마아빠 놀이를 하고 싶어한다는 걸 눈치 챈 여자 아이들은 상자가 깔린 바닥에 눕기 싫다며 거절했다. 그 이후로 우리는 오두막에서 별로 하는 일 없이 시간을 보냈다. 몇 시간이고 수다만 떨지만, 그래도 오두막에 있으면 편해서 좋았다.

자신들의 오두막인 판잣집에 남아 있는 부모님들은 우리 걱정은 안중에도 없었다. 그 사실을 아는 나는 아쎈느에게 넌지시 말했다.

"집에 가서 먹을 것을 좀 가져올까? 그럼 오늘 온종일 여기에 있어도 되잖아."

아쎈느는 내 제안에 선뜻 동의했고, 우리는 곧 걸음을 재촉해 샤바로 돌아갔다.

엄마는 아직도 집이 반들반들해져라 닦고 또 닦고 있었다. 방금 전의 '혀 반항 사건'은 벌써 잊은 모양이었다. 나는 얼른 부엌으로 들어갔다. 물론 집에 들어오기 전에 바닥에 놓인 걸레로 진흙탕이 된 신발을 닦는 것도 잊지 않았다. 찬장에서 간식거리를 꺼내어 신문지에 잘 담고는 허리띠에 고정시켰다. 나는 숲에 난 풀이나 뿌리를 뜯어서 간식으로 먹고 싶은 생각이 추호도 없었다. 그래서 나는 각설탕 세 조각과 빵가루를 준비했다.

숲가에서 만나기로 하고 방금 전 헤어진 아쎈느가 나타났다. 아쎈느의 엄마 지두마는 간식 대신 아들의 뺨에 당신의 그 두툼한 다섯 손가락 자국을 확실히 남겨놓았다. 그리고 아쎈느에게 '아무짝에도 쓸모없는 놈'이라고 말했다고 했다. 나는 아쎈느를 안심시키기 위해 말했다.

"점심 때 내가 가져온 설탕을 나눠 먹자. 그리고 나서 사냥하면 돼. 두고 봐, 절대 굶어 죽는 일은 없을 테니까."

아쎈느는 책상다리를 하고 오두막에 앉아 나에게 두런두런 얘기를 건네었고, 나는 초록색 가지로 화살을 만들었다. 화살

끝에는 학교에서 몰래 가져온, 펜으로 쓰는 깃털도 붙였다.
 어깨에 활을 걸친 아쎈느와 나는 이제 사냥 나갈 준비를 마쳤다.
 "가기 전에 간식 먼저 먹자! 누가 아냐······. 혹시 아무것도 못 잡을지."
 아쎈느는 이 말에 상당히 안심을 한 모양이었다. 아쎈느가 이빨로 설탕을 조각낼 때마다, 마치 숲속에서 갓 잡은 멧돼지에 환장해 그 고기를 물어뜯는 것이 연상되었다. 나는 그런 아쎈느를 흉내내어 보았다.
 몇 분이 지났을까, 우리는 떨어져 말라 비틀어진 나뭇가지를 밟지 않으려고 조심조심하면서 나무숲으로 들어갔다. 사냥감을 놓치지 않으려면 어떤 소리도 내지 말아야 하기 때문이었다.
 몇 걸음도 채 못 가서 아쎈느가 못 참겠다는 듯 말했다.
 "여긴 아무것도 없나봐. 나 집에 갈래."
 "조금만 더 기다려보자. 네가 자꾸 소리를 내니까 그러는 거야. 너 때문에 사냥감들이 다 도망가잖아."
 솔직히 아무것도 보이지 않았다. 토끼도 없고, 멧돼지도 없었다. 여우도 없고, 사슴도 없었다. 그저 우리의 괴상한 차림새를 비웃기라도 하듯 새들만이 한적하게 지저귀고 있었다.
 "저기, 비둘기다!"

나는 눈을 크게 뜨고 아쎈느가 말한 곳을 바라보았다. 그리고 이내 나의 사냥 파트너 아쎈느의 무식함에 두 손을 들고 말았다.

"저게 무슨 비둘기냐, 울새지! 저건 잡아봤자 소용없어. 못 먹는 거야."

우리는 곧 숲속의 빈터에 도착했다. 그곳에는 무성한 나뭇잎 사이로 햇살이 쏟아져 내리고 있었다.

"무기는 일단 덤불 속에 숨기자. 그리고 체로 함정을 만들어서 그걸로 잡는 거야, 알겠어?"

작전변동에 당황한 아쎈느는 내가 하는 것을 그저 멍하니 바라볼 뿐이었다. 나는 나뭇가지를 이용해서 거춤거춤 직사각형 모양의 틀을 만들었고 그것을 그물로 둘러쌌다. 곧 직사각형의 한 쪽을 바닥에 대고 비스듬히 세웠다. 그리고 바닥에 닿은 면과 마주보는 다른 쪽에는 나뭇가지 하나를 대어 함정을 지탱하도록 해놓았다. 이것은 마치 열려 있는 입과 같은 모양으로, 먹이가 들어오면 세워놓은 나무 끝에 연결한 줄을 당겨 열린 입을 다물게만 하면 되는 것이었다.

내가 만든 새 감옥은 이제 손님을 맞을 준비를 마쳤다.

우리는 새들을 유인하기 위해 간식거리로 가져온 빵가루도 함정 가운데 뿌려놓았다.

아쎈느와 나는 함정에서 몇 미터 떨어진 떡갈나무 뒤에 숨어 줄을 당길 준비를 하고 빵가루에 이끌려 나타날 새를 기다렸다.

이윽고 방울새 한 놈이 모습을 드러내어 준비한 빵가루를 쪼아댔고, 이것을 본 아쎈느는 신이 났다. 나는 아쎈느에게 흥분을 가라앉힐 것을 지시했다. 방울새가 점점 함정의 정가운데를 향해 들어갔고, 나는 그 틈을 타서 얼른 줄을 당겼다. 임무완료! 아쎈느와 나는 동시에 방울새를 잡은 함정으로 달려갔다. 너무 놀란 새는 움직일 생각조차 안 했다. 이제 함정을 드러내고 맨손으로 새를 잡으면 되는 것이다. 나는 곧 아쎈느에게 말했다.

"내가 함정을 들 테니까 네가 새를 잡아."

"미쳤냐? 그 반대로 하자. 내가 함정을 들고 너는 새를 잡는 거야."

아쎈느가 반항했다.

"아쎈느! 무서워서 그러냐?"

"너도 무서우면서 뭘!"

"알았어, 관둬! 내가 잡으면 되지, 뭐. 대신 다 구우면 너는 깃털이랑 새발만 먹는 거다, 알았지?"

아쎈느는 내 말에 입을 다물었다. 함정을 거둔 내 손은 덜덜 떨렸고, 살아보려 발버둥치는 방울새의 사각사각 날갯짓하는 소리에 내 온몸에 닭살이 돋았다. 내가 뜸을 들이는 틈을 타 방울새놈은 결국 도주에 성공했고 하늘나라로 멀리멀리 날아가 버렸다. 못된 놈! 우리를 놀리는 것이 틀림없었다. 화가 이만큼 난 나는 아쎈느를 나무랐다.

"이게 다 너 때문이야. 겁쟁이!"

내 말에 질세라 아쎈느도 한마디 했다.

"네가 나보다 겁을 더 먹었잖아!"

"아, 됐어! 이제 그만 집으로 돌아가자. 너 때문에 짜증만 더 나. 그리고 다시는 너랑 사냥하러 오지 않을 거야."

나는 겁쟁이 아쎈느를 멀리하려고 일부러 발걸음을 빨리해서 샤바로 돌아갔다. 빵가루 조금과 설탕 한 조각으로 겨우 채운 배를 걸머쥐고서 말이다.

그런데 이상하게도 집에 가까워지면 가까워질수록 무언가 알 수 없는 동요가 느껴졌다.

나는 철조망 사이를 벌려, 철사들이 뾰족뾰족 삐져나온 망 사이로 빠져나가기 위해 몸을 숙였다. 그러고는 판자촌 앞 둑으로 나왔다. 그곳에 서서 보니 옥작대는 아이들로 동네가 온통 아수라장이었다. 아이들이 사방팔방으로 뛰어다녔고, 정신없이 집으로 들어갔다가는 곧 뛰쳐나왔다. 손뼉을 치는 아이들도 있었고, 펄쩍펄쩍 뛰는 아이들도 있었다. 갓난쟁이들은 누나의 품에 안겨 울어댔고, 집에 남아 있는 엄마들은 도대체 이것이 무슨 난리인가 궁금한 듯 창밖으로 고개를 내밀었다.

나는 담벼락 너머를 바라보았다. 그리고 곧 이 혼란의 원인이 무엇인지 알아차렸다. 작게 난 길을 따라 덩치 큰 트럭이 앞모습을 보였다. 트럭은 느릿느릿 거북이처럼 천천히도 움직였다. 바로 보물을 가득 실은 쓰레기 트럭이었다.

비상 소집령이 떨어진 지 꽤 된 모양이었다. 그러니 나도 얼른 서둘러야 했다. 나는 활을 갖다놓으러 부리나케 집으로 들어갔다. 활을 놓고 집을 나오는데 등 뒤에서 엄마가 소리치는 것이 들렸다.

"아들, 뛰어라! 뛰어라, 뛰어! 네 형은 먼저 나갔다!"

숨이 턱에 차라 달려가보니, 움직이는 보물상자 쓰레기 트럭은 점점 더 다가와 판자촌 높이 정도 되어 보였다. 트럭은 곧 론 강으로 이어지는 자갈길로 접어들었다. 동네 아이들은 보물 요새를 공략하기 위해 쓰레기 트럭을 따라 달리고 또 달렸다. 이미 보물탐험에 익숙해진 아이들과 배짱 좋은 아이들은 트럭 위로 올라가기도 했다. 먼저 차지하는 놈이 임자였기 때문이다.

이런 탐험 전문가들을 따라 트럭에 한번 올라보려는 조막만 한 아이들은 이내 미끄러지더니 땅으로 데구르르 굴렀다. 그러나 포기하지 않는 용감한 아이들, 트럭을 따라 다시 달렸다. 몇몇 어수룩한 아이들은 방방 뛰는 무리 속에서 앞서지도 못하고 뒤서지도 못하고 그저 제자리걸음일 뿐이었다. 안타깝지만 할 수 없다. 이것이 바로 치열한 경쟁 세계! 다행히 쓰레기차는 속도를 달리해가며 천천히 움직이고 있었다.

드디어 우리는 강둑에 다다랐다. 탐욕스러운 눈빛이 가득한 아이들의 감독하에 트럭은 몇 미터쯤 후진을 하더니 쓰레기를 비우기 시작했다. 마지막 종잇조각이 트럭에서 떨어짐과 동시에 아이들은 쓰레기장으로 우르르 몸을 던졌고 얼른 자기 구역을 정해놓았다.

"여긴 내 구역이야!"

라바가 팔을 벌려 자기 구역을 보이며 말했다.

"여기 있는 건 다 내꺼야!"

최대한 권위 있어 보이는 목소리로 내가 말했다.

그리고 드디어 보물찾기가 시작되었다. 나는 팔을 어깨까지 걷어붙이고, 바지는 배꼽까지 추켜올렸다. 쓰레기 더미를 뒤져가며 발굴에 나선 것이었다. 낡은 옷과 신발, 장난감, 빈 병이며 헌책들, 그림책, 반밖에 쓰지 않은 공책, 줄, 접시, 포크와 나이프 등등…….

빈 상자 더미에 눌린 자전거 타이어를 꺼내려던 나는 그만 통조림 뚜껑에 손을 긁히고 말았다. 그것을 본 라바가 몇 미터 떨어진 곳에서 나에게 소리쳤다. 빨리 집에 들어가서 응급치료를 하지 않으면 큰 병에 걸려 죽을지도 모른다고 말이다. 내 구역을 침범하려는 라바의 술수임이 틀림없었다. 하지만 내가 그런 뻔한 속임수에 넘어갈 리가 없다. 나는 그냥 내 발굴구역에 남기로 했다.

라바는 자신의 속임수에 아랑곳하지 않는 나를 보며 빙그레 미소를 짓더니 곧이어 웃음을 터뜨렸다. 그렇다. 나는 이미 내로라하는 선수였다. 라바가 나에게 헌책 더미에서 찾아낸 과자 상자를 내밀었다. 억척스런 발굴 후 잠깐의 휴식 시간. 이렇게 나는 발굴 작업 현장에서 새참을 먹었다.

쓰레기 더미 밑으로 무스타프 형이 보였다. 아뿔싸! 누군가가 무스타프 형의 머리채를 잡고 바닥으로 내동댕이쳤다……. 이 폭력의 주동자가 누구인지는 나도 몰랐다. 얼굴이 보이지 않았기 때문이다. 무스타프 형과 얼굴이 보이지 않는 그 상대방은 엎치락뒤치락 싸움을 했다. 말할 것도 없이 구역싸움이 틀림없었다. 다른 아이들은 그들의 싸움에 신경도 안 쓰고 각자의 발굴 작업에 열심이었다.

라바의 동생 중 하나가 보물 수확에 벌써 지쳤는지 나에게로 다가왔다. 나는 그 아이에게 경고하는 것을 잊지 않았다.

"거기 멈춰! 여긴 내 구역이야."

라바의 동생은 내 말에 곧잘 복종했다. 자기가 굳이 나서지 않아도 형들이 알아서 보물을 캘 것이라는 사실을 잘 알고 있기 때문이리라.

쓰레기 트럭이 온다는 소식을 전해받자마자 라바는 가족 모두에게 그 사실을 알렸다. 그리고 최대한 이윤을 남길 수 있도록 원정팀을 구성한 것이었다.

아무도 없이 혼자만 온 아이들은 빈손으로 돌아갈 수밖에 없었다.

내 구역 안의 상자들을 샅샅이 살피고 꼼꼼히 조사를 마친 후, 나는 집으로 돌아가기로 했다. 나는 여태 모아놓은 보물을 담기 위해 상자 하나에 줄을 엮었다. 책과 접시와 장난감, 헝겊 따위를 그 안에 아무렇게나 찔러넣었다. 그 상자를 질질 끌며 집으로 돌아가는 자갈길에 접어들었다. 다른 아이들도 나를 흉내내어 간이수레를 만들었고 내 뒤를 따랐다. 아이들이 끄는 상자들이 몽실몽실 먼지구름을 만들었고, 각자 하나씩 상자수레를 끌며 무리지어 걸어가는 우리들의 모습은 마치 유목민의 이주를 연상케 했다.

내가 모은 물건들을 상자에서 막 꺼내려는 찰나, 루이즈 아줌마가 나타났다. 장화를 신은 아줌마는 한 손에 막대기를 들고 있었다. 루이즈 아줌마가 쓰레기 더미를 뒤질 때 유용하게 쓰는 바로 그 막대기였다. 오늘 아줌마의 기분은 영 안 좋은 모양이었다.

루이즈 아줌마가 나에게 물었다.

"쓰레기차 왔었어?"

"예, 근데 다 끝났어요. 쓰레기는 우리가 이미 다 뒤졌는걸요……."

나는 아무것도 모르는 순진한 아이처럼 대답했다. 아줌마는 내 말이 끝나기도 전에 맞받아쳤다.

"천하의 나쁜 놈들 같으니라고! 나한테는 왜 쓰레기차가 왔다고 말 안 한 거야? 이놈의 라바 어딨어? 라바!"

"라바요? 아직 다 안 마쳐서 저기 남았어요."

내 말에 루이즈 아줌마는 론 강을 향해 다급히 움직였다.

루이즈 아줌마는 큰길 쪽에 있는 작은 콘크리트 집에서 남편과 함께 살고 있었다. 1미터 50센티미터도 안 되는 작은 키에 얼굴은 둥글고, 머리숱이 별로 없는 데다가 항상 헤나로 염색을 하는 나이 많은 아줌마였다.

루이즈 아줌마의 남편 규 아저씨는 휴일마다 정원을 돌보곤 했다. 아저씨는 말수가 적고, 대머리에, 별로 눈에 띄는 행동을 하지 않으며, 늘 창백하고 눈이 작은 것이 특징이었다. 그리고 규 아저씨는 자신의 부인인 루이즈 아줌마의 괴팍하고 방정맞은 성격에 항상 어쩔 줄 몰라하곤 했다. 규 아저씨와 루이즈 아줌마는 자식 없이 둘 뿐이었지만, 가끔 샤바의 아이들을 모아 웍더글덕더글 대가족의 기분을 느끼곤 했다.

루이즈 아줌마가 곧 라바를 찾아냈다. 라바는 잡동사니로 가득한 상자 안에 솔렉스(작은 모터로 돌아가는 자전거 모터바이크의 상표) 모터를 가까스로 집어넣고 있었다. 라바에게 다가

간 아줌마는 막대기로 장화를 툭툭 치면서 라바를 꾸짖었다.
"너 이놈, 쓰레기차가 왔다고 나한테 말하는 걸 깜빡 잊은 모양이지? 그런 거야? 나도 다 알아. 쓰레기차가 오면 괜히 몸도 마음도 바빠져서 루이즈 아줌마 따위는 관심도 없어지는 거지. 그런 거지!"

겁에 질려 꼬리를 내린 라바는 알아들을 수 없는 말을 중얼거렸다.

"아줌마도 여기 오고 싶어하는 걸 아는데…… 그래서 말하려고……."

"말하려고? 응, 그래 나한테 말하려고 했다고? 네놈이 나를 감쪽같이 속인 게지! 너 혼자 다 가질 생각에 나한테 말을 안 한 것이 아니냐, 이놈아! 내가 있었으면 니 몫까지 빼앗아갔을 거라고 왜 말을 못해!"

"아니에요, 아줌마."

"그럼 왜 나한테 말 안 했어?"

루이즈 아줌마의 공격에 겁이 나서 고개를 숙인 라바는 잔뜩 풀이 죽어 있었다.

"난 네가 이렇게 일부러 시선을 피할 때가 제일 싫어! 내 눈 똑바로 쳐다봐! 내가 말할 때는 내 눈을 똑바로 쳐다보란 말이야!"

라바는 별다른 말이 없었다. 그리고 루이즈 아줌마를 쳐다보지도 않았다. 라바는 상자에 줄을 묶더니 아줌마에게 시선도 안 주고 묵묵히 길을 나섰다. 라바마저 떠나버린 쓰레기장에 루이즈 아줌마는 홀로 멍하니 서있었다. 그러더니 아줌마가 라바를 향해 욕을 했다.

"옳지, 너 혼자 센 척하는 거냐? 좋았어, 어디 한번 해보겠다 이거지? 내가 이기나 니가 이기나 한번 보자고!"

라바는 루이즈 아줌마가 욕을 하든 말든 신경조차 쓰지 않았다. 방금 쓰레기장에서 건진 솔렉스 모터에 여념이 없었기 때문이다.

샤바의 대장 루이즈 아줌마는 직속부하인 라바의 행동에 영 분해 죽을 지경이었다. 그래서 언젠가 기회가 오는 대로 철저한 복수를 할 참이었다.

단단히 마음을 먹은 루이즈 아줌마는 분을 삭이며 집으로 돌아갔다.

오늘은 목요일. 수업이 없는 목요일이면 루이즈 아줌마는 샤바의 아이들 몇몇을 집으로 초대하곤 했다. 이것은 바로 최고의 행운! 아줌마의 초대에 뽑힌 사람은 그 어떤 것과도 비교할 수 없는 달콤함을 맛보게 된다.

아이들이 방금 쓰레기장에서 거둬올린 보물에 정신이 팔려 있는 동안, 라바를 바싹 뒤쫓아 샤바로 돌아온 루이즈 아줌마는 오늘 하루 아줌마의 궁전으로 초대될 아이들을 지명했다.

오늘은 나도 뽑혔다. 나는 오늘 아줌마의 특별한 초대객 중 한 명인 것이다.

루이즈 아줌마는 라바의 뒤를 지나쳤고, 라바도 아줌마를 모른 척했다. 아줌마한테 화를 내고 욕을 하고 싶은 심정을 억지로 누른 라바는 계속해서 방금 전에 건져올린 모터를 점검했다.

초대객이 모두 정해졌고, 우리는 모두 아줌마를 따라 궁전으로 향했다.

"여기서 잠깐만 기다려라. 폴로를 묶어야 하니까."

이렇게 말하고 아줌마는 정원으로 들어갔다. 거기에는 40킬로도 넘는 아줌마의 검은색 늑대개 폴로가 으르렁거리고 있었다. 폴로는 주인이 없는 동안 비둘기, 닭, 토끼를 벗 삼아 집을 지켰다. 아줌마는 철망 울타리를 쳐서 정원의 동물 사육장 문을 닫았다.

들릴까 말까 하는 아줌마의 휘파람 소리에 폴로는 얼른 복종했다. 경중경중 세 발짝쯤 뛰더니 냉큼 아줌마 밑에 와서 앉았다. 아줌마는 폴로를 묶어 우리가 지나갈 길을 내주었다.

철망 너머로 폴로가 누워 있는 모습이 보였다. 잔디 위에 턱을 댄 폴로는 한 치의 경계도 늦추지 않고 우리를 감시했다. 폴로는 그렇게 날카로운 이빨을 드러내며 우리 초대단을 맞이했다.

우리는 철망을 따라 걸어 들어갔다. 이윽고 루이즈 아줌마와 규 아저씨 집의 현관문에 다다랐다. '알리바바'가 아닌 '루이즈바바'의 소굴로 들어온 것이다.

집안에는 규 아저씨가 의자에 앉아 몸을 좌우로 흔들흔들거리며 평화로이 파이프 담배를 태우고 있었다. 아저씨는 우리를 보더니 미소를 지었다.

루이즈 아줌마의 집안은 좁고 어두웠다. 달랑 작은 창문 하나가 큰길로 나 있었다. 창문 위에는 나무로 만든 뻐꾸기시계가 붙어 있는데, 매 시간마다 예쁜 색으로 장식된 뻐꾸기가 툭 튀어나와 뻐꾹뻐꾹 시간을 알렸다.

루이즈 아줌마는 우리에게 거실 중앙에 놓인 탁자에 앉으라고 말했다. 아줌마의 궁전에 들어오고 싶어 안달이 난 40명도 넘는 샤바의 아이들을 모두 수용하기엔 집이 너무 좁았다.

아줌마는 커다란 냄비에 우유를 가득 담고 곤로 위에 올려놓았다. 그리고 한 사람 앞에 하나씩 작은 사발을 놓고는 그 안에 코코아 가루를 담았다. 또 빵을 썰어놓고, 우리의 손이 닿는 곳에 버터와 잼을 준비해두었다. 나는 우유가 따뜻해지기만을 기다렸다.

드디어 기다리고 기다리던 간식 시간. 내 손은 사발과 입 사이를 오가며 잼을 바른 빵을 재빠르게 운반했다. 허겁지겁 먹어대는 내 앞에서 규 아저씨는 넋을 잃고 말았다. 아저씨는 우리가 사는 판자촌에 초콜릿이나 잼이 없다는 것을 너무나 잘 알고 있었다. 판자촌에서의 간식은 빵조각 몇 개와 설탕이 끝이었다.

나는 소리 없이 오늘 나에게 주어진 이 큰 행운을 즐기고 있었다.

"다들 잘 먹었어?"

루이즈 아줌마가 물었다.

우리가 방금 먹어치운 간식은 벌써 다 소화가 되었다.

"자, 그럼 규 아저씨랑 같이 정원 청소를 해라. 다들 알겠나?"

"그런데 아줌마, 정확히 뭘 하면 되는 거예요?" 하고 무스타프 형이 물었다.

"낙엽도 줍고, 잡초도 뽑고, 갈퀴로 바닥도 쓸고 그러면 되지! 규 아저씨가 어떻게 하는지 가르쳐 주실게다."

아줌마의 부탁에 다들 자원봉사자로 나서겠다고 야단이었다. 다음 주에도 초대를 받을 수만 있다면 이 정도쯤이야……

포만감으로 행복해하며 루이즈 아줌마의 집에서 나온 우리를 보더니 라바는 배가 아파 죽을 지경이었다.

루이즈 아줌마가 라바의 아픈 곳을 제대로 찌른 것이다. 그리고 아줌마는 아이들이 다 보는 앞에서 라바를 업신여기기까지 했다. 그러나 이 정도의 복수로 라바가 잠잠해질 것이라고 생각했다면, 그것은 크나큰 오산이리라.

 며칠 전이었던가, 라바는 샤바의 한 귀퉁이에 작은 구덩이를 파서 자신만의 보물창고를 만들었다. 그리고 그 안에 병아리 여섯 마리를 놓아기르고 있었다. 병아리들은 온종일 상자 안에서 삐악대기도 하고 짚더미 안으로 폴짝 뛰어들기도 했다. 라바는 이 병아리들의 임자가 누구인지 자기 혼자만 알고 있다고 생각하는 눈치였다. 샤바의 아이들 모두가 다 알고 있는데 말이다.
 루이즈 아줌마의 닭장을 부러워하기만 했던 라바는 몇 마리만 몰래 훔쳐 자기도 닭을 한번 키워볼까 생각을 한 것이었다.
 그러던 어느 날 밤, 라바는 닭을 가둬놓은 우리의 철망을 조심히 자르고 닭장으로 침투했다. 그러고는 암탉들이 사랑을 담아 조심히 품고 있는 알을 몽땅 다 훔쳐냈다. 이 날의 야간침투를 위해 라바는 이미 아줌마의 파수꾼 폴로 길들이기 작전을 감행했었다. 바로 폴로가 좋아하는 고깃덩어리나 피가 줄줄 흐르는 뼈, 닭발을 가끔씩 던져주어 길을 들인 것이다. 상상을 초월하리만큼 사나운 늑대개의 공격태세는 며칠 동안 계속되었다. 그러나 폴로는 곧 라바를 알아보기 시작했고, 질질 침을 흘리며 땅바닥을 핥을 뿐 라바가 곁으로 다가가도 짖지 않았다.

안심한 라바는 온순해진 폴로 앞에서 루이즈 아줌마의 집 마당에 작은 땅굴을 팠다. 그 땅굴을 통해 닭장으로 몰래 침입한 라바는 암탉들을 위협하여 품고 있던 달걀을 몰래 강탈했다.

이렇게 해서 생긴 라바의 닭장은 나름 모양새를 갖추어 보기에 제법 괜찮았다. 넉살 좋은 라바가 사나웠던 늑대개 폴로와 남다른 관계를 유지하게 된 반면, 루이즈 아줌마는 자신이 돌보는 암탉들이 걸린 요상한 병에 대해 의심을 품기 시작했다. 그 요상한 병이라 함은 바로 암탉들이 더이상 알을 낳지 않는 것이었다. 절대 충성 파수꾼 폴로마저 별다른 반응이 없자, 루이즈 아줌마는 혹시 달걀을 도둑맞지 않았을까 하는 의심은 눈곱만큼도 하지 않았다.

그러던 어느 날, 루이즈 아줌마는 무스타프 형을 불러놓고 의문의 달걀 사건에 대해 다 털어놓았다. 그리고 무엇인가 의심스럽다는 듯 말했다.

"정말 이상하단 말이야. 내가 테라스에 나와 앉아 있으면 폴로가 내 발밑에 누워서 자꾸 닭장 쪽을 쳐다보는 거야. 며칠 전부터 계속 그래. 왠지 폴로가 나한테 뭔가를 알리려고 하는 것 같기도 하고……"

무스타프 형은 적잖이 놀라는 척했다. 루이즈 아줌마의 병아리며 달걀들이 어디에 있는지 잘 알고 있는 터였으나, 이에 대해서는 단 한마디도 언급하지 않았다. 이것이 바로 라바에 대한 무스타프 형의 의리, 남자들의 의리였던 것이다. 그러나 루이즈 아줌마에게는 폴로의 행동이 너무나 이상하게 비쳤나보다. 자신의 충성스러운 개가 그러는 데에는 분명 타당한 이유가 있을 것이라는 확신하에 어느 날 루이즈 아줌마는 폴로를 뒤따라가보기로 했다. 폴로는 아줌마를 닭장 쪽으로 인도했다. 그러더니 늘상 먹거리로 자신을 놀리는 그 병아리 도둑의 침입로인 땅굴을 하염없이 쳐다보는 것이었다. 단번에 루이즈 아줌마는 자신의 암탉들이 왜 그동안 불임의 고통에 시달렸는지 알아채고 말았다.

"이 나쁜 놈!"

아줌마가 샤바를 향해 몸을 돌리며 큰소리로 외쳐댔다.

이윽고 밤이 되었다. 오늘도 달걀 도둑은 늘상 그러했듯 땅굴 앞에 나타났다. 하지만 오늘은 이상하게도 폴로가 보이지 않았다. 그러나 라바는 이에 개의치 않고 당당하게 정원으로 숨어 들어갔다. 그리고 라바가 조심스럽게 달걀 하나를 집어 가방에 담으려는 그 순간, 거대한 박쥐처럼 폴로가 라바 위를 덮쳤다. 폴로는 앞발로 라바의 가슴을 눌러 꼼짝달싹 못하게 했다. 폴로가 무시무시한 이빨로 라바의 얼굴을 물어뜯으려는 찰나!

"폴로! 그만 해!"

주인의 명령에 폴로는 동작을 바로 멈췄고 석고상처럼 굳어

꼼짝도 하지 않았다.

　달걀 도둑 곁으로 다가간 루이즈 아줌마. 그러나 새파랗게 질려 숨을 헐떡이는 도둑 앞에서 아줌마는 걱정이 앞섰다. 할 수 없이 라바를 집안으로 데려간 아줌마는 일단 라바에게 물을 먹였다. 라바가 드디어 정신을 차렸고, 그동안 있었던 일을 루이즈 아줌마에게 낱낱이 고백했다.

　그 이튿날, 라바가 구멍 낸 철망을 다시 막음으로써 달걀 도난 사건도 막을 내렸다. 이제 루이즈 아줌마의 암탉들은 예전과 다름없이 알을 낳을 것이다. 참, 라바가 훔친 병아리는 이제 라바의 몫이 되었다. 그러나 라바에게는 이제 강적이 생겼다. 루이즈 아줌마의 정원에 사는 바로 그 늑대개 말이다. 그렇다. 라바는 폴로를 당할 재간이 없었던 것이다.

　세 명의 창녀 아줌마가 샤바와 큰길을 잇는 작은 오솔길의 플라타너스 나무 밑에서 영업을 했다. 이 아줌마들은 종일 내내 인도 위에 서서 손님을 기다리곤 했다. 아줌마들의 짧은 바지나 미니스커트 아래로는 스타킹으로 감싼 다리가 쭉 뻗어 있었다.

　나는 두어 번 아쎈느와 함께 그 아줌마들을 보러 간 적이 있었다. 그리고 아줌마들이 얼굴에 덕지덕지 칠해놓은 화장을 감상하곤 했다. 아쎈느는 아줌마들이 이런 분장을 하는 이유가 행여 남편이 이곳을 지난다 하더라도 자기를 알아보지 못하도록 하기 위한 것이라고 생각했다. 하지만 나는 그 진짜 이유를 알고 있었다. 그것은 무엇인고 하니, 바로 큰길에 차를 타고 지나가는 아저씨들의 마음에 들기 위한 것이었다.

"저 아줌마들이 담배를 얼마나 많이 피워대는지 봤어?" 하고 아쎈느가 나에게 물었다.

"어차피 하루 종일 할 일이 없으니까 시간 때우려고 피우는 거야."

"야, 도망가자. 우리를 본 것 같아."

아쎈느가 빨리 도망가자고 했다.

우리는 아줌마들이 우리를 볼 수 없을 때까지 등을 구부리고 뒷걸음질을 쳤다. 그리고 사람들이 지나다니는 길 대신 작은 풀숲을 헤쳐 샤바로 돌아갔다. 혹시라도 누가 볼까봐 조바심이 난 터였다. 만일 우리가 큰길의 창녀들을 구경하는 사실이 발각되기라도 한다면, 그것은 정말 큰 망신이 아닐 수 없다!

오후 네 시가 되자 루이즈 아줌마가 집을 나섰다. 오늘의 초대객을 뽑기 위해서였다. 오늘은 라바도 뽑혔다.

우리가 달콤한 간식에 한껏 빠져 있을 때, 루이즈 아줌마는 갑자기 일어나더니 창문을 홱 열어젖히고 성질을 부렸다. 큰길의 인도 위를 걷던 아저씨 한 명이 루이즈 아줌마의 집 가까이

다가와 그 안을 둘러본 것이었다.

"뭐야! 왜 쳐다보는 건데! 여기 한번 들어와보려구? 뜨신 커피 있는데, 어디 한 잔 타줘?"

아저씨가 어지간히 놀란 모양이었다. 혼쭐이 난 그 아저씨는 돌아보지도 않고 가던 길을 계속 갔다.

루이즈 아줌마는 길거리 창녀들 때문에 이상한 사람들이며 자동차들이 이 주변에 드나든다고 난리였다. 이 이상한 사람들은 흔히 두 손을 주머니에 깊숙이 찌르고, 어슬렁어슬렁 걸었다. 그리고 마치 누군가에게 추적이라도 당하는 듯 여기저기를 살피며 판자촌을 가로질러 가곤 했다.

이틀 전부터는 또 다른 무리의 창녀들이 나타나 '업무'를 보기 시작했다. 론 강가 오솔길의 끝에 진을 친 것이다. 판자촌으로부터 난 세번째 오솔길로, 그 길의 끝은 당연히 판자촌 샤바였다.

우리의 샤바는 이제 창녀 아줌마들과 그 아줌마들이 불러들이는 남성 동물군으로 둘러싸여버렸다.

루이즈 아줌마는 상당히 부아가 나 있었으나, 그것 때문에 식욕을 잃을 우리가 아니었다. 아줌마는 라바의 바로 옆에 앉아 라바와 이야기를 나누었다. 길거리의 여인들이 일으킨 새로운 문제에 봉착한 어른들의 심층대화였던 것이다. 나와 아쎈느는 장난기 가득한 공모의 눈길을 주고받았다. 루이즈 아줌마는 아쎈느나 내가 이토록 심각한 문제에 관해 이야기를 나누기에는 너무 어리다고 생각하고 있었음이 틀림없으리라.
"어쨌든 이 문제는 가볍게 넘길 일이 절대 아니야."
루이즈 아줌마가 라바의 동의를 바라고자 이렇게 말했다.
간식 시간이 끝났고 우리는 모두 루이즈 아줌마의 집을 나섰다. 라바는 아줌마의 집을 떠나면서 폴로를 흘끗 바라보았다.
아빠는 땅바닥에 놓인 상자 조각 위에 앉아 있었다. 다른 아저씨들과 대화중이었다. 루이즈 아줌마가 아저씨들 그룹에 다가가 한 사람 한 사람과 악수를 나누었다. 그리고 아줌마는 필터 없는 골르와즈 담배에 불을 붙이며 창녀들에 대한 이야기로 물꼬를 틀었다.
"뭐라도 해야 하지 않겠수? 이대로 뒀다간 저 창녀들한테 한 방 제대로 당할 거라는 게 내 생각인데 말이야."
아이들이 멀찌감치 떨어져 있어 어른들의 대화를 듣지 못할 것이라는 확신이 들자 부지드, 즉 우리 아빠가 입을 열었다. 아빠는 서툰 불어 실력으로 루이즈 아줌마의 말에 찬성했다.
"루이자, 나우 구리 싱가카우. 조 친니두룰 다 추차피리 히닌디! 아이둘하티 안 조아……." (루이즈, 나도 그렇게 생각하오. 저 창녀들을 다 쫓아버려야 하는데! 아이들한테 안 좋아…….)
아빠는 샤바의 '정화작업'을 위해 움직일 준비가 되어 있었던 것이다.

토요일이 되었고, 창녀 아줌마들을 몰아내기 위한 샤바의 첫 번째 파견단이 출동될 예정이었다.

아스팔트 길 위로 끼익 소리를 내며 급정거하는 차들이 많았다. 나는 토요일이 아줌마들 영업의 성수기인가보다 생각했다.

루이즈 아줌마는 아빠에게 '저 악마 같은 창녀들'을 물리치기 위해 샤바의 다른 아줌마들을 데리고 가도 괜찮겠느냐고 물었다. 아빠는 한참을 망설이더니 이내 허락했다.

루이즈 아줌마는 우리 엄마, 지두마, 그리고 샤바의 다른 힘이 센 아줌마들에게 비상 소집령을 선포했다.

바지를 입은 루이즈 아줌마의 뒤로 발까지 내려오는 가운을 알록달록 걸쳐 입은 샤바의 아줌마들이 따랐다. 비장한 각오를 한 창녀 추방 파견단은 이제 큰길로 향하는 길에 나섰다. 그중 몇몇은 얼굴을 가리기 위해 수건을 뒤집어썼다.

"다들 출발!"

플라타너스 나무 사이로 이미 많은 차들이 개구리 주차를 하고 있었다. 루이즈 아줌마는 파견단의 선두에 나서 창녀 아줌마들의 영업장소로 향했다. 주차된 차 안에 창녀 아줌마 한 명이 있었는데, 그 아줌마는 머리를 숙였다 들었다 하는 동작을 하고 있었다. 일정한 박자에 맞춰서 말이다. 샤바의 파견단 중 한 아줌마가 그 차 곁으로 다가갔고, 유리창에 코를 바싹 갖다 댔다. 차 안에서 도대체 무슨 일이 벌어지고 있는지 보려는 것이었다. 그리고 그 아줌마는 갑자기 겁에 질려 소리쳤다.

"아이쿠야!"

파견단의 그 아줌마는 얼굴이 창백해지더니, 그 끔찍한 장면을 목격해버린 자신을 원망했다. 창녀 아줌마들은 샤바의 파견단이 가까이 다가오는 것을 보자, 이번에는 자기들도 뭉쳤다. 바로 자신들의 안전을 위해서였다. 루이즈 아줌마는 곧 파견단에게 멈추라고 지시했고, 창녀 아줌마들 앞에 서서 이렇게 말했다.

"더러운 것들! 그 민망한 짓거리들, 우리 동네에서는 절대 하지 마, 알았어? 우리 동네에 아이들이 북적거리는 게 안 보여? 얼른 치우고 빨리 꺼져, 얼른!"

루이즈 아줌마를 지켜보고 있던 지두마도 한몫 거들었다.

"빌리 쿠주, 이 두루운 기틸!" (빨리 꺼져, 이 더러운 것들!)

처음에는 파견단의 갑작스러운 위협에 창녀 아줌마들이 적잖이 놀랐다. 그러나 창녀 아줌마들은 곧 정신을 가다듬었고, 샤바의 파견단에 대담하게 응하기로 마음먹었다. 그중 나이가 제일 많아 보이는 아줌마 한 명이 한 걸음 앞으로 나오더니 거만한 투로 말했다.

"하이고 나 참! 이봐 거기 늙은 아줌씨, 여자들이 떼거지로 몰려오면 우리가 뭐 겁이라도 먹을 줄 알았나? 꼴값들 하고 있네, 아주. 우리도 여럿이야, 안 보여? 어디 가서 뒈져라, 이 할

망구야! 안 들려? 어디 자빠져서 뒈지라고! 어쨌거나 우린 여기서 한 발짝도 움직이지 않을 거니까, 아줌마들 데리고 집으로 돌아가셔! 빨리 내 눈앞에서 꺼지지 못해?"

아뿔싸! 창녀 아줌마의 대변에 루이즈 아줌마는 할 말을 잃었다. 샤바의 아줌마들은 어찌된 영문인지 잘 이해하지 못했지만 무조건 알았다고 했다.

이에 루이즈 아줌마의 명령이 떨어졌다.

"전원! 일단 후퇴!"

파견단 일동은 뒤도 돌아보지 않고 그곳을 나섰다. 바야흐로 '친니(창녀)와의 전쟁'이 선포된 것이었다. 집으로 돌아오는 길, 루이즈 아줌마는 공략 계획을 세우기 바빴다.

"두고 봐! 우리 애들이 따끔한 맛을 보여줄 테니까. 첫, 너희가 이기나 우리가 이기나 한번 해보자고!"

루이즈 아줌마의 뒤를 따르던 파견단의 여인들은 다시 한번 대장의 생각에 동의했다.

창녀들의 반동에 몹시 마음 상한 루이즈 아줌마는 샤바의 아이들을 모두 불러 모았다.

저녁 일곱 시, 우리는 모두 루이즈 아줌마의 작전 설명에 귀를 기울이고 있었다.

"너희들 모두 잘 들어. 일단은 창녀들이 있는 곳에서 한 10미터쯤 떨어진 곳에 숨어 있어. 그리고 라바가 신호를 보내면 작전개시를 하는 거다. 임무가 끝나면 얼른 뛰어와, 알았지?"

샤바의 특별대원인 우리들은 루이즈 아줌마의 작전에 모두 동의했다. 라바는 이번 작전에 있어서 공식적으로 특별대원 팀장의 명예를 걸머쥐었고, 우리는 각자 해야 할 임무와 계급을 배정받았다. 이번 작전에서 내가 할 일은 다행히도 몸으로 직접 부딪치는 공격부대 일이 아니었다. 나의 임무는 큰길 인도에 세워져 있는 차들의 번호를 알아오는 것이었다.

루이즈 아줌마가 나에게 말했다.

"차 번호를 잊어버릴 것 같으면, 어디 벽에라도 적어놔."

루이즈 아줌마는 대부분의 고객은 유부남이 틀림없으며, 만약 그들이 우리의 창녀 박멸작전에 반기라도 들라치면 바로 차 번호를 댈 계획을 하고 있었다. 그리고 그들을 협박하면 되는 것이었다.

예를 들면, '네 부인한테 다 이른다, 나쁜 놈!' 하고 말이다.

루이즈 아줌마는 이 방법이 아주 성공률 높은 것이라고 생각했다. 하지만 만약의 경우, 내가 번호를 적어 온 차 주인이 독신인 데다가 성격도 괴팍한 무서운 아저씨라면? 아……, 나만 피를 볼 것이 확실했다.

어쨌거나 계획대로 공격부대가 길을 나섰다. 일단 표적과 최대한 가까운 거리까지 전진한 후, 모두 나무숲으로 몸을 숨겼다. 우리 특별대원의 주머니와 두 손에는 각종 크기의 돌멩이들이 가득 담겨 있었다. 나는 공격부대에서 멀찌감치 떨어져 자리를 잡았다. 물론 나도 무장을 했다. 혹시 모르니까 말이다.

인도 위로는 덧없는 쾌락의 상업이 줄기차게 진행되고 있었다. 두 명의 창녀는 차 안에서 '그 일'을 하고 있었고, 남자들은 자기 차례가 되기를 이제나저제나 기다리며 자신들의 차 안에서 그저 발만 동동 구르고 있었다.

꼭꼭 숨은 샤바의 특별대원들은 작전개시 시간을 기다리고 있었다. 그때 갑자기 라바가 두 손가락을 입으로 가져가더니 휘파람을 불었다. 이에 군기가 바싹 오른 샤바의 아이들이 일제히 일어났다.

나는 반대로 몸을 더 숙였다. 너무 무서워서 다리가 덜덜 떨렸다.

길가에 세워져 있던 차들은 우박이 쏟아져 내리는 것과 같은 엄청난 돌멩이 세례를 받았다. 쏟아지는 돌멩이 때문에 차체는 큰 충격을 받았고, 깨진 유리창은 산산조각이 나서 허공으로 흩어졌다. 무방비 상태로 차 밖으로 나온 창녀 아줌마들과 고객 아저씨들은 쏟아지는 돌멩이를 피하려 손을 머리에 얹고 사방팔방으로 도망쳤다.

루이즈 아줌마한테 당돌하게 덤볐던 그 창녀 아줌마도 부리나케 달렸다. 정신없이 도망치는 통에 그 아줌마의 핸드백이 열렸고, 안에 있던 물건들이 바닥으로 우르르 쏟아졌다. 특별대원 중 세 명의 아이가 떨어진 동전을 놓고 싸우느라 바닥을 굴렀다.

이때 갑자기 40대쯤 되어 보이는 한 아저씨가 대담하게 나서 소리를 질렀다.

"이 빌어먹을 놈들! 네놈들이 우리나라에서 어쭙잖게 힘자랑이나 하고 있는 꼴을 내가 가만히 지켜볼 줄 알았더냐?"

그리고 그 아저씨는 내 쪽을 쳐다봤다. 아니, 정확히 말해 겁으로 몸을 잔뜩 움츠린 나! 바로 나를 본 것이었다. 정말 운도 없지! 아저씨가 나에게로 다가왔다. 아저씨는 화가 나서 잔뜩 찡그린 얼굴을 하고 있었다. 내가 이럴 줄 알았다. 내가 봉변의 희생양이 될 줄 알았단 말이다!

"라바! 라바! 저 아저씨가 날 잡아가려나봐! 라바, 살려줘!"

용감한 네 명의 전사가 나를 보호하기 위해 그 아저씨의 뒤를 쫓았고, 다행히 그 아저씨는 나에게서 멀어져 뒤꽁무니를 뺐다.

전투는 끝이 났고, 특별대원 팀장 라바가 전원 후퇴 명령을 내렸다.

"전원 샤바로! 빨리 달려!"

달리기에 있어서는 내가 단연 최고였다. 특히 위험으로부터 벗어나기 위해 도망가는 것이라면 말이다. 기진맥진했지만 그래도 나는 1등으로 샤바에 도착했다. 루이즈 아줌마는 집 정원에서 우리의 전투를 지켜보고 있었다. 적의 참패를 목도한 루이즈 아줌마가 두 손을 슬슬 비벼대며 말했다.

"정말 잘 싸웠다, 얘들아! 따뜻한 밀크커피 한 잔 대접받을 만해. 암 그렇고말고. 다들 나를 따른다, 실시!"

루이즈 아줌마의 집 대문 앞에서 특별대원 모두는 방금 전의 전투에서 자기가 겪은 일들을 떠들어대느라 바빴다.

나는 바로 옆에 있던 아쎈느에게 말을 건넸다.

"너 봤어? 어떤 아저씨 하나가 내 쪽으로 왔잖아."

"아니, 못 봤는데."

"날 잡으려고 막 달려오는 거야. 그래서 내가 어떻게 했게? 나 혼자서 그 아저씨 혼쭐을 내줬다는 거 아니겠냐. 그 아저씨 얼굴에다 돌멩이를 던져줬어. 그랬더니 도망가더라."

"안 무서웠어?"

"내가 왜? 무서워한 건 바로 그 아저씨야……."

바로 그때, 우리의 대화가 재미있다는 듯 라바가 우리 쪽을 쳐다보았다. 그래서 나는 곱게 입을 다물기로 했다.

그 다음날 아침 학교 가는 길, 우리는 시간을 보내기 위해 전날 있었던 창녀 추방 대작전의 모험담을 떠들어댔다.
 창녀 추방 파견단이 아닌 교육 파견단으로서 길을 나서는 우리가 맞은 아침은 쌀쌀하기만 했다.
 구겨진 바지를 입고, 아무렇게나 헝클어진 머리를 하고, 맞지도 않는 교복 가운을 걸쳐 입은 나는 가방을 짊어지고 다른 아이들 틈에 섞여 터벅터벅 모냉 아브뉴를 걸었다.
 판자촌 근처 아랍 오두막촌에 다다르자 열 명 남짓한 아이들이 우리 그룹에 합류했다. 모냉 아브뉴를 지나 큰길에 들어섰고, 우리는 플라타너스 그늘 아래로 걸어갔다. 이곳은 바로 창녀 아줌마들의 소굴이었다. 이 주변에는 투명에 가까운 하얀색의 고무로 된 동그란 모양의 풍선 비슷한 것들이 많이 버려져 있었는데, 라바는 그것을 가지고 우리들 앞에서 풍선을 불면서 장난을 쳤다.
 우리는 곧 큰길을 지나 사거리에 도착했다. 경찰 아저씨가 호각을 불면서 박력 넘치는 동작을 하며 교통정리를 하고 있었다.
 사거리를 지나면 바로 '레오-라그랑주'였다. 바로 내가 다니는 학교! 하지만 여기까지 오는 데에는 엄청난 스트레스를 감당해야 했다. 왜냐하면 사납게 철철 흘러가는 개천 위로 난 다리를 지나야 하기 때문이다. 진한 청록색의 개천물을 보는 것만으로도 나의 등골은 오싹해지곤 했다. 바람이라도 부는 날에는 철근으로 된 다리마저 덜컹거리며 흔들렸다. 그럴 때면 나는 한 손으로는 난간을 바투 잡고, 다른 한 손으로는 조라 누나의 옷을 잡았다. 이 위험천만한 다리만 건너면 학교에 가는 것은 문제가 없었다. 약 백여 미터만 더 걸으면 되는 것이다.

여덟 시가 되려면 몇 분밖에 남지 않았다. 많은 학생들이 벌써 정문 앞에 모여 있었다. 아이들은 각각 그룹을 지어 웅성댔다. 아쎈느가 구슬놀이를 하고 있는 팀에 끼어들더니 그들 중 한 아이에게 말했다.

"나랑 한판 해. 내가 앵두를 걸 테니까 내기하자."

그러자 아이가 아쎈느의 도전에 응낙했다.

아쎈느는 학교 벽에 등을 기대고는 다리를 벌리고 앉았다. 그리고 내기로 건 앵두를 앞에 놓아두었다. 2미터 정도 떨어진 곳에서 아이들이 구슬을 던져보았지만 맞추지 못했다. 덕분에 아쎈느는 아이들의 구슬을 차지했고, 그것을 모두 주머니에 주워 담았다. 다른 아이들도 한번 도전해보았지만 헛수고였다. 아쎈느는 서른 개도 넘는 구슬을 긁어모으더니 그만 하겠다고 말했다.

아쎈느가 앵두를 걸고 내기를 하고 있는 동안, 나도 마노(瑪瑙)를 걸고 구슬 열 개를 따보려 시도했다. 물론 내기에서 졌다.

조금 떨어진 곳에서 내기를 하던 아이들이 주먹다짐을 하고 있었다. 내기에서 진 아이가 구슬을 내놓지 않으려고 떼를 쓴 모양이다.

집시 아이 한 명이 우리 쪽으로 다가오더니 아쎈느에게 말을 걸었다.

"너 앵두 걸고 나랑 한판 할래?"

"아니. 하고 싶으면 이따 오후에 하든가."

집시 아이는 아쎈느를 자꾸 부추겼다.

"너 나한테 질까봐서 쫄았지, 겁쟁이!"

그러자 아쎈느가 집시 아이를 멸시하듯 바라보며 눈을 부릅떴다. 이에 그 아이는 그만 포기하고 말았다.

학교 시작하기 5분 전이었다. 나는 아쎈느에게 길 건너 상점에 가서 사탕을 사자고 제안했고, 아쎈느가 내 말에 응했다. 나는 상점으로 가던 길에 우리 반 아이들이 모여 있는 것을 보았다. 모두들 문장 외우기에 여념이 없었다. 오늘 아침 선생님 앞에서 테스트를 받아야 하기 때문이었다.

상점에서 돌아오는 길, 학교종이 메아리치는 것이 들렸다. 아이들은 바닥에 두었던 가방을 다시 짊어지고 다들 서있었다. 아이들을 학교까지 데려다주러 나온 엄마들이 아이들 뺨에 뽀뽀를 했고, 또 학교에서 열심히 공부하라고 다독거렸다.

수위 아저씨가 육중한 철문을 열었고, 오색영롱한 가운을 입은 아이들을 안으로 들여보내기 위해서 자신은 문 옆으로 얼른 물러섰다. 봇물 터지듯 아이들이 우르르 몰려들었다. 수많은 인파는 곧 남자 반, 여자 반, 저학년 반으로 나뉘어 각각 자기 반으로 흘러 들어갔다.

우리 모두는 아침 여덟 시부터 열한 시까지 철저한 침묵 속에서 지식을 축적해야 했다.

우리는 두 명씩 짝을 짓고 줄 맞춰 교실로 들어갔다. 선생님은 교단 위로 올라가셨다. 이윽고 출석을 부르는 선생님. 어렵게 어렵게 아랍 이름을 발음했다. 출석을 다 부르자 선생님이 말했다.

"자, 도덕 시간이다."

고학년 반의 여느 아침 수업이 그러하듯, 오늘도 선생님은 우리가 지켜야 할 도덕에 관해 말씀을 하셨다. 또한 여느 아침이 그러하듯, 선생님의 말씀에 창피해진 나는 얼굴을 붉혔다. 왜냐하면 선생님이 말하는 것과 내가 매일 길거리에서 하는 행동 사이에는 천양지차가 나기 때문이었다.

나는 한마디로 도덕 시간에 참여할 자격이 없었다.

프랑스 아이들과 선생님은 서로 의견을 주고받았다. 프랑스 아이들은 발표를 하기 위해 손을 드는데, 그것은 자신들의 경험을 발표하기 위해서였다. 또한 자기들이 겪은 일이 오늘 배우는 도덕 수업과 얼마나 큰 관련이 있는지를 보여주기 위한 것이었다.

나를 포함한 우리 반의 아랍 아이들은 도덕 시간에 별로 할 말이 없었다.

나는 눈을 크게 뜨고, 귀를 쫑긋 세우고는 선생님과 프랑스 아이들 사이에 오고가는 대화를 들었다.

나는 판자나 철판으로 대충 지어 만든 집들이 모여 있는 판자촌에 살고 있으며, 그런 곳에는 찢어지게 가난한 사람들만 모여 산다는 것을 잘 알고 있었다. 나는 알랭네 집에 여러 번 놀러 간 적이 있었다. 알랭네 집은 모냉 아브뉴에 있었다. 그때 나는 알랭네 집, 그러니까 보통 집이 내가 살고 있는 판잣집보다 훨씬 낫다는 것을 깨달았다. 그리고 그 집은 또 얼마나 넓던지! 알랭네 집 한 채는 우리 판자촌 전체를 합쳐놓은 크기 정도였다. 게다가 그 집에는 알랭만을 위한 독방도 있었다. 알랭의 방안에는 책을 놓을 책상도 있고, 옷을 정리할 옷장도 있었다.

알랭네 집에 갈 때마다 내 눈은 휘둥그레지곤 했다. 솔직히 말해서 나는 알랭한테 우리집이 어디라고 말할 자신이 없었다. 창피하기 때문이었다. 이러한 이유로 알랭은 아직까지 한번도 샤바에 와본 적이 없었다. 알랭은, 뭐라고 하면 좋을까. 둑 위로 널린 쓰레기를 뒤지거나, 쓰레기차에 올라타거나, 창녀들이나 게이들을 괴롭히는 일에 관심을 가질 아이가 아니었다. 아니, 알랭이 '게이' 라는 말의 뜻이나 알까 의문이었다.

토론은 계속되었다. 프랑스 아이들은 내가 지금까지 한번도 들어본 적이 없는 단어를 쓰기도 했다. 나의 무지에 너무나 창피한 마음이 들었다.

나는 몇 번이나 실수로 샤바에서 쓰는 말투로 선생님한테 말을 한 적이 있었다.

"샘님, 울 엄마 목을 걸고 맹세함다. 진짬다, 샘님!"

이런 내 말에 옆에 있던 아이들이 웃음보를 터뜨렸었다.

그리고 언젠가 알게 된 것이 있는데, 그것은 내가 아랍어로만 알고 프랑스어로는 모르는 단어들이 있다는 것이었다. 예를 들면 '케싸' 가 그랬다. 케싸는 목욕할 때 쓰는 장갑을 뜻하는데 프랑스어로는 알 수가 없다.

나는 나의 이런 무식함에 너무도 창피했다. 그래서 몇 달 전부터 나는 완벽하게 변신하기 위해 노력하고 있었다. 가난한 아이들, 반에서 공부 못하는 아이들과 노는 것이 싫어졌다. 나도 프랑스 아이들처럼 반에서 공부 잘하는 아이들에 속하고 싶었다.

선생님은 오늘 아침 수업의 주제인 '청결' 에 대해 아이들이 발표를 많이 해서 기분이 좋아 보였다. 그리고 토론에 열심히 참여한 아이들에게 상으로 그림카드를 주셨고, 좋은 점수도 주셨다.

오전 수업 끝종이 울렸고 반쯤 넋이 나가 있던 나는 교실을 나섰다. 나는 생각에 잠겼다. 나도 다른 프랑스 애들처럼 될 수 있다는 것을 보여주고 싶었다. 아니 프랑스 아이들보다 낫다는 것을 증명하고 싶었다. 비록 내가 사는 곳이 가난한 판자촌 샤바일지라도 말이다.

먼저 교실에서 나온 샤바의 아이들은 밖에서 나머지 아이들이 나오기를 기다리고 있었다. 같이 판자촌으로 돌아가기 위해서였다. 우리들 중 아무도 학교에 남아 학교 식당에서 점심을 먹는 아이가 없었다. 왜냐하면 메뉴에 돼지고기가 있기 때문이었다.

선생님이 정문 쪽으로 걸어가고 있었다. 선생님은 우리 반에서 공부를 제일 잘하는 아이들 중 한 명과 대화를 나누고 있었다. 나는 얼른 시선을 돌렸다. 내가 자기들을 몰래 엿보고 있다고 생각할지 모르기 때문이었다.

샤바의 아이들이 다 밖으로 나왔고, 우리는 모두 집으로 돌아갔다.

집에 들어온 나는 파스타 한 접시를 아귀아귀 먹어치우고 나서 얼른 밖으로 나갔다. 조금 있으면 다시 학교로 돌아가야 하지만 잠깐이라도 놀기 위해서였다. 아쎈느가 나에게 다가왔고, 다른 아이들도 밥을 먹고 밖으로 나왔다. 우리는 돌멩이를 던져 빈 병 쓰러뜨리기를 했고, 자전거 페달을 고쳤으며, 상자로 집을 만들었다.

　빈 병 깨지는 소리와 녹이 슨 못에 돌멩이 부딪히는 소리, 그리고 아이들의 고함이 어우러진 아수라장 속에서 누군가가 크게 소리쳤다.

　"학교에 돌아갈 시간이야!"

　우리는 하던 일을 관두고 기름지고 더러워진 손을 씻었다. 지식인의 상징인 교복 가운을 다시 걸쳐 입은 우리들은 오후 수업을 위해 떠날 준비를 마쳤다.

　똑같은 길을 벌써 세번째 반복해서 가는 것이다.

　아직 두 시가 되려면 더 기다려야 했다. 그 틈을 이용해 아침에 이은 구슬 상거래가 이루어졌다. 아침의 그 집시 아이가 다시 와서 아쎈느에게 시합을 요청했다.

　"한판 할래?"

　좋다고 말한 아쎈느는 앉아서 내기를 했고……, 졌다.

　집시 아이는 내기에서 딴 앵두를 들고 다른 쪽으로 가더니 화가 잔뜩 난 패배자 아쎈느가 보는 앞에서 그 앵두를 걸고 다른 내기를 시작했다.

　두 시가 되었고, 우리는 모두 교실로 들어갔다. 오후 수업은 느릿느릿 진행되었다. 오늘 아침 수업 이후로 내 결심은 더욱 확고해졌다. 나는 더이상 반에서 겉도는 아랍 아이로 지내지 않기로 마음먹었다. 프랑스 아이들과 당당하게 겨룰 수 있는 그런 아이가 되기로 한 것이다.

교실로 들어가자마자 나는 제일 앞자리를 차지하고 앉았다. 선생님의 교탁 바로 아래였다. 오전 수업 내내 그 자리에 앉았던 아이도 별말이 없었다. 그 아이는 교실 뒤로 가더니 비어 있는 원래의 내 자리에 앉았다.

선생님은 놀랐다는 듯 나를 흘끔 내려다보셨다. 그런 선생님을 나는 백번 이해했다. 나는 선생님에게 달라진 내 모습을 꼭 보여주겠다고 다짐했다. 나도 이제 반에서 제일 말 잘 듣는 아이 중 하나라는 것을, 알림장을 가장 깨끗이 쓰는 아이 중 하나라는 것을, 손도 깨끗하고 손톱 사이에 때도 끼지 않은 깨끗한 아이 중 하나라는 것을, 그리고 수업에 참여 잘하는 아이 중 하나라는 것을 꼭 보여주고 싶었다.

"우리는 모두 버싱제토릭의 후손이다."

"옛, 샘님!"

"프랑스의 면적은 약……."

"옛, 샘님!"

선생님의 말은 늘 옳았다. 선생님께서 우리가 모두 갈리아족의 후손이라고 하면, 그 말이 맞는 것이다. 우리 아랍인들의 콧수염 모양이 갈리아족의 특이한 콧수염과 다르다고 해도 할 수 없는 일이었다.

나는 오늘 오후 모든 이를 놀랬고 그들의 관심을 끌었다. 몇 시간 동안 계속되는 수업 내내 내 손은 하늘을 향해 번쩍 들려 있었다. 선생님이 질문을 하지 않을 때에도 나는 발표를 하고 싶은 마음이 간절했다. 선생님은 아직 나에게 그림카드 선물을 주지 않으셨다. 하지만 아무렇지 않았다. 왜냐하면 머지않아 곧 그날이 올 것을 알았기 때문이다.

다섯 시가 되어 수업 끝종이 울렸고, 아이들은 모두 밖으로 돌진했다. 하지만 몇몇의 불행한 아이들은 여섯 시 15분까지 학교에 남아 있어야 했다. 나도 그 아이들 중에 속했다. 엄마와 아빠는 내가 길거리를 헤매고 돌아다니느니 차라리 학교에 얌전히 남아 있기를 바랐던 것이다. 나는 이 시간을 이용해서 숙제를 했다. 오늘 저녁에는 왠지 평소에 없던 학구열이 불타올랐다. 선생님도 드디어 나의 결심을 알아차린 것임이 틀림없었다. 오후 수업 때 맨 앞에 앉은 것은 정말 잘한 일인 것 같다.

원래 나는 저녁까지 학교에 남는 것을 무척이나 싫어했다. 왜냐하면 나는 해질 무렵의 샤바를 좋아했기 때문이다. 노을이 지면 샤바는 너무나 아름답다. 저녁이 되면 일 나갔던 아버지들이 다들 집으로 돌아왔다. 고된 일과를 마친 판자촌이 비로소 활기를 띠기 시작하는 것이다.

저녁 자율학습이 끝났다. 나는 미친 듯이 달려 집으로 돌아왔다. 큰길, 모냉 아브뉴, 둑길을 지나 어둠이 자욱이 젖어들기 시작한 샤바에 도착했다!

　샤바의 남자들이 마당에 둥글게 원을 그리고 앉아 있었다. 부인들이 집 밖으로 날라준 커피를 마시며, 담배를 태우며 이야기꽃을 피웠다. 남자들이 둥글게 앉아 만든 원 안에는 안테나를 쭉 뺀 라디오가 아랍 음악을 흘려보내고 있었고, 음악에 맞춰 천천히 몸을 흔드는 아빠는 오늘 따라 평온해 보였다.

　모여 있는 아저씨들 주위로는 아이들이 몰려들어 놀기에 바빴다. 그중 두 아이가 빈 병 하나를 놓고 싸움박질을 했다. 그러자 한 아저씨가 일어나 그 둘을 말렸다.

　저 멀리 루이즈 아줌마를 중심으로 남자 아이들과 여자 아이들이 모여 있었다. 나는 그 틈에서 아쎈느를 찾아냈다. 아줌마는 아이들에게 이야기를 들려주고 있었다. 샤바의 아이들은 학교 숙제를 하는 것보다 루이즈 아줌마의 이야기를 듣는 것을 훨씬 더 좋아했다. 두 손에 빵조각과 각설탕 두 개를 쥐고, 나도 루이즈 아줌마의 동화나라로 빠져들었다.

　"조라! 동생들 불러서 빨리 들어와! 밥 준비 다 되었다."

　문턱에서 엄마가 소리치는 것이 들렸다.

　조라 누나는 루이즈 아줌마의 이야기를 더 듣고 싶어했다. 하지만 엄마 말에 따르기로 했다. 누나는 나한테 빨리 집으로 돌아가자고 애원했다.

　"너희들이 지금 들어가지 않으면 혼나는 건 나야! 아빠가 나만 혼낸다고!"

조라 누나의 말에 무스타프 형이 나섰고, 나도 형과 누나를 따라 집으로 들어갔다.

판자촌 마당에는 주인이 떠나간 텅 빈 의자만이 덩그러니 남아 있었다. 그리고 그 옆에는 아저씨들이 두고 간 커피잔이 큰 쟁반 위에 놓여 있었다. 남자들이 샤바의 저녁 공기와 섞여 허공을 떠도는 밥 짓는 냄새에 이끌려 모두 집으로 돌아간 후였다.

엄마는 저녁식사로 밀병을 만들었다. 대추와 우유를 곁들여 먹는 음식이다. 엄마는 수건으로 접시를 감싸더니 그 위에 아직 따뜻한 밀병 몇 장을 조심히 올려놓았다. 그리고 그 접시를 나에게 내밀면서 말했다.

"부샤위네 집에 갖다줘라."

집을 나서 마당에 들어선 나는 라바의 동생 중 한 명과 마주쳤다. 그 아이는 양고기 두 점이 섞인 쿠스쿠스 한 접시를 들고 마침 우리집으로 오던 중이었다. 그 애는 저녁 무렵 아버지가 부샤위 아저씨와 얘기를 나누다가, 그 참에 아예 저녁식사에 초대했다고 말했다.

돌아오는 길에 나는 집에 들어갈 생각은 안 하고 괜히 마당을 어슬렁거렸다. 그리고 창문 너머로 다른 집들 안을 바라보았다. 그때 거역할 수 없는 엄마의 목소리가 들렸다.

"너 밥도 안 먹고 잘 생각이냐?"

식구들은 이미 대추도 다 먹었고, 우유도 다 마셔버렸다. 그래서 나는 지두마가 보낸 쿠스쿠스를 먹었다.

밤이 되었다. 샤바가 깊은 침묵에 잠기는 시간이었다. 시끌벅적했던 낮과는 사뭇 다른 밤의 정적에 귀가 얼얼할 지경이었다. 옅은 불빛이 판잣집 문을 비집고 흘러나왔다. 라디오에서 흘러나오는 아랍 음악이 밤이 늦도록 잠들지 않은 우수어린 자들의 귓가를 맴돌았다. 그리고 어른들은 몇 시간 남짓한 그들만의 아늑한 시간을 즐겼다.

아이들은 서로 바싹 붙어 바닥에 놓인 매트리스 위에서 잠을 잤다. 모두가 잠자리에 드는 시간이었다. 여자들은 자유를 꿈꾸고, 남자들은 고향을 꿈꾸는 시간. 나? 나는 방학 생각에 빠져들었다. 그리고 내일이 시험 보는 날이었으면 얼마나 좋을까 하고 생각했다.

금요일 아침 여덟 시. 나는 오늘도 맨 앞자리에 앉았다. 이제 우리 반 아이들 모두는 앞으로 내가 항상 이 자리에 앉을 것이고, 절대 자리를 바꾸는 일은 없을 것이라는 점을 확실히 알아차린 모양이었다.

오늘 아침 선생님께서는 교육에 관한 도덕 수업을 하셨다.

"교육을 잘 받은 학생은 어른들을 만나면 '안녕하십니까', '안녕히 가십시오', '감사합니다' 라고 말을 해야 한다. 교육을 잘 받은 사람들은 이렇게 말하고 조신하게 행동한다. 또 교육도 잘 받고 얌전한 아이는 자기 전에 엄마와 아빠한테 가서 뺨에 뽀뽀를 하고 '안녕히 주무세요' 라는 말을 해야 한다."

마지막 문장을 말씀하시며 선생님은 나를 향해 고개를 숙이셨다. 날 놀리는 거야 뭐야? 나는 아직까지 단 한번도 잠자리에 들기 전에 '그런 것' 을 해본 적이 없었다. 나는 선생님이 나를 보며 무슨 질문이라도 할 것만 같아 무서웠다. 그래서 나는 얼른 고개를 숙였다. 선생님이 계속해서 말씀하셨다.

"학교종이 쳤을 때, 문 앞에서 기다리고 있는 교장선생님이나 다른 선생님들한테 다가와서 '안녕하세요' 하고 인사하는 사람 있으면 손 들어봐."

아무도 손을 들지 않았다. 그리고 다들 시선을 피했다. 아니, 그 누가 아침에 교장한테 가서 인사할 생각을 한단 말인가?

도덕 시간이 끝났다. 선생님은 열한 시 30분까지 글짓기를 할 것이라고 말씀하셨다.

오늘의 주제 : '시골에서 보내는 하루 일과를 써보세요.'

나는 가방에서 종이를 꺼내고 펜에 잉크를 잔뜩 묻혀서 일단

연습용으로 글을 쓰기 시작했다. 무슨 말을 쓸 것인지 내 머릿속에는 이미 다 정리가 되어 있었다. 하지만 선생님한테 샤바에서 일어나는 일이라고 털어놓을 생각은 없었다. 그저 샤바가 시골인 것처럼, 선생님이 상상하는 시골마을인 것처럼 해서 글짓기를 할 생각이었다.

나는 그물로 물고기도 잡고, 사냥도 하고, 새덫도 놓을 줄 아는 어느 소년에 대한 이야기를 썼다⋯⋯. 아니 마지막 문장은 지워버렸다. 선생님이 나를 야만인 취급할지도 모르기 때문이었다. 내 이야기의 주인공 소년은 새 종류만도 여럿을 알고, 새 알을 보면 그것이 어떤 새의 알인지도 금방 알아내는 아이였다. 소년은 파충류에 대해서도 잘 알고 있었다. 야생 과일, 나비, 버섯 등에 대해서도 모르는 것이 없었다. 소년의 어머니는 소년에게 염소 '비쉐트'의 젖을 짜는 방법을 가르쳐주었다. 소년은 동네 아이들과 함께 초원에 묶어놓은 양의 등에 올라타서 하는 것처럼, 염소 비쉐트의 등에 올라타서 로데오 놀이를 하기도 했다. 나는 결론으로 이 소년이 시골에서 얼마나 행복한 삶을 살고 있는지를 적었다.

글짓기 시간이 끝났다. 이제 다 쓴 것을 선생님께 드리기만 하면 되는 것이었다. 선생님은 분단마다 돌아다니며 아이들의 글짓기를 받아 모았다. 무싸위는 아무것도 적지 않았다. 하지만 선생님은 이에 대해 한 말씀도 하시지 않았다.

오후 수업 때는 다른 시험을 봤다. 나는 신이 났다. 왜냐하면 내가 생각해도 잘 본 것 같았기 때문이다. 학교를 마치고 샤바로 돌아가는 길, 나는 숲속을 뛰어다녔다. 예쁜 낙엽도 줍고, 나무둥치를 비집고 나와 달려 있는 버섯도 땄다. 숲에서 모은 것들을 몰래 가방에 담고 아쎈느와 라바가 있는 곳으로 갔다. 다른 아이들과 함께 아쎈느와 라바는 큰 바퀴가 달린 수레를 만들고 있었다.

망치질을 하던 우리는 누군가가 자갈길을 달리는 소리에 동작을 멈췄다. 무스타프 형이었다. 형이 소리를 지르며 학교에서 돌아오는 길을 달리고 있었다.

"다시 또 나타났어! 다시 왔다구! 둑 쪽에 있어! 창녀 아줌마들, 그 아줌마들이 왔단 말이야!"

나는 달려가서 이 사실을 확인했다. 정말 창녀 아줌마들이 거기에 있었다. 판자촌에서 백 미터 정도 떨어진 곳, 학교 가는 바로 그 길에 아줌마들이 있었다. 물론 고객들과 함께 말이다.

라바가 우리 쪽으로 다가왔다. 장난기 어린 눈을 찡긋하며 라바가 말했다.

"창녀들이 온 사실을 루이즈 아줌마가 알면 안 돼!"

그러나 어차피 루이즈 아줌마는 일을 하기 때문에 창녀들이 온 것을 모를 것이다. 우리는 조금 있다가 이곳에 다시 모이기로 했다.

"빨리 움직여! 빨리 샤바로 돌아가라!"

우리는 라바의 말에 복종했다. 분명 라바는 뭔가 기막힌 작전을 준비하고 있으리라.

얼마의 시간이 지난 후, 코만도 작전이 시작되었다. 우리 인원을 다 합치니 한 열 명 정도 되었다. 우리는 창녀 아줌마들과 차 안에서 기다리는 아줌마들의 고객 곁으로 바싹 다가갔다. 이때 라바가 멈추라고 지시했다. 그러고는 무스타프 형에게 이렇게 말했다.

"넌 날 따라와. 절대 아무 소리도 내지 말고!"

형은 라바의 말에 절대 복종했다. 먹이를 앞에 둔 치타마냥 라바와 무스타프 형은 몸을 잔뜩 숙이고 손에는 철사를 가득 담아 차 쪽으로 다가갔다. 그리고 한 치의 머뭇거림도 없이 차의 뒷바퀴에 철사를 감았다. 우리는 뒤에 남아 그들의 작업을 지켜봤다. 이 얼마나 용감한 전사들인가! 임무를 마친 두 사람은 우리 쪽으로 돌아왔다.

라바가 우리 모두에게 물었다.

"다들 돌멩이 가지고 있지?"

이번에는 무스타프 형이 말했다.

"그럼 마음대로 쏴, 알겠나?"

무스타프 형은 자기도 명령을 할 수 있는 위치라는 것을 우리에게 보여주고 싶었던 것이다.

여기저기서 돌멩이들이 날아들었다. 차에 타고 있던 아저씨가 시동을 걸고 차를 움직이려 해보았으나 굉음만 들릴 뿐. 철사로 이은 뒷바퀴 때문에 차는 더이상 움직이질 않았다. 이때 나는 유리창을 향해 돌멩이를 조준했고, 온힘을 다해 던져 뒷유리창을 깨뜨렸다. 충격이 컸던지라 나도 깜짝 놀라 뒤로 물러섰다. 이때 라바가 명령했다.

"이제 그만!"

창녀 아줌마와 고객 아저씨는 공포에 떨며 그 자리를 나섰다. 그리고 마치 무슨 말인가를 하고 싶어하는 듯 잠깐 동안 우리를 쳐다보았다.

고객 아저씨는 차바퀴에 연결된 철사를 끊어보려 이래저래 애를 썼다. 그리고 창녀 아줌마는 우리를 향해 몇 걸음 다가오더니 조금 떨어진 곳에 멈춰 섰다. 단추 풀린 블라우스 사이로 연분홍빛의 가슴이 보였다. 라바와 무스타프 형이 입을 헤벌리고 천상의 선물인 아줌마의 가슴에 넋이 나가 있는 동안, 우리는 혹시 모를 위험에 대비해 주머니 가득 담긴 돌멩이를 흔들면서 공격을 준비했다.

그러자 창녀 아줌마가 두 손을 번쩍 들었다.

"아니 잠깐! 돌멩이 던지지 마. 너희들한테 할 말이 있어서 그래" 하고 아줌마는 라바와 무스타프 형을 보며 말했다.

"너희들이 동네 대장인가보구나. 나도 너희들만 한 자식이 있단다……. 근데 내 아이들은 너희들처럼 사납거나 나쁘지 않아. 왜 자꾸 우리를 괴롭히니? 우리가 언제 너희들한테 해를 입히는 것 봤니? 그러니까 너희들도 우리를 좀 가만 내버려 둬."

라바와 무스타프 형은 아무 말도 하지 않았다. 게다가 아줌마의 말에 감동까지 받은 듯했다. 이때 창녀 아줌마가 핸드백을 열었다. 우리는 아줌마의 행동에 깜짝 놀라 뒤로 물러섰다. 그러자 아줌마가 우리를 안심시켰다.

"괜찮아. 무서워할 것 없어. 잠깐만……."

아줌마는 핸드백에서 동전지갑을 꺼냈다. 그리고 우리가 보는 앞에서 5프랑짜리 지폐 한 장을 꺼내더니 그것을 라바에게 건넸다.

"자, 이거 받아라. 그리고 이제 제발 우리 좀 가만 놔둬. 알겠지?"

더이상 말할 것도 없이 라바는 우리에게 샤바로 돌아갈 것을 명령했다. 그리고 아줌마의 '영업의 노고'를 백번 이해하며, 아줌마가 문제없이 일을 할 수 있도록 협조하겠다고 약속했다. 그날 이후 창녀 아줌마들은 경찰들의 눈을 피해 일할 수 있는 샤바의 근처로 오곤 했다. 그러면 그날 당번인 코만도가 창녀 아줌마들한테 가서 수금을 했다. 그러나 그렇게 수금한 돈은 라바와 무스타프 형만이 관리할 자격이 있었다.

여느 아침과 다름없이 오늘도 나는 학교에 갔다. 우리가 모냉 아브뉴에 도착했을 때 라바는 친구인 쉬슈와 함께 딴길로 새기로 작정했다. 어디로 가는지는 나도 잘 모르겠으나 빌뤠르반느 쪽으로 나섰다. 나도 라바와 그 친구를 따라가고 싶은 마음이 간절했다.

여덟 시 5분 전, 수위 아저씨가 정문을 열자마자 나는 학교 안마당으로 직진했다. 남자 반 쪽에서 교장선생님이 다른 선생님들과 함께 대화를 나누고 있었다. 이제 학교종이 울리면 둘씩 짝을 지어 교실로 들어가야 한다. 나는 가방을 바로 고쳐 매고, 교복 가운의 단추도 똑바로 잘 잠갔다. 그리고 선생님들이 모여 있는 곳으로 갔다. 나는 겨우 숨막힌 소리를 내면서 인사를 했고, 악수를 하기 위해 손을 내밀었다. 그러나 아무도 나에게 신경을 쓰지 않았다. 선생님들은 항상 심각한 문제에 대해 의논을 하기 때문일 것이다. 나는 혹시나 누가 볼까봐서 얼른 뒤를 돌아보았다. 다행히 아무도 쳐다보는 이가 없었다.

우리 선생님의 눈이 나에게 무언가를 말하는 것 같았다.

'여기서 뭐하니?'

나는 당황해서 무엇을 해야 할지 종잡을 수가 없었다.

'혹시 어제 도덕 시간에 있었던 일을 벌써 잊으신 걸까?'

어차피 주사위는 던져졌고, 다시 돌이킬 수 없는 상황이었다. 그래서 나는 주의를 끌기 위해 목소리를 더 높이기로 결심했다.

"안녕하심까, 교장샘님! 안녕들하심까, 샘님들!"

그러자 선생님들이 모두 나를 쳐다보았다. 그래서 나는 용기를 내어 다시 악수를 청했다. 그런데 갑자기 교장선생님이 웃음보를 터뜨리는 것이었다. 나머지 선생님들도 모두 따라 웃었다. 다들 교장선생님의 반응을 기다린 눈치였다.

가방도 똑바로 매고, 가운의 단추도 잘 채우고, 머리도 단정하게 빗은 나였지만 창피함에 어쩔 줄을 몰랐다. 나는 얼른 뒤를 돌아 마당 가운데로 향했다. 마당이 아니면 다른 곳, 어디든 어떠랴. 빨리 자리를 피해야 했다. 하지만 나는 무엇을 어떻게 해야 할지 몰라 우물쭈물거렸다. 나는 완전히 놀림거리가 된 것이었다. 바로 그때, 학교 종이 울렸다. 나는 아이들이 짝을 지어 모여 있는 곳으로 향했다. 그리고 교실로 들어가기 위해 계단을 오를 때, 선생님이 내 어깨에 손을 얹으며 말씀하셨다.

"아까는 참 잘한 일이다……. 그런데 말이야, 그냥 '안녕하세요'라고만 해도 되는 거야. 손은 내밀지 말아야 해. 어른들이나 악수를 하는 것이란다. 하지만 어쨌든 잘했어. 오늘처럼만 예의 바른 학생이 되거라."

나는 겨우 용기를 내어 선생님의 얼굴을 쳐다보았다. 나 혼자 수업 시간에 배운 바른 예절 생활을 실천한 것이었다. 하지만 나는 앞으로 다시는 그러지 말아야겠다고 다짐했다. 그리고 당분간은 선생님들의 눈에 띄지 말아야겠다고도 생각했다.
 나는 자리에 앉아 가방을 무릎 위에 올려놓았다. 가방을 열어보니 어제 주운 낙엽과 버섯이 고스란히 들어 있었다. 다름 아니라 바로 선생님께 선물하려고 모았던 것이었다. 나는 얼른 가방을 닫았다.
 '절대 아무것도 주지 않을 테다. 할 수 없지, 뭐.'
 오전이 휙 하고 지나갔다. 수업 시간에 무슨 말을 들었는지 하나도 기억이 나지 않았다. 정신이 딴 곳에 가 있었기 때문이다. 내일은 토요일, 무스타프 형과 함께 시장에나 가야겠다.

 형은 시장에 가는 날이면 아침 일찍부터 나를 깨웠다. 예전의 50상팀짜리 상추 할머니는 추억으로 남았다. 왜냐하면 우리가 독립을 해서 프리랜서로 장사를 시작했기 때문이다. 우리는 숲에서 꽃을 꺾어다가 크르와-뤼제 시장에 나가 팔았다. 은방울꽃, 라일락, 양귀비꽃, 겨우살이, 호랑가시나무 등등 종류도 다양했다. 형과 나는 돈이 될 만한 것이면 무엇이든 팔았다.
 "라일락 사십쇼. 한 다발에 1프랑, 세 다발에 2프랑임다! 라일락 사십쇼!"
 오늘 아침 나는 과일장수와 야채장수 틈에 끼어서 혼자 장사를 했다. 무스타프 형은 조금 떨어진 곳에 자리를 잡았다. 형은 아무 말도 안 하면서 나한테만 손님을 끌기 위해 소리를 치라고 명령했다. 라바와 그의 동생들도 시장에 와서 장사를 했다. 라바네 가족은 오늘 하루 나의 맞수였던 것이다.

나는 별로 장사 체질이 아니었지만 어쨌든 라일락을 팔면 돈을 많이 벌 수가 있었다. 오전에 벌써 30프랑이나 벌었다. 무스타프 형이 번 돈에서 얼마를 떼어 나에게 주었다. 그리고 남은 돈은 모두 엄마한테 가져다주기로 했다.

한 할머니가 가던 길을 갑자기 멈추더니 내 앞에 서서 말했다.

"이걸로 두 다발만 주겠니?"

나는 땅바닥에 진열해놓은 꽃을 줍기 위해 몸을 숙였다. 그랬더니 할머니가 내 머리카락을 만지작거리며 칭찬을 했다.

"곱슬머리가 참 예쁘구나."

할머니의 미소 앞에서 나는 당황을 금치 못했다. 할머니는 방금 나에게서 산 꽃다발을 손에 들고 가던 길을 가며 몇 번이고 뒤돌아보고 또 뒤돌아봤다.

"꽃 두 다발 주세요."

"옙, 근데 무슨 꽃으로 드릴까요?"

아직 할머니의 칭찬에 어리둥절했던 나는 되는대로 아무 꽃이나 집어올렸다. 그리고 손님을 향해 꽃을 건네려는 순간! 꽃다발을 들고 쭉 뻗었던 내 팔이 툭 떨어졌다. 그랑 선생님! 우

샤바의 소년 93

리 담임선생님이 바로 내 눈앞에 서계신 것이 아닌가. 선생님은 웃으면서 꽃다발을 가져갔다. 얼굴이 새빨갛게 달아오른 나는 안 그래도 너무 헐렁한 골덴바지 안으로 쑥 들어가 더 작아지는 기분이 들었다.

선생님도 어찌할 바 몰라 하는 나를 이해한 모양이었다.
"안녕, 아주즈! 얼마를 주면 되는 거지?"
어떻게 할까? 무얼 하면 좋단 말인가? 도망갈까? 아니다. 선생님은 그런 나의 행동을 이상하게 생각할 것이다. 나는 단 한 마디도 제대로 꺼내지 못하고 그대로 굳어버렸다. 이에 선생님은 내 손을 펴서 1프랑짜리 동전 세 개를 올려놓으셨다. 그리고 방금 사신 꽃다발을 다시 나에게 돌려주시더니 유유히 시장의 군중 속으로 사라져가셨다. 내 몸무게의 반이 줄어든 느낌이었다. 선생님이 다른 가게의 진열대 뒤로 완전히 사라지자 나는 얼른 무스타프 형에게 달려갔다.

"나 갈래. 이제 장사 안 해. 집에 간다, 그럼" 하고 형에게 말했다.
"이게 미쳤나? 빨리 돌아가서 하던 장사나 계속 하지 못해?"
"싫어, 집에 갈 테야!"
그리고 집 쪽을 향해 달렸다. 꽃도 남겨두고 말이다.
월요일에 학교에서 선생님을 다시 만나면 어떻게 하지? 선생님한테 뭐라고 말하지? 애들이 다 보는 앞에서 오늘 있었던 일을 말하는 건 아닐까? 아, 창피해서 내가 정말! 시장에서의 우연은 나에게 끝없는 불행을 가져다줄 것이 틀림없었다. 숲에서 꺾은 꽃을 시장에 가서 파는 것이 도덕적인 시각에서 봤을 때 잘한 일인가? 절대 아니었다. 교육을 잘 받은 아이라면 그런 일은 절대 하지 않을 것이다. 그러고 보니 시장에서 라일락이나 다른 꽃장사를 하는 프랑스 아이는 본 적이 없었다. 샤바의 아랍 아이들이나 하는 일인 것이다.

오후 내내 나는 정신적 고통에 시달렸다. 그리고 일요일이 어떻게 지나갔는지도 몰랐다.

끔찍한 일요일 밤이 지나고 월요일이 왔다. 그랑 선생님과의 재회! 물론 나는 교장선생님을 비롯한 다른 선생님들의 눈을 피하는 것도 잊지 않았다. 선생님은 교실에 들어가기 전에 나를 불러세워서 친절한 몇 마디를 건네셨다. 내가 불편해하지 않게 하기 위한 배려였다. 선생님이 나를 불쌍하게 여기는 것이 틀림없었다. 아마 속으로 이런 생각을 하셨을 것이다. '쯧쯧 불쌍한 것. 외국에 와 살면서 부모님을 도와드리기 위해서 어쩔 수 없이 시장에 나가서 돈을 벌어야 한다니……. 이런 불행이 또 어디 있는가, 그리고 저 소년은 얼마나 용감한가!' 라고 말이다.

나는 잃어버린 줄만 알았던 신용을 되찾았고, 게다가 선생님한테 잘 보인 것 같아서 기분이 아주 좋았다. 내 처지를 가엾게 여기는 선생님한테 걱정 마시라고 다독여드리고 한마디 하고 싶었다. '울지 마십쇼, 샘님. 돈을 벌려고 꽃다발을 파는 것이 아니라, 엄마한테 잔소리 듣기 싫어서 그러는 검다. 그리고 솔직히 말해서 장사를 하다보면 정말 웃긴 일이 많슴다, 샘님. 왜냐하면 프랑스 사람들은 자연이 얼마든지 우리에게 공짜로 선사하는 꽃들을 돈을 주고 사기 때문임다, 샘님'이라고 말이다.

그러나 나는 선생님이 나에 대해 갖고 있는 좋은 이미지를 훼손하지 않기로 했다. 선생님은 나를 용감하고 굳센 의지를 가진 아이로 생각하고 계셨다. 쉽게 말해 도덕적인 아이 말이다.

나는 지난번 시험에서 꽤 좋은 성적을 받았다. 그동안 저녁마다 밖에 나가서 동네 아이들이랑 놀고 싶었지만 꾹 참았고, 대신 집에 남아서 숙제를 하고 복습을 했기 때문이었다. 조라 누나는 글 읽는 연습과 수학문제 풀이, 그리고 시 외우는 것을 도와주었다. 아빠는 항상 공부하는 누나와 나를 멀리서 감시했다.

나는 오늘 가방을 흔들거리면서 학교를 나왔다. 벌써 성공의 기쁨에 흠뻑 젖어 있었던 것이다. 수업 내용을 다 이해하고, 선생님의 질문에 열정을 다 바쳐 대답하는 그 기쁨이란! 나는 반 아이들과 함께 시험에 대해 이야기를 나누며 걸었다. 몇 미터 앞에는 무싸위가 다른 아랍 아이들, 즉 반에서 항상 뒤를 지키는 아이들과 걷고 있었다.

그때 한 아랍 아줌마가 교문을 통해 학교로 들어왔다. 그 아줌마가 내 쪽으로 향해 걸어오는 것이었다. 아줌마의 옷차림이 눈길을 끌었다. 그 아줌마는 우리 엄마가 식사준비를 할 때 하는 차림새를 하고 있었다. 발밑까지 내려오는 주황색 가운을 입고, 슬리퍼를 신었으며, 빨간 스카프로 머리를 가리고 있었다. 그리고 아줌마는 볼록하게 나온 똥배 위에 양모로 된 띠를 매고 있었다. 아줌마가 내 앞으로 걸어오더니 나를 보면서 미소를 지었다. 아랍어로 나에게 인사를 한 후, 누가 볼까 겁이 나는지 낮은 목소리로 나에게 말했다.

"네가 알제리에서 온 부지드 아들이냐? 너 오두막촌 근처 샤바에 사는 거 맞지? 나도 알제리에서 왔어. 너희 가족을 아주 잘 알고 있지, 그렇고말고. 참, 엄마한테 내 안부 전하는 거 잊지 마라. 엄마한테 가서 '쟈밀라 아줌마가 안부 전해달래요' 하고 꼭 말해. 너 공부 잘한다며? 아줌마가 부탁 하나 할 테니 들어줄래? 다름이 아니고, 다음부터는 시험 시간에 우리 아들 나쎄르 옆에 앉아서 나쎄르를 좀 도와주……"

나는 그제야 이 아줌마가 왜 학교까지 왔는지 알아챘다.

"너나 나나 우리 아들이나 다들 아랍 사람들이잖냐. 서로서로 돕고 살아야지. 너는 나쎄르를 도와주고, 나쎄르는 또 너를 도와주고."

나는 나쎄르를 잘 알고 있었다. 나쎄르는 수업에는 별 관심도 없고 공부도 못하는 아이였다. 그런데 내가 무엇을 어떻게 도와줄 수 있단 말인가? 이 아줌마한테 뭐라고 대답을 해야 한단 말인가? 나는 아무 말 없이 그냥 그렇게 서있었다. 물론 입을 다무는 것이 최상의 방법이어서 그런 것이 아니었다. 단지 아줌마의 이 기막힌 주문에 얼이 빠져 아무 생각도 할 수 없었기 때문이다. 나는 아줌마가 참 가엾다고 생각했다. 그리고 나는 자기 아들도 프랑스 아이들처럼 똑똑해지길 원하는 아줌마의 마음을 백번 이해했다. 아줌마는 계속 내 앞에 서있었다. 점점 더 당황하는 기색이 역력했다. 아줌마는 아들 나쎄르의 이름으로, 나와 같은 출신의 이름으로, 동향 사람들의 이름으로, 전세계의 아랍 사람들의 이름으로 나에게 애원하고 있었던 것이다.

그러나 이것은 너무 위험한 일이었다. 차라리 아줌마에게 솔직히 말하는 것이 나을 듯싶었다.

"시험 시간에 나쎄르가 내 옆에 앉아도 되는지 샘님한테 물어봐야 하는데……."

아줌마는 내가 순진해서 아줌마가 하고자 하는 말의 의미를 이해하지 못했다고 생각한 듯 나에게 말했다.

"아니, 그걸 왜 선생님한테 물어봐?"
"나쎄르가 몰래 훔쳐보게 놔둠까, 그럼?"
"아니 그런 말을 쓰다니! 그게 아니고 그냥 단순히 나쎄르를 도와주라는 건데……."
나는 아줌마의 말을 다 듣지 않고 이렇게 대답했다.
"샘님한테 물어보는 걸 아줌마가 반대한다면, 나도 나쎄르 도와주는 것에 반댐다."
우물우물거리는 아줌마를 내버려둔 채로 나는 학교 문을 나섰다. 뒤에서 아줌마가 욕하는 소리가 들렸지만 신경 쓰지 않았다. 대체 나를 뭘로 보고 그런 요구를 하는 거야? 선생님이 날 좀 예뻐하니까 이제 부정행위 정도는 해도 된다고 생각하는 걸까? 아줌마도 참 한심하시지. 아줌마는 도덕이 뭔지도 모르시나? 게다가 나는 늘 내가 아는 것을 입 밖에 내지 않도록 주의를 기울였고, 아이들이 내 답안지를 훔쳐보지나 않을까 늘 두려워했지 않은가. 내가 아는 것, 내가 외워둔 것을 반 친구들이 몰래 볼까 항상 걱정하지 않았느냔 말이다……. 그런데 아줌마는 이 일을 너무 쉽게 생각하는 것이었다. 그냥 끼리끼리 앉아서 서로 아는 것을 보여준다고 말이다……. 그렇다면 누구나 반에서 1등을 할 수 있지 않은가!
정말이지 이 아줌마는 너무나 단순하고 순진했다. 나쎄르가 나처럼 열심히 공부하는 것을 방해하는 사람은 아무도 없었다.

그런데 왜 나쎄르는 열심히 공부를 하지 않는 것일까? 그러니 아줌마, 제 마음을 살 생각일랑 제발 하지 말아주세요!

학교를 나섰을 때 나는 나쎄르와 마주쳤다. 아마도 엄마를 기다리는 모양이었다. 나쎄르도 알고 있을까? 아니, 모르고 있는 것일까? 나쎄르가 나에게 '잘가라'고 인사했다……. 이것은 바로 나쎄르의 엄마가 시도했던 부정 지식거래에 대해 나쎄르가 아무것도 모르고 있다는 증거였다.

집으로 돌아가는 길에 나는 조라 누나에게 물었다. 겉으로는 안 그런 척했지만 마음이 영 착잡했다.

"아까 나쎄르 부아피아네 엄마가 나한테 와서 말거는 거 봤어?"

"응."

누나는 이렇게 대답하더니 다시 나에게 물었다.

"근데 그 아줌마가 왜 너한테 말을 시킨 건데?"

"그 아줌마, 내가 시험 시간에 나쎄르를 도와주기를 바라는 거 있지!"

"정말? 그래서 넌 뭐라고 말했는데?"

"절대 안 된다고 말했지, 당연히! 순순히 그러겠다고 했어야 하는 거야, 그럼?"

"아니, 잘했어."

누나가 별로 확신이 가지 않는 말투로 말했다.

"괜히 나 편하라고 그렇게 말하는 거지, 누나."

"아니야. 말도 안 돼" 하고 누나가 말했다.

"거짓말. 솔직히 말해봐."

"뭘 더 솔직히 말해?"

"누나가 진짜 생각하는 걸 말해보라고."

"음……. 좀 도와줄 수도 있긴 한 건데……."

"뭘 도와줘?"

"예를 들어서 시험공부 하는 것 말야. 아니면 수학이나……."

나는 누나의 말에 잠시 당황해 머뭇거렸다.

"그렇긴 한데, 나쎄르네 엄마는 그걸 도와달라는 게 아니었어. 아예 나쎄르가 커닝하게 놔두라는 거였지."

"그렇다면 절대 안 되지. 아무래도 네가 잘한 것 같다."

누나가 나에게 용기를 북돋아주었다. 그러자 동향 사람들끼리 돕는 것에 반기를 들었다는 후회는 내 머릿속에서 완전히 사라졌고, 누나와 나는 집으로 돌아갔다.

나는 집에 도착하자마자 엄마에게 달려가서 혹시 나쎄르의 엄마를 잘 아느냐고 물었다.

"엄마, 나쎄르 엄마 알아?"

"잘 알지. 나쎄르랑 너랑 같은 반이잖아. 저번에 만났을 때 그러더라. 나쎄르가 너랑 같은 반에 다닌다고."

"엄마랑 나쎄르 엄마랑 친해?"

"응, 친해. 알제리에 살 때부터 알고 지냈는걸."

엄마의 말을 들은 나는 살짝 부끄러워졌다. 그러지 말고 학교 끝나서 나쎄르를 도와주는 방법을 제안해볼걸 그랬나보다. 예를 들어 나쎄르의 숙제를 도와준다거나, 뭐 그런 것 말이다.

엄마가 나에게 물었다.

"그런데 그걸 왜 묻는 거냐?"

"학교에서 나오는데 그 아줌마를 만났어. 엄마한테 안부 전해달래."

나는 엄마와의 대화를 얼른 끝내기 위해 이렇게 말했다.

엄마는 빨래를 하러 나갔고, 나는 얼른 간식을 챙겼다. 밖으로 나가보니 빨래터와 봉바를 둘러싸고 한결같이 아줌마떼가 몰려들어 일을 하고 있었다. 희미하게 들리는 지두마의 목소리가 판자촌의 벽으로 메아리쳤다.

나는 지두마에게 물었다.

"아쎈느 어디 있어요?"

그러자 지두마가 소리쳤다.

"집에 있겠지, 뭐. 넌 내가 하루 종일 그놈 뒤꽁무니나 쫓아다니는 줄 알았더냐?"

나는 지두마의 말에 대답하지 않기로 했다. 그랬더니 지두마가 말을 이었다.

"집에 한번 가봐."

나는 아쎈느의 집 앞에 다다랐고, 문을 열어놓았을 때 실내가 보이지 않도록 달아놓은 커튼을 열어젖혔다. 아쎈느는 역시 집에 있었다. 구석 땅바닥에 엎드려 두 발을 엉덩이까지 들어 올린 아쎈느는 공책을 펼쳐들고 있었다. 아쎈느의 동생 중 세 명이 사탕을 입에 물고 식탁 주위를 네발로 기어다니면서 자동차 경주를 하고 있었다. 놀고 있던 동생들이 잘못해서 아쎈느를 건드리면, 아쎈느는 책에서 눈을 떼지도 않고 그냥 팔로 밀어내기만 했다.

이때 지두마가 안으로 들어왔다. 두 손에는 물이 가득 담긴 양동이를 들고 있었고, 아쎈느 위로 다리를 벌려 건너다가 그만 아쎈느와 그의 공책에 물 몇 방울을 떨어뜨리고 말았다. 이에도 아랑곳하지 않은 아쎈느는 오른 소매로 공책을 스윽 닦았다.

나는 아쎈느 곁으로 다가갔고, 창가에 앉아 라디오를 듣던 아쎈느의 아버지 뺨에 뽀뽀를 하며 인사를 했다.

"여기서 뭐해, 아쎈느?"

집안 분위기에 약간은 어색한 내가 물었다.

"내일부터 우리 반 시험이잖아. 그래서 시험공부 하는 건데, 시끄러워서 잘 못하겠어."

이렇게 말하며 아쎈느는 지리책을 던져달라고 조르는 동생을 다시 한번 밀어냈다. 아쎈느가 조금 심하게 밀어냈나보다. 그 동생은 아직 네발로 기어다니는 아기였던 것이다. 그러자 아쎈느의 동생은 뜨거운 인두에라도 덴 것처럼 벅벅 고함을 질렀다.

지두마가 아이 우는 소리에 뒤를 돌아보더니 소리쳤다.

"집안 가득 종이를 잔뜩 벌려놓고 도대체 뭐하는 거야? 너 때문에 아주 성가셔 죽겠어! 왜 학교에서 공부 안 하고 집에 와서 나를 이렇게 괴롭히는 거냐, 응?"

그러자 아쎈느가 지두마에게 아랍어가 아닌 불어로 대답했다.

"내일 학교에서 시험이 있어."

그때 잠자코 있던 아쎈느의 아빠가 한마디 했다.

"자, 다들 밖으로 나가라. 너희들 떠드는 소리에 라디오를 들을 수가 없어. 공책 들고 밖으로 나가서들 놀아."

집안 보스의 명령이었다. 우리는 할 수 없이 밖으로 나가서 놀아야 했다. 말은 못하고 겨우 눈빛만으로 부모님을 원망하며 아쎈느가 나에게 말했다.

"야, 가자."

밖으로 나온 아쎈느와 나는 나란히 계단에 앉았다. 아쎈느가 말문을 열었다.

"저래놓고는 나중에 성적표 보고 내가 꼴등한 걸 알면 막 때릴걸? 내가 공부 못하는 건 다 이유가 있어. 어쩔 수 없지, 뭐."
"신경 쓰지 마. 지리수업 복습하는 걸 내가 도와줄까?"라고 말하며 나는 아쎈느를 위로했다.
"응! 정말이지, 이건 잘 외워지지가 않아서 말이야. 난 지리 과목이 너무 싫어."
"그래도 어쩔 수 없어, 공부해야지."
이것이 바로 내가 내린 결론이었다.

월요일 아침이 되었다. 바로 오늘 선생님은 저번에 본 시험지를 나눠주고 성적을 발표하실 예정이었다.
학교종이 울리기만을 기다리고 있을 때 조라 누나가 나에게 물었다.
"떨리지?"
나는 누나에게 이렇게 말했다
"아니. 하나도 안 떨려. 내가 푼 문제는 다 맞췄거든. 게다가 금요일에는 선생님이 나한테 뭐라고 말했는지 알아? 내가 낸 숙제며 시험 성적에 만족한다고 하셨어."
그러자 조라 누나가 한마디 덧붙였다.
"진짜? 그럼 아빠가 좋아하시겠다."
수위 아저씨가 학교 문을 열었고 우리는 학교 마당으로 몰려

들어갔다.

"열한 시 반에 보자"라고 누나가 말했다.

"알았어, 기다릴게" 하고 나는 누나에게 대답했다.

나는 몇 미터 떨어진 곳에서 장-마크 라빌르를 보았다. 장-마크는 선생님한테서 늘 칭찬을 받고 또 항상 좋은 점수를 얻는 아이였다. 장-마크도 나를 본 듯 가던 길을 멈추고 나를 기다려주었다.

나에게 악수를 청하며 장-마크가 말했다.

"안녕, 아주즈!"

나도 장-마크에게 인사를 했다.

"오늘 시험 성적 발표하는 날이지?" 하고 장-마크가 나에게 물었다.

"잘 알면서 왜."

"응. 그렇지……."

시큰둥한 내 대답에 놀란 장-마크는 이렇게 대답했고, 나에게 자신의 기분을 털어놓았다.

"나, 있지…… 너무 떨려."

"왜?"

장-마크는 '왜'라는 나의 질문에 또 한번 토끼눈을 하고 의아한 듯 내 눈을 똑바로 쳐다보았다.

"넌 안 떨려?"

"응, 하나도 안 떨려. 시험을 괜찮게 봤거든. 그런데 내가 왜 겁을 먹겠어, 안 그래?"

장-마크는 내 말에 어떤 대답도 하지 않고 얼른 화제를 바꿨다.

"어제 티비 봤어?"

"아니, 우리집엔 아직 텔레비전이 없어."

깜짝 놀란 장-마크가 내 말을 반복했다.

"너희 집에 텔레비전이 없다고?"

"응, 없어. 우리집엔 전기도 안 들어오는걸?"

바로 그때, 나는 학교 변소 쪽에서 일어나는 예사롭지 않은 술렁거림에 관심이 쏠렸다. 그래서 나는 장-마크와의 대화를 중단했다. 변소 쪽에는 졸업반 학생들이 무리지어 있었는데, 그 사이에 나쎄르 부아피아도 보였다. 나는 얼른 그쪽으로 다가가서 나쎄르에게 물었다.

"뭐야? 무슨 일이야?"

나쎄르는 내 얼굴을 한번 훑어보더니 이렇게 말했다.

"너 나한테 말 걸지 마. 나도 너랑 말 안 해!"

"왜? 내가 뭘 잘못했는데 그래?"

나는 변소 안을 슬쩍 들여다보면서 나쎄르에게 물었다. 적어도 열 명이 넘는 아이들이 그 안에서 뭐가 그리 즐거운지 키득키득거리고 있었다.

나쎄르는 아무 말이 없었다. 나는 도대체 변소 안에서 무슨 일이 벌어지는지 알아보기 위해 안으로 들어갔다. 거기에는 라바도 있었다. 여느 졸업반 학생이 그렇듯, 라바도 골르와즈 담배를 입에 물고 있었다. 나는 다가가 라바에게 물었다.

"도대체 무슨 일이야?"

"저길 봐."

라바가 나에게 손가락으로 화장실 위를 가리키며 말했다.

변소 위로 올라가 있는 무싸위가 보였다. 무싸위는 당당하게 고개를 들이밀어 옆 칸을 훔쳐보고 있었던 것이다.

"베드랭 선생님 알지? 여자 아이들 반 담임 말야! 지금 그 베드랭 선생님이 오줌을 누고 있다구."

웃느라 정신없던 라바가 껄껄거리며 겨우 나에게 말을 건넸다.

그때, 무싸위가 우리 쪽으로 몸을 돌리더니 손을 휘휘 저었다. 바로 무싸위가 보고 있던 전경 중 최고의 장면, 그 결정적인 순서가 왔음을 우리에게 알리기 위한 것이었다. 그러고는 변소에서 내려오더니 이렇게 말했다.

"난 다 봤지롱! 레이스가 달린 분홍색 팬티!"

이번에는 라바가 재촉하며 말했다.

"나도! 나도 볼래!"

고양이 나무 위로 올라가듯, 라바는 재빠르게 변소 위로 올라갔다. 그리고 두 다리를 변소 문에 늘어뜨렸다. 무싸위는 세면대로 가더니 물을 틀고 두 손에 가득 받았다. 그리고 두 손에 받아든 그 물을 라바의 머리 위쪽으로 끼얹었다. 그 물은 베드랭 선생님이 있는 변소칸에도 떨어져버렸다. 그리고…….

그 다음은 너무나 순식간에 모든 일이 진행되었다. 상황의 심각성을 실감한 나는 치아를 다 드러내 보이며 웃는 무싸위의 뒤를 따라 얼른 변소에서 나왔다. 라바는 놀라 미끄러져 변소 바닥에 떨어졌고, 레이스가 달린 분홍색 팬티의 주인공 선생님이 소리치는 것이 들렸다.

"어머나! 이 몹쓸 변태들!"

우리가 앞마당으로 도망쳐 나왔을 때, 다행히도 교장선생님을 비롯한 다른 선생님들은 등을 돌리고 있었다. 그리고 거의 동시에 므슈 그랑, 나의 담임선생님이 빨리 짝을 지어 줄을 맞추라는 지시를 내렸다. 나는 변소 쪽을 힐끗 바라보았는데, 베드랭 선생님이 라바의 귀를 잡아당기며 혼을 내고 있었다.

"너 이 녀석! 어디서 감히 누굴 훔쳐봐!"

내 뒤에 있던 무싸위는 배꼽이 빠져라 웃고 있었다. 무싸위는 팬티 훔쳐보기 사건 공범자들 앞에서 콧대를 세우고 자랑했다.

"분홍 레이스 팬티를 본 사람은 나밖에 없지롱!"

아이들은 줄을 맞춰 섰고, 곧 조용해졌다. 모두들 교실로 들어갈 시간이었다. 선생님이 앉아 계신 책상 앞을 지나며 장-마크는 가능한 가장 친절하고 다정한 미소를 지어 보였다. 그러나 성적에 관한 걱정으로 장-마크의 입가는 파르르 떨렸다. 무싸위는 교실 맨 뒷자리를 찾아가던 중이었고, 장-마크 앞을 지나게 되었다. 무싸위가 장-마크의 엉덩이에 손을 넌지시 올리며 조용히 말했다.

"호모 새끼!"

장-마크는 아무런 반응도 하지 않았다. 무싸위가 장-마크를 괴롭히는 것이 어디 어제오늘의 일이었던가. 무싸위는 장-마크의 간식을 몰래 빼앗아 먹기도 했고, 용돈은 물론 하다못해 책까지 훔쳐간 적이 있었다. 그러나 장-마크는 이에 대해 아무에게도 일러바치지 않았다.

"자, 다들 빨리 자리에 앉도록! 우선 시험지를 나눠주고 성적을 발표하도록 하겠다. 그리고 저번에 못 마친 지리수업을 계속하겠다."

교실에는 시험 결과에 대한 불안감이 엄습했고, 선생님은 시험지가 놓인 책상에 가서 앉으셨다. 산더미처럼 쌓인 시험지 옆에는 부모님의 사인을 받아야 하는 성적표가 놓여 있었다. 나는 갑자기 이유를 알 수 없는 공포감에 휩싸였고, 배까지 슬슬 아파왔다. 나는 성적 발표의 그 순간을 상상했다.

'누구누구, 1등! 누구누구, 2등!'

아니다. 아마도 성적을 먼저 말하고 이름을 말하실지 모를 일이다.

'1등, 아주즈 베가그!'

놀라지 말라. 이건 하나의 예에 불과하다. 우리 반 아이라면 누구나 다 장-마크 라빌르가 1등이라는 사실을 안다. 좋다, 다시 예를 들어보기로 하자.

'1등, 라빌르.'

그리고 그다음은? 2등은 누구일까?

2등을 꿈꾸는 여느 아이들처럼 나 또한 선생님의 입을 주시할 것이다. 선생님의 입술에서 흘러나온 이름이 우리 귀에 들리기도 전에 나는 혹시나 선생님이 내 이름을 부르지 않을까 유심히 그 입을 쳐다볼 것이다. 만일 2등에 내 이름이 불리지 않는다면 그다음을 기다려야 할 것이다. 차라리 이 고문의 시간을 생각하지 않는 것이 나을 듯싶었다.

몇몇의 아이들은 더이상 참지 못하겠다는 눈치였다. 드디어 선생님이 자리에서 일어나 2분단과 3분단 사이, 교실의 중앙에 자리를 잡았다. 손에는 성적표를 들고 있었다. 그리고 이어지는 초긴장의 순간!

"1등……."

반 아이들은 긴장으로 모두 뻣뻣해졌다.

"1등, 아메드 무싸위!"

충격이요, 실망이며, 불공평한 처사였다!

조용했던 교실이 갑자기 술렁거렸다. 반 아이들은 그 누구도 무싸위를 쳐다보지 않았다. 무싸위가 1등이라니, 우리 반에서 1등이라니! 어떻게 이런 일이 일어날 수 있단 말인가. 무싸위는 1 더하기 1이 무엇인지도 모르지 않는가! 무싸위는 글을 읽을 줄도, 쓸 줄도 몰랐다. 그렇다면 어떻게 무싸위가 1등을 할 수 있느냐는 말이다…….

장-마크 라빌르의 얼굴이 굳어졌다. 장-마크는 이번에도 당연히 자신이 1등을 하리라 확신하고 있었다. 그런데 게으름뱅이인 무싸위, 하다못해 프랑스 아이도 아닌 무싸위에게 한 방 맞은 것이다.

선생님은 여전히 무표정이었다. 선생님의 시선은 손에 들고 있는 성적표에 고정되어 있었다. 이윽고 선생님이 다시 입을 열었다.

"2등, 나쎄르 부아피아."

이번에는 내 다리가 후들거렸다. 혹시 선생님이 실수로 종이를 거꾸로 든 건가? 아니면 성적표가 아랍어로 되어 있어서 이해를 못하는 것일까? 나는 내 얼굴을 나쎄르 쪽으로 돌렸다. 휘둥그레진 나쎄르의 눈은 초점 없이 멍하기만 했다. 나쎄르는 반 아이들 모두의 모함으로 자신을 함정에 빠뜨린 것이라고 생각한 모양이었다. 아이들의 얼굴을 훑으며 그 증거를 찾아내보려 애썼지만 소용없는 일이었다. 혹시 기적 같은 어떤 일이 일어난 것일까? 이번에는 무싸위 쪽으로 고개를 돌려보았다. 무싸위는 아무래도 믿을 수 없는 이 기적 앞에서 확실히 회의적인 눈치였다.

시간이 지날수록 장-마크 라빌르는 자포자기하는 모양이었다. 그때 선생님은 우리를 향해 개구쟁이 같은 시선을 보냈다. 아, 이제야 알았다! 나는 드디어 선생님의 작전을 이해한 것이다. 선생님은 계속해서 등수를 발표했고, 몇몇의 아이들이 나처럼 눈치를 챈 모양인지 킥킥거리고 웃었다.

"프랑시스 롱데, 뒤에서 세번째. 아주즈 베가그, 뒤에서 두번째. 그리고 마지막, 장-마크 라빌르."

이제 반 전체가 웃음바다로 변했다. 등수 발표가 끝나고 성적표를 나눠주기 시작한 선생님도 웃었다. 선생님은 무싸위한테 다가갔고, 약간은 깔보는 듯한 표정을 지으며 성적표의 담임평가란을 읽었다.

"학업 불가능함."

무싸위는 고개를 한번 끄덕거리며 선생님의 말에 동의했다. 그러나 속으로는 '빌어먹을 놈의 성적표. 아무데나 쑤셔넣어버릴 테다!'라고 말하는 것임이 분명했다.

이번에는 나쎄르가 성적표를 받을 차례였다.

"학업 불가능함."

엄마가 학교까지 찾아와서 나한테 부정행위를 강요했던, 바로 그 나쎄르. 나쎄르는 성적표를 받아들더니 울기 시작했다.

"이제 와서 울면 뭐하니, 너무 늦었어. 그러길래 진작 공부를 했어야지……" 하고 선생님이 말했다.

드디어 내 차례가 되었고, 선생님의 얼굴이 환하게 밝아졌다.

"정말 잘했다. 선생님도 아주 만족스러워. 계속해서 열심히 공부하도록."

이제 라빌르만 남았다.

"축하한다, 장-마크. 공부를 정말 열심히 했더구나."

나는 두 손으로 고이 성적표를 받아들었다. 너무나 감격스러웠다. 이 사실을 알고 나를 자랑스러워하며 기뻐할 아빠를 생각하니, 지금이라도 당장 환호의 함성을 지르고 선생님을 꼬옥 안아주고 싶은 심정이었다. 성적표에는 27명 중 2등이라고 쓰여 있었다. 그리고 선생님의 의견을 쓰는 칸에는 '열심히 공부를 잘했음, 똑똑하고 노력하는 학생' 이라는 말이 적혀 있었다. 무슨 말을 해야 할지, 무엇을 해야 할지, 누구를 봐야 할지 아무 생각도 나지 않았다. 장-마크 라빌르도 신이 나 있었다. 그리고 1이라는 숫자를 보며 행복의 최면에 빠진 듯했다.

선생님이 나를 보며 말했다.

"내일부터는 장-마크 옆에 앉도록 해라."

"옛, 샘님!"
나는 이유도 모른 채 무조건 알았다고 대답했다.
장-마크가 내 쪽을 쳐다보았고, 금메달 선수가 은메달 선수를 향해 보내는 승자의 미소를 던졌다. 나도 덩달아 미소를 지었다. 그리고 선생님은 지난 시간에 미처 다 못 마친 지리수업을 계속했다.

"우와, 너 진짜 똑똑하구나. 나는 끝에서 두번째야."
내 성적을 알고는 아쎈느가 나에게 이렇게 말했다.
"진짜 잘했다."
조라 누나와 무스타프 형도 내 어깨를 다독거리며 축하해주었다.
우리는 모두 모여 샤바로 돌아갔다. 가엾은 아쎈느가 우리 무리의 제일 뒤에 처져서 타박타박 걷고 있었다. 나는 아쎈느와 함께 걷기 위해 기다렸다. 그리고 아쎈느에게 말했다.
"울지 마."
그러자 아쎈느가 훌쩍이며 나에게 대답했다.
"지금 내가 안 울게 생겼냐? 집에 가면 신나게 맞을 텐데. 하도 맞아서 얼굴이 이만큼이나 부을 거야."
"그렇게 울면 눈이 빨개져. 눈이 빨개져서 가면, 너네 아빠가 너 성적 안 좋은 걸 금방 알아차릴걸? 그러니까 이제 그만 울어."

"제대로 또 한번 쥐어터지면 그만이야! 아빠가 내 성적을 알아차리든 말든 나도 신경 안 써!"라고 아쎈느가 고함을 질렀다.

"그게 무슨 말이야! 걱정 마, 사촌. 조라 누나한테 물어보자. 누나는 분명 뭔가 해결책을 갖고 있을 거야."

사실이었다. 조라 누나는 샤바 아이들의 걱정거리를 해결해 주곤 했던 것이다. 프랑스어로 쓰인 선생님의 학생평가 내용을 아랍어로 번역하는 것이 우리 누나의 임무였다. 예를 들면 오늘밤 조라 누나는 집집마다 돌아다니며 부모님들에게 아이들의 등수를 알려줄 것이다. 공부 못하는 아이들에게 떨어진 냉정한 평가 내용은 조라 누나의 입에서 완화되어 부모님들에게 전달될 것이다. 그리고 조라 누나는 성적표의 부모 확인란을 가리키며 아이의 아버지에게 사인할 것을 부탁할 것이다.

조라 누나가 아쎈느를 안심시켰다.

"걱정하지 마. 네가 이번 달에는 좋은 성적을 받았다고 너희 아빠한테 말할 테니까."

조라 누나는 아쎈느의 어깨에 팔을 두르고 계속해서 아쎈느를 달랬다.

"울지 마, 뚝!"

그제서야 아쎈느가 조금 누그러졌다.

어이없게도 성적표 위장작전은 그만 실패로 돌아가고 말았다. 조라 누나는 아쎈느의 성적을 알리기 위해 사이드 삼촌의 집에 갔고, 이번 달에 아쎈느가 공부를 열심히 해서 좋은 성적을 얻었다고 말했다. 그러나 문제는 간혹 정육점 일거리를 맡곤 하는 사이드 삼촌이 숫자를 읽을 줄 알고 간단한 셈도 할 줄 안다는 것이었다. 조라 누나가 그만 이 사실을 깜빡한 것이다.

사이드 삼촌은 아쎈느의 선생님이 빨간색으로 동그라미 친 숫자 0을 가리키며 조라 누나에게 물었다.

"그럼 선생님이 여기다가 왜 0이라고 쓴 거냐?"

갑자기 당황한 조라 누나는 순간 무어라 대답해야 할지 몰라 머뭇거렸다고 우리에게 털어놓았다. 그리고 그것은 품행점수에서 0점을 받은 것일 뿐, 성적과는 별로 상관이 없는 것이라고 말했다고 했다. 하지만 머뭇거리는 누나의 태도에 그만 사이드 삼촌이 의심을 품어버렸다. 그래서 조라 누나는 할 수 없이 아쎈느를 그의 박복한 운명에 내맡기고 그 집을 나섰다고 했다.

다음날 아침, 학교 가는 길에 아쎈느는 지난밤에 겪어야 했던 끔찍한 시련에 대해 토로했다.

"처음에는 허리띠로 죽어라 때리더라. 그리고 나서는 내 손을 등 뒤에 갖다 대더니 묶어버리는 거야. 밤새도록 묶인 채로 땅바닥에 있었어. 그리고 중유팬 옆에서 잠들었지, 뭐."

아이들 모두가 기겁하여 소리쳤고, 조라 누나는 아쎈느에게 그런 비극이 일어나지 않도록 문제를 제대로 해결하지 못한 자신을 원망했다.

"이젠 나도 몰라. 어제 아빠가 공책을 다 찢어서 태웠거든."

사태의 심각성에 너무 놀란 내가 아쎈느에게 물었다.

"정말로 태웠어? 그럼 선생님한테는 뭐라고 말할 거야?"

"다 잃어버렸다고 해야지."

"아니, 말하지 마. 내가 너희 선생님한테 찾아가서 사정을 말씀드릴 테니까. 그럼 넌 거짓말할 필요도 없잖아" 하고 누나가 말했다.

"나도 몰라, 상관 안 해. 될 대로 되라지!"라며 아쎈느가 대화를 종결시켰다.

더 말해본들 달라질 것이 하나 없었다. 이제 아쎈느는 학교와의 인연을 완전히 끊은 것이었다. 나는 속으로 이런 생각을 했다. 아쎈느가 학교 공부를 잘 못하는 것은 이미 예정된 일이고, 아쎈느는 결코 똑똑해질 수 없는 것이 아닐까 하고 말이다. 그러나 나는 달랐다! 나는 우리 반에서 2등이나 했다. 똑똑해질 운명을 타고난 나는 한없이 기뻤다. 하지만 곧 이런 자만은 부리지 말자고 스스로에게 다짐했다. 그러나 소용없는 일이었다.

학교에 도착해보니 많은 아이들이 이미 학교 마당에서 시끄럽게 떠들고 있었다. 조라 누나가 우리를 재촉했다.

"빨리 서둘러! 다른 애들은 벌써 학교에 들어갔어."

누나의 말에 우리는 정말 서둘러 움직였다. 내가 정문을 넘어서려 하는 순간, 마치 꼼짝 않고 밤새 기다렸다는 듯이 장-마크 라빌르가 나에게로 뛰어왔다.

"안녕?"

장-마크가 나에게 인사를 건넸다. 장-마크의 행동에 놀란 내가 물었다.

"응, 안녕? 그런데 무슨 일이야?"

"네가 오늘 학교에 안 오는 줄 알았어. 알지? 우리 둘이 같이 앉기로 했잖아."

"알지, 당연히."

나는 장-마크에게 새치름하게 대답했다.

그리고 다시 한번 차가운 눈길을 장-마크에게 던졌다. 이에 장-마크가 억지웃음을 지으며 말했다.

"혼자 앉기 싫어서 말이야……."

장-마크가 나를 원하다니! 우리 반 1등인 장-마크가 말이다. 조금 전 아쎈느 앞에서 했던 생각, 즉 내가 똑똑해질 수밖에 없는 운명을 타고난 행운아라는 생각이 다시 들어 나는 더욱더 흥분이 되었다. 장-마크에게 뭐라고 대답해야 할지 몰랐다. 그런데 이때, 무싸위와 나쎄르, 그리고 두 명의 알제리 아이들이 내 곁으로 다가왔다.

"넌 저리로 꺼져!"

장-마크의 가방을 발로 차며 무싸위가 명령했다. 겁을 먹은 우리의 천재 장-마크는 곧 자리를 비켰다.

무싸위는 악의에 찬 듯한 원망스러운 눈빛을 보이며 나에게 말했다.

"어라?"

무싸위가 왜 나에게 불만을 갖고 있는지 눈치 못 챈 내가 물었다.

"뭐가 어라야?"

그러자 경멸하는 눈으로 나를 지릅떠 노려보던 무싸위가 말을 꺼냈다.

"넌 더이상 아랍 사람이 아니다!"

이 말을 듣자마자 나는 무싸위의 말이 무엇을 의미하는지 이해 못하고 말했다.

"그게 무슨 소리야? 나 아랍 사람 맞아!"

"아니, 넌 더이상 아랍 사람이 아니야! 토 달지 마!"

"아니야, 나도 아랍 사람이야!"

"까불지 마! 넌 우리랑 달라. 무슨 소린지 몰라?"

너무 어이없는 일이라 나는 아무 말도 입 밖으로 낼 수가 없었다. 마지막으로 했던 말 한마디만이 내 입속을 맴돌 뿐이었다. 그렇다. 이 아이들과 나는 확실히 달랐다. 무싸위는 내가 머뭇거리자 말을 이었다.

"아! 맞아, 맞아! 너 저번에 선생님이 1등은 아메드 무싸위, 2등은 나쎄르 부아피아라고 했을 때 막 웃어댔지?"

"거짓말! 하나도 안 웃었어."

"웃었잖아!"

"마음대로 생각해라, 그럼!"

"넌 병신새끼야! 너한테 이 말을 전해주고 싶었어, 이 병신새끼야!"

허탈한 감정이 내 몸속을 파고들었다. 무거워진 심장이 통하고 뱃속으로 떨어진 기분이었다. 나는 바로 그곳에, 아이들 앞에 멍하니 서있었다. 오만가지 생각이 들었다. 울고 싶기도 하고, 허허 웃고 싶기도 했다. 꾹 참아야지 하면서도 화를 내고 싶은 생각도 들었다. 아이들에게 용서를 구하고 싶은 마음도 들었고, 동시에 그들에게 욕설을 퍼붓고 싶기도 했다.

나쎄르가 말했다.

"게다가 너는 시험 답안지도 안 보여줬잖아!"

또 다른 아이가 덧붙였다.

"아부는 또 얼마나 잘 떨어대는지! 선생한테 낙엽 부스러기나 갖다바치는 게 넌 지겹지도 않냐?"

그리고 그 아이가 계속해서 말했다.

"그리고 쉬는 시간에는 왜 자꾸 프랑스 애들이랑 노는 거야?"

문을 발로 뻥 하고 찼을 때와 같이 아이들의 한마디 한마디가 내 머릿속을 울렸다. 창피하고 무서웠다. 내 소신껏 밀어붙일 수가 없는 일이었다. 아이들의 말이 옳았던 것이다.

학교 마당에 있는 아이들은 선생님의 지시에 따라 벌써 줄을 서고 있었다. 나는 넋을 잃고 그들을 바라보았다. 벌써 종이 울렸나? 나는 종소리조차 듣지 못했던 것이다.

무싸위가 내 눈을 똑바로 쳐다보며 말했다.

"솔직히 너랑 싸우기 싫다. 왜냐하면 너도 나처럼 알제리 사람이니까! 하지만 명심해둬. 우리랑 놀 것인지, 프랑스 애들이랑 놀 것인지 잘 결정해! 그리고 솔직히 말하란 말야!"

"들어가자, 종 쳤어."

나쎄르의 이 말에 아이들은 모두 선생님이 있는 곳으로 갔다.

마음은 불편했지만 나는 어쨌든 장-마크 라빌르 옆에 앉았다. 내가 원해서 그런 것이 아니고, 선생님이 시켰기 때문에 할 수 없이 이 자리에 앉은 것임을 무싸위와 아이들에게 보여주고 싶었다. 그리고 나는 언젠가는 1등을 하고 싶고, 그러려면 이렇게 하지 않으면 안 된다는 것도 보여주고 싶었다.

나쎄르를 비롯한 아이들은 뒷자리로 가면서 나에게 멸시 가득한 눈빛을 보냈다. 내가 선생님의 말을 거역하고 장-마크와 앉지 않기를 바랐던 모양이다.

장-마크가 나에게 말을 걸었다. 아마도 나에게 오른쪽에 앉고 싶은지, 왼쪽에 앉고 싶은지를 물었던 것 같다. 나는 선생님이 말씀하고 계시니 조용하라고 장-마크에게 주의를 주었다. 솔직히 말하자면, 프랑스 아이와 대화를 주고받는 내 모습을 다른 아이들에게 들키지 않기 위해서였다.

이제 반 아이들 모두가 제자리에 앉았다. 선생님도 책상에서 일어나더니 수업을 시작하셨다.

"이 시간에는 위생에 관해 이야기를 나눠보도록 하겠다."

선생님은 청결에 대해 말씀하셨다. 그러고는 아이들에게 몸을 깨끗이 해야 하는 이유와 하루에 몇 번씩 씻어야 하는지를 질문했다. 프랑스 아이들은 이미 집에서 다 배운 것들이라 열의를 다해 선생님의 질문에 대답했다. 프랑스 아이들은 욕조, 세면대, 칫솔 그리고 치약 등의 단어를 입에 올렸다.

청결을 위해서는 이런 자질구레한 것들을 다 알고 실천해야 한다는 것을 샤바 사람들에게 말한다면 다들 한바탕 웃어젖힐 것이 틀림없었다. 샤바의 어른들은 물 한 컵으로 이를 닦았다. 입 안 가득 물을 물고 턱을 움직여 물이 치아 사이에 잘 스며들게 한 후, 손가락을 앞니에 가져다 댄다. 손가락으로 치아 표면을 닦고는 다시 입을 움직여 물거품이 일게 한다. 그러고는 더러워진 물을 뱉으면 되는 것이었다. 그다음에는 목까지 스며든 때를 벗기기 위해 물로 가글가글 몇 번을 하고는 아스팔트길에 뱉었다. 다 끝나면 혹시 이웃에게 해를 미칠까 우려하여 뱉어 놓은 물을 발로 짓이기면 끝이었다. 이것이 바로 샤바의 양치질이었다. 칫솔도 필요 없고, 치약도 필요 없는······.

"무엇으로 몸을 씻는지 발표해볼까?"

세 명의 아이가 손을 들었다.

"저요! 저요!"

이 아이들은 둥지의 아기새가 삐악거리듯 소리를 질렀다. 선생님은 다른 아이들도 발표하기 위해 손을 들기를 기다리셨다. 그러고는 다시 질문을 하셨다.

"여러분들은 아침마다 무엇으로 씻나?"

"저요! 저요!"

다들 난리도 아니었다.

"장-마크!" 하고 선생님은 장-마크를 지적하셨다.

"수건과 비누가 필요합니다!"

"맞았어요. 그럼 또 뭐가 필요할까?"

누군가가 대답하는 것이 들렸다.
"샴푸도 필요합니다!"
"맞아. 그것 말고 또 필요한 것이 있을까?"
이때 내 머릿속을 퍼뜩 스치는 생각이 있었으니! 본능적으로 나는 손을 번쩍 들었다. 방금 전에 들은 나쎄르를 비롯한 알제리 동포 아이들의 핀잔 따위는 안중에도 없었다.
"아주즈!"
선생님이 나에게 발언권을 주셨다.
"예, 샘님! 슈리트와 케싸도 필요하다, 샘님!"
"슈, 슈 뭐라고?"
놀란 선생님은 눈을 크게 뜨고 나에게 물으셨다.
"슈리트와 케싸 말입다, 샘님!"
아까와는 달리 기가 죽은 나는 조용히 대답했다. 무엇인가 개운치 않은 일이 벌어지고 있음을 확신했기 때문이었다.
"슈리트와 케싸라……. 그게 뭐지?"
재미있다는 듯 선생님이 물으셨다.
"씻을 때 손에 씌우는 것임다, 샘님……."
"혹시 목욕장갑을 말하는 것이냐?"
"그것은 저도 잘 모르겠슴다, 샘님!"
"다시 한번 잘 설명해볼래?"
나는 선생님께 그 용도와 사용방법에 대해 설명했다.

"응, 맞는 것 같구나. 그것이 바로 목욕장갑이란다. 너희는 그걸 케싸라고 부르니?"

"예, 샘님. 근데 그건 엄마랑 목욕 갈 때만 쓰는 검다, 샘님."

"그럼 슈리트는? 슈리트는 무엇이냐?"

"슈리트는 말임다, 뭔가 줄이 막 감겨 있는 것 같은 건데 말임다. 오돌토돌한 것이, 그걸로 몸을 긁을 수가 있슴다. 우리 엄마가 그걸로 제 몸을 씻으면 말임다, 온몸이 빨갛게 됨다, 샘님."

그러자 선생님이 웃으며 말씀하셨다.

"아, 피부 마찰 장갑을 말하는 모양이구나."

나는 창피해서 얼굴이 발개졌다. 하지만 선생님은 나한테 잘했다고 칭찬해주셨다.

"네 덕분에 오늘 새로운 것을 배웠구나."

아주 짧은 침묵이 이어졌다. 그리고 선생님은 계속해서 위생에 관한 이론을 설명하셨다. 선생님의 얘기를 듣다보니, 샤바의 사람들이 아주 비위생적이라는 것을 실감했다. 그러나 나는 이 말은 선생님한테 하지 않기로 했다.

선생님은 한 30분가량 위생에 관한 이야기를 하셨다. 그러고는 갑자기 우리에게 명령하셨다.

"다들 양말을 벗어 책상 위에 가지런히 올려놓는다! 여러분이 얼마나 깨끗한지 보도록 하겠다."

나는 걱정으로 목까지 칼칼해졌다. 그러나 그 걱정은 금방 가셨다. 오늘 아침 엄마는 내가 깨끗한 양말을 신고 학교에 가도록 한 것이다. 내 주위로 침묵이 엄습했다. 아이들은 모두 신발끈을 풀기 위해 몸을 숙였다. 나도 아이들처럼 신발끈을 풀었다. 그리고 혹시나 해서 양말 냄새를 맡아보았다. 흠! 나쁘지 않았다. 다행히 웃음거리가 되진 않겠다 싶었다. 옆에 앉은 장-마크는 책상 위로 나일론으로 된 색깔도 고운 양말을 펼쳐 놓았다. 선생님은 분단마다 돌아다니며 양말을 집어들었다. 너무 가까이서 냄새를 맡지 않도록 주의를 기울이며 양말을 이리저리 뒤집어보셨다. 양말의 구멍이며 묻은 때를 유심히 관찰하시는 것이었다.

선생님은 돌아다니며 아이들에게 '너무 더럽잖아!' 혹은 '좋아요, 아주 좋아요!' 라고 말씀하셨다.

몇몇의 아이들이 오늘의 주제인 위생과 관련되어 한 점 부끄럼이 없음을 뽐내는 동안, 다른 몇몇의 아이들은 오늘 아침 양말을 갈아 신지 않은 자신을 원망했다.

선생님이 드디어 무싸위와 그의 일당 옆으로 다가가셨다. 하지만 책상 위에 있어야 할 양말이 보이지 않았다. 선생님이 조용히 말씀하셨다.

"무싸위! 얼른 양말 벗고 책상 위에 올려놓아라."

무싸위는 잠시 주저하며 창밖을 바라보더니 이내 선생님을 보며 말했다.

"양말 안 벗을 겁다. 제가 왜 양말을 벗어야 함까? 여기가 위생관리소도 아니고 말입다. 그리고 왜 저한테 명령하심까? 샘님이 우리 아버짐까? 어쨌든 양말은 안 벗을 검다. 그러니까 기다리지 말고 가십쇼!"

선생님의 얼굴이 빨갛게 달아올랐다. 너무 놀란 선생님은 온몸이 마비된 듯 꼼짝도 안 하셨다. 아마도 교사생활을 하면서 아직까지 무싸위 같은 반항아는 한번도 만나본 적이 없었던 것이 틀림없으리라.

무싸위는 눈 하나 깜짝하지 않았다. 단단히 결심을 하고 반항하는 모양이었다. 혹시 양말 냄새가 지독한 터라 행여 선생님의 후각에 충격을 미칠까 우려하여 저러는 것일까?

선생님이 다시 무싸위에게 물었다.

"발이 더러운 모양이구나. 그래서 양말을 안 벗겠다고 이렇게 반항하는 것이냐?"

바로 이때 믿을 수 없는 일이 일어났다. 무싸위가 빈정거리듯 선생님을 향해 무시하는 눈빛을 보내더니 이렇게 말한 것이다.

"야, 더러운 호모자식! 자꾸 짜증나게 할래?"

반 전체가 싸늘하게 꽁꽁 얼어버렸다. 선생님은 뭐라고 혼자 웅얼거리셨다. 무슨 말인가 하고 싶은데 말이 안 나오는 모양이었다. 선생님은 더욱더 당황해하셨고, 무싸위는 더욱더 대담해졌다. 무싸위가 자리를 박차고 일어나더니 창을 향해 등을 돌렸다. 선생님이 자신의 옆모습을 볼 수 있도록 자리를 잡은 것이었다. 무싸위는 주먹을 발끈 쥐고 선생님한테 소리 질렀다.

"나랑 한번 해볼래? 그래, 덤벼! 하나도 무섭지 않으니까!"

이 기괴하고 기막힌 상황에서 선생님은 너무 어이가 없어 웃을 여유도 없었다. 선생님은 교탁으로 돌아가 무싸위를 보지도 않고 이렇게 말씀하셨다.

"오늘 있었던 일은 교장선생님과 함께 상의하도록 하자."

이 말에 무싸위는 긴장을 풀고 자리에 앉더니 말했다.

"교장? 칫, 엿이나 먹으라지!"

그러더니 무싸위는 우리들 모두에게 말했다.

"너희들 한 놈 한 놈 다, 엿이나 처드셔!"

"무싸위, 너 퇴학당하고 싶어서 그러는 것이냐?"

"아 씨, 당신이 무슨 상관이야?"

"자, 이제 그만해라. 안 그러면 정말 화낸다!"라고 선생님이 말씀하셨다.

이에 무싸위가 모하메드 알리가 권투를 할 때처럼 껑충대며 말했다.

"그래? 그럼 한번 화내보셔, 어디! 붙어, 한번 붙자고!"

마치 우리의 동의를 얻으려는 듯 선생님은 우리를 쳐다보며 말했다.

"세상에! 저놈을 어디다 가둬놓든지 해야지, 원!"

"호모 주제에!"

무싸위는 '호모'라는 말을 강조했다.

"계속 이럴래? 너희 부모님이 더이상 가족수당(가정의 경제 환경에 따라 자녀수당 계산되어 지급되는 정부 보조금. 취학 연령기에는 학교에 재학중인 자녀수를 기준으로 함) 못 받는 걸 보고 싶은 거냐?"

선생님의 말에 무싸위가 단번에 잠잠해졌다. 날카로운 지적이었다. 학교에서 퇴학을 당하는 것은 그렇다 치자. 어쩌겠는가! 하지만 선생님 앞에서 양말을 벗기 싫어 반항한 이유로 부모님이 가족수당까지 못 받는다면? 아, 이것은 절대 안 될 일이었다! 무싸위의 얼굴 위로 겁먹은 표정이 역력했다. 무싸위는 책상 위로 패배자의 시선을 툭 떨어뜨렸다. 그러더니 알아들을 수 없는 말을 뭐라고 혼자 중얼거렸다. 그리고 갑자기 구원의 빛을 발견한 사람마냥 흥분하며 말했다.

"인종차별주의자! 우리가 아랍 사람이라고 맨날 우리만 미워하고!"

그러나 패를 쥐고 있는 사람은 선생님이었다. 이번에는 선생님이 무싸위를 공격했다.

"그런 식으로 자기방어를 할 생각은 하지도 마라. 진실을 말해볼까? 넌 게으름뱅이이고, 너 같은 게으름뱅이는 성공할 수 없다는 것이 바로 엄연한 진실이란 말이다!"
"게이자식!"
이렇게 쏘아붙인 무싸위는 나쎄르를 바라보며 말했다.
"저 인간, 왜 우리 아랍 아이들을 맨날 꼴찌로 몰아넣는지 우리가 그 이유를 이해 못했다고 생각하는 모양이야!"
겁쟁이 나쎄르는 어디에 시선을 두어야 할지 몰라 당황하는 눈치였다. 게다가 나쎄르는 자기 때문에 가족수당이 끊기는 것을 절대 바라지 않았다.
"말이면 다 하는 것인 줄 아느냐? 아주즈를 봐라……."
선생님의 입에서 내 이름이 나오자마자, 반 아이들 모두가 내 쪽을 쳐다보았다.
"아주즈도 아랍 출신이지만 반에서 2등을 했지 않느냐! 그러니까 서툰 변명 따위는 하지 마라! 넌 바보 게으름뱅이일 뿐이야!"
선생님의 말씀을 듣던 나는 의자에 붙박이처럼 박혀 꼼짝할 수 없었다. 왜 하필 나를 여기에 끼어들게 하신 걸까? 왜 하필 나를? 무싸위는 입을 벌린 채 그렇게 있었다. 또 한번 반항하려고, 선생님이 확실한 인종차별주의자라는 것을 증명해보려고 하던 찰나였다. 그러나 선생님의 말이 사실이었고 무싸위는 아무 말도 할 수가 없었다. 이제 싸움은 끝났다. 무싸위가 졌다. 참담한 실패! 이것이 다 나 때문에 벌어진 일이었다!

선생님의 마지막 말이 아직도 내 머릿속과 교실 안에 메아리 치는 듯했다. 그러나 나는 곧 수업에 집중하기 시작했다. 선생님은 평소와 다름없는 말투로 수업을 진행하셨다. 그러나 교실 구석에서는 선생님의 표현을 빌자면 '당나귀 새끼들', 즉 무싸위를 비롯한 그 일당들이 아랍어로 시끄럽게 떠들어댔다. 간혹 웃음소리도 들렸고, 의자를 움직여 소음을 내기도 했다. 분명히 반항하는 것이었다. 그러나 선생님은 대리석처럼 굳어서 아무런 반응도 하지 않으셨다. 나? 나는 더이상 존재하지도 않았고, 아무 말도 들을 수가 없었다. 아이들의 앙갚음에 대한 두려움에 벌벌 떨 뿐이었다.

시간이 흘렀고, 허탈함에 빠져 있던 나는 종소리에 깜짝 놀라 정신을 차렸다. 아이들은 쉬는 시간이라 밖으로 나갔다. 몇몇 프랑스 아이들은 방금 전에 일어났던 '구석의 아랍학생 쿠데타'에 대해 다들 한마디씩 소곤거리고 있었다. 엘리트끼리의 관계 유지를 위한 것일까, 장-마크 라빌르가 또 한번 나에게 말을 걸었다. 그러나 나는 장-마크 라빌르를 무시했다.

"맨날 우릴 괴롭혀놓고 이제 와서는 우리가 인종차별주의자래! 난 무싸위가 정말 싫어. 너는?" 하고 장-마크 라빌르가 나에게 물었다.

나는 장-마크에게 거칠게 대답했다.
"몰라, 나랑 상관없는 일이야!"
그랬더니 장-마크 라빌르는 다른 프랑스 아이들을 찾아나섰다. 유유상종.
아쎈느가 학교 마당에서 구슬치기를 하고 있었다. 아쎈느를 향해 가려는데 무싸위를 선두에 두고 그 일당이 내 쪽으로 다가왔다. 아이들의 눈은 증오로 불타고 있었다.
"뭐야, 또 무슨 일이야?" 하고 내가 물었다.
"따라와. 여기선 안 돼. 내가 너한테 조금 할 얘기가 있거든."
우리는 교장선생님을 비롯해 모든 선생님들이 모여 있는 곳을 피해갔다. 우리 선생님도 거기 있었는데, 방금 전에 일어났던 소동에 대해 다른 선생님들한테 이야기하고 있는 것 같았다.
"너나 나나 우린 다 아랍 사람들이야. 그러니까 프랑스 양아치 새끼가 다른 아이들이 다 보는 앞에서 양말 냄새나 맡으면서 우리한테 이래라저래라 할 자격이 절대 없다는 소리지!"
"그래서 뭘 어쩌라는 건데?"
"뭘 어쩌냐고? 넌 양아치 중에서도 제일 양아치다! 선생이 양말 벗으라고 하니까 넌 뭐라고 말했지? '옛, 샘님?' 계집애만도 못한 놈."

"그래서 뭘?"

"왜 그랬는지 말해!"

"왜냐고? 선생님이 하라고 한 거니까 그랬다. 왜! 어차피 난 우리 엄마가 아침에 깨끗한 양말을 줘서 그걸 신고 있었거든. 그니까 별문제가 없었지……."

내 말에 무싸위는 흥분을 감추지 못했고, 나쎄르가 대신 말을 이었다.

"우린 맨날 반에서 꼴찌다. 알지?"

"응."

"왜 맨날 꼴찌라고 생각하냐?"

"내가 그걸 어떻게 알아?"

"선생이 차별하니까 그렇지! 아직도 몰라? 선생은 아랍 애들이라면 다 싫어해."

"글쎄다……."

"하긴, 넌 모르겠지! 넌 아랍 사람이 아니니까."

무싸위의 이 말에 아이들이 모두 동의했다.

"아니야, 나도 아랍 사람이야!"

무싸위가 계속해서 말했다.

"만일 네가 아랍 사람이라면, 너도 우리처럼 반에서 꼴찌였을걸?"

이번에는 나쎄르도 한몫 거들었다.

"맞아, 맞아! 넌 왜 우리처럼 꼴등을 하지 않는 거지? 선생이 너는 2등을 시켜줬잖아. 다른 프랑스 아이들 사이에 말이야. 왠지 알아? 네가 아랍 사람이 아니고, 프랑스 사람이기 때문이야."

"아니, 난 아랍 사람이야! 그리고 열심히 공부해서 좋은 성적을 받은 거야. 누구든지 나처럼 될 수 있어."

한 아이가 나서더니 내가 지겹도록 들은, 늘상 하는 바로 그 질문을 했다.

"그럼 왜 넌 쉬는 시간에 프랑스 아이들이랑 놀아? 우리랑은 걷는 일도 없잖아!"

나머지 아이들이 맞다는 듯 고개를 끄덕거렸다. 뭐라고 말하면 좋지?

"이거 봐, 너도 할 말 없지? 우리 말이 맞지? 넌 프랑스 사람이야. 아니, 아랍인의 얼굴을 하고 있지만 프랑스 사람이 되고 싶은 거지!"

"아니야!"

내 대답에 무싸위가 말했다.

"야, 관두자, 관둬! 우리가 왜 프랑스놈이랑 얘기를 하냐?"

머리부터 발끝까지 온몸으로 나를 무시하며 무싸위 일당이 멀어져갔다. 마치 스파이의 정체를 알아내기라도 했다는 듯이 말이다.

나를 질투해서 그러는 것이라 생각하고 이 상황을 슬기롭게 넘기려 노력했다. 하지만 자꾸 선생님이 나를 곤경에 빠뜨렸다는 생각이 들었다. 나와 같은 출신의 아이들로부터 나무람을 들은 나는 너무도 창피했다. 게다가 아이들의 말이 옳았다. 쉬는 시간이면 나는 항상 프랑스 아이들이랑 놀았고, 그 아이들을 닮고 싶은 것이 사실이었다. 게다가 나는 선생님의 말이라면 껌뻑 죽지 않는가.

시간이 천천히 흘러갔다. 오후에 교장선생님이 우리 반으로 오셔서 무싸위를 불러냈고, 그 이후로 학교에서 무싸위를 볼 수가 없었다.

저녁이 되어 집으로 돌아가는 길, 나는 샤바의 아이들과 합류했다. 그러나 오늘 무슨 일이 있었는지에 대해서는 아무에게도 말하지 않았다. 늘 그랬듯이 조용히 집으로 돌아갔다.

넌 아랍 사람이 아니야! 넌 프랑스 사람이야! 배신자! 아첨쟁이! 우리 반의 아랍 아이들에게 내가 잘못한 일이 무엇이란 말인가? 넌 아랍 사람이 아니야! 맞아, 나도 아랍 사람이야. 증명해볼까? 그렇다. 나도 여느 아랍 아이들과 다를 것이 없었다. 3개월 전에 할례 의식을 따랐기 때문이다. 아랍 사람이 되기도 힘든 마당에 이젠 나보고 배신자라는 누명을 씌우다니.

엄마와 아빠는 할례 의식을 치르는 날이 다가왔다는 것을 나에게 숨기려고 노력했다. 하지만 내가 바보인가? 나도 그날이 왔음을 알고 있었다. 엄마와 아빠가 며칠 전부터 형과 나에게 '그날'을 위한 준비를 시켰던 것이다.

엄마는 귀찮게 자꾸 나에게 물었다.

"말해봐라, 아들. 너 돈 받으면 그걸로 뭘 할 거냐? 엄마한테도 조금 떼어줄 거지? 아이구, 운 좋은 놈! 내 새끼, 내 양새끼!"

운이 좋다고? 그 좋다는 운, 엿하고나 바꿔 먹으련만. 이미 나는 할례 의식이라는 단두대에 오른 아이를 본 적이 있었다. 그 아이는 의식 덕분에 별안간 부자가 되었다. 나는 그것이 부럽긴 했으나 가난해도 좋으니 할례만은 피하고 싶은 마음이었다.

의식이 있는 주말 사흘 전부터 샤바의 아줌마들은 엄청나게 큰 양푼에다 쿠스쿠스를 준비했다. 엄마는 알제리에 살 때부터 갖고 있던 양푼을 꺼냈다. 아줌마들이 음식을 준비하는 동안 샤바는 축제 분위기에 휩싸였다. 열 명 남짓한 아줌마들이 판잣집에 등을 대고 당신들의 거대한 엉덩이를 깔고 앉았다. 대부분 아줌마들은 왼발은 펴고 오른발은 구부리고 있었다. 두 발을 구부려 굵은 밀이 가득한 양푼을 고정시킨 아줌마도 있었다. 물을 붓고, 체로 받치고, 소금을 뿌리고…….

모든 동작이 박자에 맞춰 척척 이루어지고 있었다. 한 아줌마는 음식 준비에 열심인 다른 아줌마들에게 커피를 날라다주었다. 고향 세티프의 노래가 흘러나왔고, 동네 꼬마들은 커피와 곁들여 먹는 과자며 엄마들의 주위를 파리 날아들 듯 뱅뱅뱅 맴돌았다.

엄마와 아빠는 그날의 의식을 집행할 아저씨도 미리 정해놓았다.

금요일 저녁이 되자 샤바의 축제 분위기는 한껏 물이 올랐다. 여기저기서 아랍 전통 북소리가 콩닥닥거렸고, 아줌마들은 사이드 삼촌네 집에 모여 수다를 떨었다. 샤바의 아저씨들은 모두 우리집에 모여 앉아 프랑스에서의 삶에 대한 이야기를 나누었다. 아이들은 삼촌네 집과 우리집을 오가며 여기서 조금씩 저기서 조금씩 군것질을 했다.

겁에 질린 나는 복통을 호소했고, 밤에 잠을 이루지 못했다. 나는 자려는 형을 붙들고 질문을 퍼부었다.

"그거 많이 아플까?"

"한번도 안 해봤는데 내가 그걸 어떻게 알아?"

"사람들이 우리한테 돈을 많이 줄까? 그 돈으로 뭐할 거야? 난 그 돈으로 자전거를 살 거야. 근데 아빠가 허락하실까?"

무스타프 형은 이내 잠들어버렸다.

그날 밤 꿈에서 나는 털북숭이 아저씨 하나가 면도칼을 손에 들고 미친 듯이 키득거리며 내 곁으로 다가오는 꿈을 꿨다. 그 아저씨가 내 머리에 손을 얹자 나는 어떻게든지 아저씨의 손아귀에서 벗어나고자 발버둥쳤다. 너무 놀라 벌떡 일어났고, 그렇게 악몽은 끝이 났다. 마침 나를 깨우러 왔던 엄마가 침대 머리맡에서 날 보며 웃었다.

토요일 아침 일곱 시. 내 인생에서 가장 길었던 날.

이런 나의 눈물겨운 노력에도 불구하고, 아이들은 어찌 나를 배신자 취급하는가!

엄마는 나와 형에게 목욕을 하도록 시켰다. 그리고 우리에게 각자 하얀 팬티와 발목까지 내려오는 아랍 전통옷을 입게 했다. 목에는 몇 번이나 매듭을 진 초록색 목도리를 둘렀다.

아침 아홉 시. 모든 준비를 마친 형과 나는 할례 의식을 집행할 타하르를 기다리며 동네를 어슬렁거렸다. 잔뜩 긴장했고, 두려움에 떨었으며 걱정스런 마음을 주체할 수가 없었다. 예식에 초대받은 손님들이 도착했다. 그들은 뺨에 뽀뽀를 하며 인사를 했고, 머리를 쓰다듬으며 우리를 격려해주었다. 목, 손목, 손가락, 허리 할 것 없이 온몸에 금 장신구를 칭칭 감아들고, 발목까지 내려오는 화려한 가운까지 차려입은 아줌마들의 행렬이 이어졌다.

타하르가 도착했다는 소식을 들은 나는 온몸의 피가 거꾸로 솟는 느낌을 받았다. 타하르는 키가 아주 컸고, 콧수염을 하고 있었으며 서양 사람을 많이 닮았다. '빌뤠르반느 벼룩시장표' 갈색 양복을 차려입었고, 오래된 커튼을 뜯어 만든 듯한 초록색 넥타이를 맸으며 손에는 가방을 들고 있었다. 아빠가 타하르를 맞이했고, 수놓은 거대한 커버로 장식한 매트리스가 깔린 방으로 인도했다.

앗, 타하르가 무스타프 형과 나를 불렀다. 우리를 안심시키려는지 다정한 몇 마디를 건넨 후, 타하르는 우리가 입고 있던 옷을 배꼽까지 걷어올렸다. 그러고는 하얀 팬티를 잡아 내리더니 고추 끝을 만지작거렸다.

"좋아, 아주 좋아! 네 이름이 뭐라고 했지?"

입가에 미소를 머금은 타하르가 물었다.

"아주즈입다."

"그래, 너도 이제 다 컸구나."

점심때가 되자 손님들은 맛있는 쿠스쿠스 요리를 먹었다. 온갖 야채와 양고기, 수박이며 대추, 떡과 꿀을 넣은 만찬이었다.

오후 두 시. 타하르가 자리에서 일어나더니 의식이 집행될 방으로 들어갔다. 몇몇의 아저씨들이 형과 나를 데리고 타하르의 뒤를 따랐다. 이미 방에서 우리를 기다리고 있던 아줌마들은 서로서로 바싹 붙어 방구석에서 북을 두드리며 노래를 불렀다. 창문 옆에는 의자 두 개가 놓여 있었다. 타하르는 조용히 시술도구와 약품을 준비했다. 모든 준비를 마치자 타하르는 내 옆에 서있던 아저씨들에게 신호를 보냈고, 그때부터 엄마는 흐느끼며 울기 시작했다.

　네 명의 아저씨가 나를 붙잡았다. 아저씨들은 눈 깜짝할 사이에 나를 교수대 위에 올려놓고, 손과 발을 꼼짝 못하게 했다. 내 눈에서는 눈물이 강을 이루며 쏟아져 내렸다. 게다가 엄마가 내 머리와 이마에 발라놓은 향수 때문에 눈은 더 따끔거렸다. 손님들이 내 곁으로 다가오더니 잘 들리도록 큰소리로 나를 응원하며 목에 두른 초록색 목도리 사이에 지폐를 찔러넣었다.

　타하르는 내 고추를 손에 쥐고 분홍빛이 도는 귀두를 드러냈다. 이것을 보고 있던 나는 이미 고통의 도가니에 빠졌고, 엉엉 큰소리를 내며 울었다. 타하르는 엄지를 이용해 귀두를 뒤로 밀면서 내 고추를 덮고 있던 살가죽을 잡아올렸다. 나는 목청이 터져라 소리를 질렀으나 그만 아줌마들의 노랫소리와 유유소리(잔치나 좋은 일이 있을 때 아랍권 여자들이 내는 소리)에 묻혀버렸다.

　"우리 아들, 이젠 어른이 되었으니까 안 울지?"

　아빠는 계속 이 말만 반복했다.

　무릎을 꿇고 앉은 타하르가 드디어 무기를 꺼냈다. 번쩍거리고 아주 날카롭고 뾰족한 의료용 가위였다. 이 악몽의 순간 앞에 내 몸은 뻣뻣하게 굳어갔다. 온몸의 근육과 다리는 부풀어

올랐고, 눈알이 튀어나올 것만 같았다.

"아빠! 아빠! 이 아저씨 좀 말려줘! 아빠! 아아아, 나 이거 하기 싫어! 아저씨, 하지 마세요! 하지 마세요! 아아아아······."

"착하지, 아주즈. 울지 마라!"

아빠는 옆에서 계속 울지 말라고 나를 달랬다.

어떻게 해서든지 아저씨들의 틈에서 도망쳐보려 애썼지만 소용없는 일이었다. 나는 두 발을 접었다가 갑자기 펴는 동작을 반복했다. 나름대로 폭력적인 이 동작으로 인해 나를 붙들고 있던 아저씨들의 팔이 내게서 떨어져나가기를 원했기 때문이다. 물론 효과는 없었다.

서로 바싹 달라붙어 서서 땀을 흘리고 있는 아줌마들 사이로 엄마가 보였다. 엄마는 더위와 고통 때문에 땀으로 범벅이 된 눈과 이마를 연방 손수건으로 닦고 있었다.

"엄마! 엄마! 이거 하지 말라고 좀 말해줘! 그만두라고 좀 말해줘! 엄마! 엄마!"

엄마는 마음 놓고 울 생각으로 나에게서 고개를 돌렸다.

나는 내 발을 잡고 있던 부샤위 아저씨에게 침을 뱉었다. 그러나 부샤위 아저씨는 웃기만 했다. 방에 있던 모든 사람들에게 심한 욕을 하고, 소리를 질러봤지만 또한 아무 소용이 없었다.

타하르는 곱지 못한 시선으로 나를 쳐다보며 이렇게 말했다.
"이제 그만 움직여라. 안 그러면 네 고추를 몽땅 다 잘라버릴라!"

이 말에 나는 곧 잠잠해졌다.

타하르는 집게로 고추의 끝부분을 집고, 곧 가위를 갖다 댔다. 열린 댐이 물을 퍼붓듯 피가 사방으로 튀었다. 나는 너무 아파 정신을 차리지 못했고, 타하르는 살이 벗겨진 내 고추의 끝에 혈액 응고제를 발랐다. 타하르는 고통에 찌든 나를 안아 들더니 바닥에 놓인 매트리스 위에 눕혔다. 이것이 내 기억의 끝이다. 그다음에 일어난 일은 전혀 내 기억에 없다.

엄마와 아줌마들은 민요를 부르며 둑길 쪽으로 갔다. 무참히 잘려나간 내 고추의 한 부분을 쿠스쿠스 알과 함께 묻기 위해서였다. 둑 어딘가엔 아직도 내 몸의 소중한 한 부분이 묻혀 있는 것이다.

팬티를 입을 수도 없었고, 남아 있는 나머지마저 잘려나갈세라 오줌도 제대로 눌 수 없었던 열흘. 아픈 곳이 바지에 닿을까 걱정되어 오리걸음으로 보냈던 열흘이 그렇게 지났다.

무싸위, 너는 아느냐! 나도 치를 것은 다 치른 엄연한 아랍인의 한사람이라는 것을!

진정한 무슬림이 되기 위해 내 몸의 일부를 잃은 대신, 나는 빨간 자전거 한 대를 얻었다. 아빠는 우리집이 차가 많이 다니는 큰길 가까이에 있다는 이유로 걱정이 많았고, 당연히 자전거를 사주지 않겠다고 했다. 아빠는 일 때문에 매일 이 큰길을 지나다녔다. 그래서 이 길이 얼마나 위험한지 잘 알고 있는 터였다.

나는 아빠에게 할례 의식 때 받은 지폐를 가리키며 이렇게 말했다.

"그 돈, 다 내꺼야! 내 맘대로 써도 된다고 아빠가 그랬잖아. 이 돈으로 자전거를 살 거야."

"너, 예식 때문에 내가 돈을 얼마나 많이 썼는지 알기나 해? 예식비용을 다 갚으면 네가 받은 돈을 돌려주지!"

자전거를 타고 돌아다니고 싶은 나의 소망은 아빠의 반대로 인해 순식간에 물거품으로 돌아가고 말았다.

그러던 며칠 후, 아빠가 오토바이 뒤꽁무니에 빨간 자전거 한 대를 달고 왔다. 나는 너무 기뻐 한참 동안 아빠를 얼싸안고, 뺨에 뽀뽀를 했다. 그리고 자전거를 타고 절대로 멀리 나가지 않겠다고, 절대로 큰길에 나가지 않겠다고 약속했다. 물론 아빠가 기뻐하시도록 학교 공부도 더 열심히 하겠다고 말했다.

아빠는 나의 마지막 말에 이렇게 대답했다.

"학교에서 공부를 열심히 하는 것은 다 너를 위한 것이다. 너의 미래를 위해 준비하는 것이지, 날 위해서 공부하는 것이 아니라는 말이야."

아빠가 뭐라고 말하든 나는 얼른 빨간 자전거를 잡아탔다. 그리고 아빠의 걱정스러운 눈길을 한몸에 받으며 한 바퀴 시범 운행을 해보았다.

"아빠! 내가 얼마나 자전거를 잘 타는지 아빠도 봤지?"

"응, 그래. 이제 그만하고 들어와라. 그러다 자전거 망가뜨릴라!"

"아니, 조금만 더 타고! 아빠, 봤지? 멀리 안 나가고 여기서만 타잖아."

"자, 이제 그만. 얼른 말 들어라. 안 그러면……."

아빠의 말을 들어야 했다. 하지만 나는 될 수 있는 한 천천히 움직였다. 나도 화가 났다는 것을 아빠에게 보여주기 위해서였다. 그리고 나의 이런 행동은 아빠의 신경을 건드리고 말았다.

그 후 자전거를 마음대로 타보지도 못하고 몇 주가 흘렀다. 아빠는 엄마에게 아빠가 없는 동안 내가 몰래 자전거를 타지 못하게 하도록 단단히 당부했다. 이러한 이유로 라바가 토끼 먹일 풀을 뜯으러 멀리까지 나가자고 했을 때, 나는 엄마가 봉바를 쓰러 나갈 때까지 기다려야 했다. 바로 몰래 자전거를 타고 나가기 위해서였다.

나까지 합쳐 여섯 명의 아이들은 자전거를 타고 큰길을 달렸다. 앞서거니 뒤서거니 자전거 경주를 하며 국도를 지났다. 얼마나 달렸는지, 시간이 얼마나 흘렀는지도 몰랐다. 자전거의 속도에 정신이 팔렸던 것이다. 그리고 우리 옆으로 쌩 하고 지나가는 자동차며 아스팔트 길, 그리고 경치에 넋이 나가 다른 생각은 할 수가 없었다. 심지어 화를 낼 아빠조차도 신경이 쓰이지 않았다. 집으로 오는 길에 우리는 장터 축제와 창녀들을 보기 위해 시내를 돌아서 왔다. 정말 보람 있는 하루였다.

밤이 되어서야 우리는 샤바에 도착했다. 뒷짐을 지고 우리를 기다리는 아빠의 모습이 어슴푸레 보였다. 너무 어두워 아빠의 표정을 읽을 수가 없었다. 조금 떨어진 곳에 다른 아저씨들과 아줌마들이 역시 우리의 귀환을 기다리고 있었다. 그중에는 엄마도 끼어 있었다. 아주 겁을 먹은 듯한 얼굴을 하고 말이다.

아빠가 내 쪽으로 다가오자 나는 무서움에 다리 하나 꼼짝할 수 없었다. 그저 아빠의 공격에 대비해 두 손으로 머리를 감쌌을 뿐이었다. 그러나 예상과는 달리 아무 일도 일어나지 않았다. 단, 아빠의 단호한 명령이 떨어졌다.

"자전거 이리 내놔!"

제대로 혼이 날 줄 알았던 나는 이런 뜻밖의 행운에 기분이 좋아졌다. 아빠가 정확히 무엇을 하려고 하는지 생각해보지도 않은 나는 얼른 자전거에서 내렸다. 그리고 여전히 들떠 아빠에게 자전거를 넘겼다. 물론 만약의 사태에 대비해 경계를 늦추지 않았다.
 아빠는 다른 아이들 쪽을 향해 가더니 이렇게 말했다.
 "너, 자전거에서 내려와. 너도! 너도!"
 마지막으로 라바에게 말했다.
 "그리고 너! 너도 빨리 자전거에서 내려와, 확 내리치기 전에!"
 라바는 아빠의 명령에 당장 복종하기는커녕, 늘 하던 식으로 입을 비죽거리며 그 특유의 거만한 웃음을 지어 보인 것이 확실했다. 아빠의 무지막지한 손이 라바의 얼굴을 한 대 강타했고, 라바는 차마 그 공격을 피할 시간의 여유가 없었던 것이다. 라바의 기분 나쁜 비웃음이 순간 사라졌다. 라바의 엄마와 아빠도 할 말을 잃었다.
 아빠는 자전거를 모두 압수했다. 그리고 뺏은 자전거들을 마당 한가운데에 쌓아놓았다. 우리는 그저 믿을 수 없다는 듯 아빠를 바라볼 뿐이었다. 아빠는 곧 자전거 하나를 집어들었다. 아주 차분하면서도 확실한 동작으로 아빠는 그 자전거를 머리 위까지 들어 올렸다가 땅바닥에 내동댕이쳤다. 그리고 그 동작을 몇 번이나 되풀이했다. 우리 모두의 자전거가 한갓 스치는 추억으로 간직될 때까지 말이다.
 내 자전거는 제일 밑에 깔려 있었다. 그래서 혹시라도 다른 자전거에 비해 충격을 덜 받지는 않았을까 하는 희망을 걸어보왔다. 그러나 내 자전거도 역시 엉망진창이 되어버렸다. 그것을 본 순간, 나는 입술을 꽉 깨물었다. 아, 나는 내 몸의 소중한 일부를 거저 준 것이란 말인가?

자전거와는 완전 이별이었다. 그래서 학교에 안 가는 날이면 나는 하릴없이 집 주변을 거닐곤 했다. 아빠는 형과 내가 시장에 가는 것을 절대 금지했고, 론 강둑에도 못 가게 했다. 하다못해 큰길에 가는 것도 허락하지 않았다. 얼마 전 아이들과 떠났던 자전거 하이킹의 후유증 때문이었다. 엄마는 내가 영 못마땅해 투덜거리기 일쑤였다. 그리고 엄마의 불쾌지수는 하루가 다르게 증가했다.

오늘 아침 엄마는 목욕을 하기로 결심했다. 벌써 목욕물이 끓은 지 한참이나 지났다. 옷을 벗은 엄마는 그 거대한 몸집으로 가족용 대야 속에 쪼그리고 앉았다. 그런 엄마의 모습을 보니 꼭 갓난아기를 보는 것 같았다. 작은 냄비 속에 앉혀놓은 우량아가 생각났다. 조라 누나는 샴푸 거품이 잘 일게 하기 위해 엄마의 머리 위로 따뜻한 물을 쏟았다. 그러다 그만 물이 바닥에 떨어졌다.

"조심 좀 해! 내가 물에 잠겨 죽는 꼴이 보고 싶은 게냐?"

엄마가 조라 누나에게 괜히 짜증을 부렸다.

하지만 이상하게도 누나는 화를 내는 엄마의 모습이 재미있었나보다. 누나가 나를 한번 스윽 쳐다봤다.
"웃겨? 이게 웃겨, 응?"
엄마는 버럭 화를 냈다. 그리고 이번에는 그 불꽃이 나에게도 튀었다.
"넌 거기서 뭘 보고 앉았어? 당장 밖으로 나가지 못해?"
내 그럴 줄 알았다. 늘 내가 희생양이다. 집에 있으면 밖으로 나가라고 하고, 밖에 나가 있으면 빨리 집으로 들어오라고 늘 야단이다.
그때 아쎈느가 우리집 창문 앞을 지나다 말고 나보고 나오라는 신호를 보냈다.
"뭐하냐?"
"아무것도 안 해. 나가려던 참이었어."
"론 강에 가서 낚시나 할까?"
"미쳤냐? 우리 아빠한테 목 졸리는 꼴을 보고 싶어서 환장했구나?"
"왜, 겁나?"
"당연히 겁나지! 너 내 엉덩이에 난 자국 볼래? 이게 다 저번에 론 강에 간 것 때문이잖아. 기억나지? 우리 아빠가 우리 찾으러 왔었잖아."
내가 왜 이렇게 겁을 먹는지 아쎈느도 이해를 한 모양이었다. 이번에는 낚시가 아닌 다른 것을 하자고 제안을 했다.
"그럼 우리 오두막에 갈까? 오래 안 있으면 되잖아······."
아쎈느와 나는 루이즈 아줌마의 집 쪽을 향해 발을 뗴었다. 두 명의 아이가 '담길에 쓰레기 버리지 마시오. 벌금 있음'이라고 써진 판자에 돌을 던지고 있었다. 돌멩이 하나가 판자에 정확히 맞았고, 징 울리는 소리가 들렸다.

조금 더 가니 싸이다가 동생을 유모차에 태우고 산책중이었다. 싸이다는 뾰족하고 굽이 높은 신발을 신고 있었다. 지난주에 왔던 쓰레기차에서 주운 것이었다. 싸이다는 뾰족구두를 신고 어른 흉내를 내며 걸었다. 아쎈느는 얼른 다가가 싸이다의 치마를 걷었다.

"나쁜 놈! 너네 엄마한테 다 이를 거야!"
"싸이다 쟤, 정말 짜증나지 않냐? 저 계집애한테는 장난도 못 쳐!"

그러더니 아쎈느가 나를 쳐다보며 말했다.
"빨리 오두막에나 가자!"
그 말을 들은 싸이다가 귀가 솔깃해져서 우리에게 물었다.
"너희들 오두막에 가니? 나도 갈까?"
그러자 아쎈느가 대답했다.
"그러든지. 대신 우리가 사냥하는 동안, 넌 오두막 청소를 해, 알았지?"

"좋았어! 잠깐만 기다려!"

싸이다는 동생을 집에 데려다주러 가더니 얼른 우리 뒤를 쫓아왔다. 남자 아이들과 오두막에서 놀 생각에 기분이 좋았나보다. 오두막으로 가는 길 내내 아쎈느는 싸이다의 엉덩이를 만지며 괴롭혔다. 처음에는 질색을 하던 싸이다가 나중에는 아쎈느의 장난에도 큰 반발을 하지 않았다.

우리의 오두막은 떡갈나무 사이에 그대로 있었다. 싸이다는 나뭇가지를 잘라 빗자루를 만들고는 오두막 안을 청소하기 시작했다. 시간이 조금 지나자 싸이다는 청소를 관두고 내 앞으로 와서 책상다리를 하고 앉았다.

나는 싸이다에게 물었다.

"우리 뭐할까?"

그러자 아쎈느가 우리에게 제안을 했다.

"토토 시리즈 얘기해줄까?"

"나, 하나 아는데……. 토토랑 나꼬집어랑 배를 탔어. 그러다 잘못해서 토토가 물에 빠진 거야. 그럼 배 안에 누가 남았게?"

정답을 찾은 기쁨에 들떠 싸이다가 대뜸 소리쳤다.

"나꼬집어!"

나는 싸이다의 엉덩이를 힘껏 꼬집었다.

"바보!"

아쎈느와 나는 배꼽이 빠져라 웃었고, 싸이다는 화를 냈다.

"나 집에 갈래."

나는 싸이다의 원피스를 잡고 말했다.

"왜, 벌써? 잠깐만. 너 할례받은 고추 본 적 있어? 나 했는데. 내꺼 볼래?"

"싫어, 징그럽게!"

"아냐, 이젠 깨끗해. 다 나았거든."

나는 바지의 지퍼를 내렸다. 그리고 아직 수술자국이 남아 있는 나의 소중한 고추를 보여주었다. 그랬더니 싸이다가 신기한 듯 내 고추를 내려다보았다.

"봤지? 하나도 안 징그럽지?"

"응, 그렇네."

"야, 우리도 어른들처럼 그거 한번 해볼래?"

싸이다는 겁을 먹어 얼굴이 빨개졌다. 아쎈느도 다분히 놀라긴 했으나 곧 싸이다를 부추겼다.

"그래, 우리도 어른들처럼 그거 한번 해보자!"

"알았어, 그럼. 근데 우리 엄마가 보면 어떻게 해?"

나는 걱정하는 싸이다를 안심시키기 위해 이렇게 말했다.

"너희 엄마가 어디 있다고 그래? 그리고 오늘 있었던 일을 아무한테도 말 안 하면 되지, 뭐. 자, 너 팬티 벗어."

싸이다는 잠깐 머뭇거리더니 곧 입고 있던 팬티를 내렸다.

그리고 말했다.

"이제 뭘 하면 되는 거야?"

나는 내 고추를 부여잡고 싸이다 곁으로 다가갔다. 싸이다는 엉덩이를 깔고 바닥에 앉았고 자신의 그 긴밀한 것을 선사하기 위해 다리를 벌렸다. 나는 조심히 고추를 갖다 댔다. 우리는 이렇게 이상한 자세를 하고 무언가 일이 벌어지기만을 기다렸다. 그런데 무슨 일이 벌어진단 말인가? 전혀 알 수가 없었다.

"이게 뭐야! 뭔가 해야 하는 거 아니야?" 하고 싸이다가 물었다.

"아니야. 이게 끝이야."

아쎈느는 우리가 하는 것을 유심히 관찰하고 난 뒤 이렇게 말했다.

"나도 그거 할래. 나도 시켜줘!"

아쎈느는 바지를 내려 자기 고추를 꺼내더니 나를 따라했다.

"우리 부모님들이 이걸 하는 거야?"

싸이다가 물었다.

아무도 대답하는 이 없었다.

시간이 지났고, 자기도 어른들의 '그것'을 해보았다는 성취감에 기분이 들뜬 아쎈느가 바지를 올려 입었다. 그러나 금방 아쎈느의 표정은 심각해졌다.

그때 갑자기 숲속을 울리는 카랑카랑한 목소리가 들려왔다.

샤바 쪽에서 나는 소리였다.
"싸이다! 싸이다!"
싸이다가 깜짝 놀라 말했다.
"우리 엄마야!"
싸이다는 얼른 팬티를 찾아 입고 옷매무새를 정리했다. 그리고 우리에게 신신당부하는 것을 잊지 않았다.
"아무한테도 말하지 않기다, 알았지?"
"절대 말 안 해. 걱정하지 마······."
나와 아쎈느는 동시에 싸이다를 안심시켰다.
그리고 싸이다는 나무 뒤로 사라졌다.
그 이튿날부터 샤바에는 싸이다가 '그것'을 당했다는 소문이 자자했다.

학교로 향하는 길에 우리는 두 대의 경찰차와 그들의 '닭장'이 지나가는 것을 보았다. 경찰차는 샤바 쪽을 향해 달리고 있었다. 그때 라바가 소리쳤다.
"샤바에 가나봐!"
우리는 얼른 경찰차를 뒤쫓았다. 다행히 길이 고르지 않아 경찰차는 속도를 늦추고 달렸다.
예상했던 대로 경찰차는 샤바 앞에 멈춰 섰다. 제복을 입은 경찰들이 얼른 차에서 내려 판자촌 대문으로 다가갔다. 형사인 듯한 아저씨 한 명이 물었다.

"이곳 대표가 누굽니까?"

아쎈느가 내 옆에 바싹 붙어섰다.

"창녀 아줌마들 때문에 온 걸 거야."

"아닌 것 같은데……?"

"아니면 그때 우리가 차 유리창 깨뜨린 사람 있잖아, 창녀 아줌마 고객. 그 사람이 신고한 것이 아닐까?"

"아, 네 말이 맞는 것도 같다."

이때, 형사 아저씨가 대문 너머로 소리쳤다.

"여기 불어 할 줄 아는 사람이 아무도 없습니까?"

의심이 가득한 눈빛을 한 형사 아저씨는 제복을 입은 경찰 세 명에게 수신호를 보냈다. 그랬더니 경찰들이 샤바 곳곳을 살피는 것이었다. 형사 아저씨는 우리에게 별로 달갑지 않다는 듯한 시선을 보냈다.

샤바에서 엄마와 아줌마 한 명이 나왔다. 전통이 강요하는 대로, 엄마와 그 아줌마는 수건으로 머리를 감싸고 있었다.

형사 아저씨가 우리 동네에 온 이유를 밝혔다.

"여기서 불법 도살행위가 이루어진다는 제보가 들어왔습니다. 어딥니까?"

엄마와 아줌마는 아무런 말도 하지 않았다. 대신 하늘을 향해 두 팔을 번쩍 들고는 무슨 말인지 이해를 못한다는 동작을 취했다.
"양고기…… 도살장…… 꾸엑……꾸엑……."
형사 아저씨는 칼로 양을 잡는 시늉을 했다.
엄마는 형사 아저씨가 하고 싶은 말을 이해하는 눈치였다.
"물라요, 말 물라요!"
계속해서 '물라요, 말!'을 반복하는 엄마 앞에서 형사 아저씨의 참을성은 바닥이 났다.
"다 똑같은 인간들! 경찰 앞에서는 절대 불어를 모른다고 하지!"
이번에는 그 형사 아저씨가 다른 경찰 아저씨를 쳐다보며 말했다.
"이 사람들은 자기네가 필요할 때만 불어를 할 줄 알아, 안 그런가? 어쩌겠어, 샅샅이 뒤지는 수밖에! 거기 그 둘, 저쪽! 그리고 너, 이쪽을 살펴봐. 나머지는 나를 따라온다!"
경찰들이 집집마다 다니며 조사를 했다. 그러나 아무것도 단서가 되는 것은 찾지 못했다. 어디에서도 양의 피 냄새를 맡을 수가 없었고, 어디에서도 양모를 발견하지 못했다. 경찰들이 이번에는 우리 쪽으로 오더니 머리부터 발끝까지 훑어보았다. 샤바의 대문에 이르자 형사 아저씨는 다시 한번 용의자들을 쳐다보았다. 나는 온몸이 오싹해짐을 느꼈다. 형사 아저씨가 피식 하고 웃더니 내 앞으로 와서는 눈을 고정시키며 말했다.

"너, 학교에 다니냐?"

"옛, 형사님!"

"어느 학교 다니냐?"

"레오-라그랑주입다!"

"레오-라그랑주에서 공부는 잘하고?"

"예, 형사님! 지금은 거의 1, 2등만 함다. 그런데 전에는……"

형사 아저씨가 내 말을 막았다.

"좋았어. 학교에서 공부 열심히 해야 한다, 잘 알지? 나중에 커서 형사가 될 수도 있잖아. 안 그러냐?"

"맞슴다, 형사님! 저는 학교에서 아침마다 훌륭한 시민이 되기 위해 도덕수업도 받슴다, 형사님!"

"그래? 그럼 정말 훌륭한 형사가 될 수 있겠구나. 그럼 말이다……. 너 어디서 양을 잡는지 말해줄 수 있느냐?"

"옛, 형사님! 어딘지 암다, 형사님! 우리 삼촌이 양을 잡슴다, 형사님! 저기 마당에 집 뒤에서 잡다, 형사님! 저기 사과나무 보이심까? 저 바로 뒴다, 형사님!"

"네가 앞장서서 길을 안내해라. 미래의 형사 소년!"

나는 스스로가 너무도 자랑스러웠다. 샤바 아줌마들의 놀란 눈을 뒤로하고, 나는 정의구현을 위해 애쓰는 경찰 아저씨들을

샤바의 소년 157

양의 피로 뒤덮인 곳까지 안내했다. 말라붙은 양의 피 위쪽에는 고기를 자르기 위해 매달아놓는 고리도 달려 있었다. 그리고 여기저기에는 가공하지 않아 아직 신선한 양가죽이 널려 있었다. 때문에 아주 지독한 냄새가 났고, 형사 아저씨는 그 냄새를 참지 못하는 듯했다.

두 명의 경찰 아저씨가 사건현장으로 다가갔다. 그중의 한 명이 사진기를 꺼내더니 여러 각도로 사진을 찍었다. 나는 도대체 무슨 일이 일어나는지 이해할 수 없었다.

"자, 이제 돌아간다"라고 형사 아저씨가 명령했다.

이 장면을 지켜보고 있던 아줌마들 앞으로 지나가다가 형사 아저씨는 엄마에게 종이 한 장을 내밀었다. 형사 아저씨가 급하게 몇 자 적은 종이었다.

"이걸 집주인에게 전달하십시오. 빌뤠르반느 경찰서 소환장입니다. 오늘 저녁 여섯 시 전까지 꼭 와야 합니다."

엄마는 불어를 이해하지 못했다. 그래서 마치 엄마가 경찰서로 잡혀가기나 하는 듯이 두 팔을 휘저었다. 그래서 형사 아저씨가 내 쪽을 보며 말했다.

"너 글 읽을 줄 아니?"

"예, 형사님!"

"그럼 집주인한테 이걸 읽어줘라."

"우리 아빠다, 형사님!"

"그래? 그럼 아빠한테 오늘 저녁 여섯 시 전까지 경찰서로 오시도록 해라. 너희 삼촌이랑 같이. 잘 알아들었지?"

그리고 형사 아저씨는 나에게 윙크를 했다.

"옛, 형사님! 아빠한테 꼭 말하겠슴다, 형사님!"

제복을 입은 경찰들이 차에 올라탔고, 곧 큰길을 향해 떠났다. 경찰차가 사라지자마자 지두마가 으르렁거리며 나에게 달려왔다.

"이 바보 같은 놈아! 이 몹쓸 놈! 가만히 입 닥치고 있지는 못할망정! 너 일부러 그랬지, 엉? 일부러 그랬다고 솔직히 말해, 이놈아!"

지두마는 내 머리채를 잡고 흔들어댔다. 내가 무엇인가 하지 말아야 할 일을 한 것이 틀림없었다. 이번에는 우리 엄마가 나섰다.

"야, 너! 내 아들 가만 놔두지 못해? 네가 뭔데 내 아들을 괴롭혀? 애 잘못도 아닌 일을 가지고 왜 난리야! 아무것도 모르고 순진해서 그런 건데. 그리고 잘됐지, 뭐. 우리집에서 불법으로 일한 주제에. 내일이면 신문에 다 나서 사람들이 우리한테 손가락질을 할 거라고! 게다가 감히 내 귀한 아들을 때려?"

지두마도 지지 않고 엄마에게 한소리 했다.

"칫, 너 우리 남편이 양 잡아서 돈을 더 많이 버니까 괜히 샘이 나서 그러는 거지?"

"아이고, 그만 하자. 더 말해봤자 내 입만 아프지. 남자들끼리 알아서 해결하게 놔두자고."

엄마는 집에 들어가라고 내 등을 밀면서 말했다.

혹시 내가 형사님한테서 골탕을 먹은 걸까?

아빠가 집에 돌아왔을 때, 나는 바닥에 누워 독서에 한창이었다. 약간 겁이 난 듯, 엄마는 아빠를 쳐다보지도 않고 그저 가방에서 아빠의 양철도시락을 꺼냈다. 그리고 엄마는 도시락을 씻으러 저수독 쪽으로 나갔다.

아빠는 문 손잡이에 겉옷을 걸더니 자리에 앉았다. 그러더니 다시 일어나서 걸어둔 겉옷의 주머니를 뒤졌다. 아빠는 내 쪽으로 다가와 나에게 사탕 한 봉지를 건넸다. 아빠는 아무 표정도 짓지 않았다.

"자, 이거 먹어라."

내가 사탕봉지를 받아들자, 아빠는 다시 제자리로 가서 앉았다. 나는 아빠한테 다가가서 뺨에 뽀뽀를 하며 고맙다고 했다. 그러자 아빠가 싱긋 미소를 지었다.

"욕심쟁이. 형이랑 누나랑 나눠 먹어라."

도시락을 씻으러 갔던 엄마가 돌아왔다. 그러나 엄마는 여전히 아빠의 눈길을 피해 다녔다.

"커피 한 잔 줘."

"금방 준비할게요."

이때 조라 누나가 소리쳤다.

"됐어, 엄마! 마침 커피 끓이던 참이었어."

부엌으로 향하던 엄마가 멈춰 섰다. 잠깐 망설이더니 오늘 일어났던 중대사건 보고를 하기 위해 아빠 쪽으로 향했다.

"오늘 경찰들이 여기 왔었수."

"그게 무슨 소리야? 경찰? 경찰이 여길 뭣하러 온 거야? 우리집에?"

쏟아지는 아빠의 질문에 엄마는 아무 말도 하지 않았다. 나는 읽던 책을 물렸고, 조라 누나는 아빠를 처다보며 계속해서 커피를 저었다.

"빨리 말해봐. 알라신이 우리에게 무슨 불행을 주신 거야?"

"사이드네 양 때문에……. 사이드가 불법으로 양을 잡아서 경찰들이 온 거래요. 어디서 양을 잡는지 그걸 보러……. 아주즈가 경찰들한테 다 보여줬지, 그래서."

아빠의 눈에서 알 수 없는 광선이 뿜어져 나오더니 이윽고 고래고래 소리쳤다.

"내 이럴 줄 알았지! 그놈의 사이드, 악마 같은 놈! 내 그놈이 양 잡는 걸 그냥 놔두는 게 아니었어! 다 내 잘못이야, 다 내 잘못! 그리고 사이드 그놈, 이제 잡아놓은 양 다 처먹으라 그래!"

큰소리로 사이드 삼촌 욕을 한바탕 한 아빠가 밖으로 나가려 했다. 이때 엄마는 원치 않았으나 어쩔 수 없이 아빠에게 최후의 일격을 가할 수밖에 없었다.

"여섯 시까지…… 사이드랑 같이 경찰서로 오라던데."
"뭐, 경찰서? 난 경찰하고 말도 한번 해본 적이 없는데, 경찰서라고? 이제 여기서 곧 추방당할 일만 남았구나! 개처럼 추방당하게 생겼어! 아, 나쁜 사이드놈! 그놈이 고향에 머물게 그냥 뒀어야 했는데!"

아빠의 성화가 무섭기만 한 엄마는 얼른 부엌으로 들어갔다.
"커피 좀 그만 저어! 커피 넘치는 게 네 눈에는 안 보이냐? 가뜩이나 짜증나는 마당에!"

증오로 불타오른 아빠가 집을 나섰다. 아빠는 사이드 삼촌에게 우리 모두에게 다가온 불행의 대가를 톡톡히 치르도록 할 생각이었던 것이다. 나도 아빠의 뒤를 따랐다.

"어디 있어, 이 나쁜 놈! 이 개보다 못한 자식, 어디 숨었어?"

아빠는 사이드 삼촌네 집에 발을 들이자마자 지두마를 추궁했다.

지두마는 반항을 하듯, 고개를 뻣뻣이 세우고 말했다.
"마당에 있는데, 왜요?"

"똑같은 것들 같으니라고!"
아빠는 지두마를 향해 한마디 쏘아붙이고는 문을 쾅 닫으며 밖으로 나왔다.
사이드 삼촌은 간이 도살장에서 낮에 경찰들이 찾아낸 양고기를 자르고 있었다. 경찰서 소환을 앞두고 얼른 팔아치우려는 생각이었다.
"너 이놈! 너 때문에 경찰들이 우리집에 들이닥친 것 아니냐! 너 나한테 이러고 부끄럽지도 않더냐? 저주받을 놈! 알라가 너한테 천벌을 내릴 것이야, 암!"
잔뜩 화가 난 아빠는 삼촌이 잘라놓은 양고기를 모두 들고 가서 흙탕물에 버렸다. 그리고 마치 말 안 듣는 동생 사이드를 밟듯, 발로 양고기를 짓밟아버렸다.
"너 이제부터 나한테 뭐 하나라도 부탁하기만 해! 나쁜 놈, 썩 꺼져! 너희 가족, 가구들, 집까지 다 짊어지고 멀리로 꺼져버려……. 내 눈에서 얼른 꺼져, 알아들어?"
이렇게 말한 아빠는 사이드 삼촌의 간이 도살장을 모두 망가뜨렸다.
삼촌은 침을 꿀꺽꿀꺽 삼키며 두 눈을 가려버렸다. 과연 무엇이 큰형님을 말릴 수 있단 말인가? 불가능한 일이었다. 상상조차 할 수 없는 일이었다. 아무리 우리를 깔보고 괴롭혀도 할 수 없었다. 한번 보스는 영원한 보스. 절대 샤바의 대표에게 손

찌검을 할 수는 없는 일이었다.
　아빠가 정원을 나섰다. 그런데 그만 말리려고 바닥에 늘어놓은 양가죽에 발이 걸려버렸다. 아빠는 화가 나서 양가죽을 발로 힘껏 찼다. 그랬더니 이번에는 양가죽이 아빠의 신발에 감기고 말았다.
　"너, 집에 빨리 들어가! 여기서 뭐하는 거야?"
　아빠는 괜히 나한테 성을 냈다.
　지두마는 봉바 앞에서 기다리고 있었다. 아빠가 마당에서 빠져나오는 것을 보자, 지두마가 난생 처음으로 아빠의 얼굴을 째려보았다. 부아가 난 입가는 축 처져 있었고, 고개를 빳빳이 세운 지두마의 눈은 증오심으로 이글거리고 있었다.
　감히 아빠한테 대드는 이 있었으니, 바로 우리의 지두마!
　"당신이 뭔데! 알라라도 되는 줄 아나? 왜 우릴 노예 취급이야? 당신이나 우리나 다를 게 하나 없는 인간들이라고! 아니지, 인간이 되어서 어찌 우리 남편한테 그런 짓을 할 수 있단 말이요? 왜 자꾸 우리만 미워해, 왜! 우리 남편이 부러운가? 저 아주즈놈 때문에, 당신 아들놈 때문에 경찰에 잡힌 거잖아! 때리려면 아주즈를 때려야지, 왜……."
　"어디 감히 여자가! 집에 들어가 있어, 괜히 참견하지 말고!"
　"내가 왜 집에 들어가야 하는데? 난 자유의 몸이라고!"
　"당장 집구석에 들어가지 못할까? 안 그러면 내가 처넣는

다!"

"안 들어간다고 했지? 얼쑤, 한 대 치겠수! 쳐, 쳐, 쳐봐 한 번!"

이 말이 끝나자마자, 아빠는 지두마에게 달려들었다. 지두마의 머리채를 붙잡은 아빠는 집까지 끌고 갔다. 고함소리에 놀란 이웃들이 밖으로 나왔고, 아이들은 울어대기 시작했다. 아저씨 세 명이 아빠를 말렸다.

"저, 지두마! 저거, 남자가 되고 싶은 모양이구만. 다들 들었나? 저게 나한테 욕을 하네, 그래. 아, 이것 좀 놔! 내가 오늘 저년 목을 베서 그 피를 마셔버리든가 해야지, 원!"

마귀가 든 것이 틀림없는지 지두마는 점점 더 듣지 못할 욕을 퍼부었다. 우리 모두를 향해 저주의 말을 해댔고, 살아 있는 채로 화형시킨다는 소리까지 했다.

이렇게 몇 분이 흘렀다. 사람들이 겨우 두 사람을 떼어놓았고, 각자의 집으로 끌고 갔다. 아저씨들은 아빠와 함께 있기로 했고, 엄마와 누나는 울음을 터뜨렸다. 어찌할 바를 몰랐던 나도 덩달아 울었다.

"이거 한번 읽어봐. 빨리!"

"근데 내가 이걸 불어로 읽으면 아빠는 하나도 이해 못하잖아."

 조라 누나는 지방지에 실린 샤바에 대한 기사의 요점만 아랍어로 번역하면 어떻겠느냐고 아빠에게 제안했다.
 "내가 너보다 불어를 더 잘 아는데 무슨 소리야? 너 아빠를 바보 취급하는 거냐? 잔말 말고 다 읽어. 단어 하나 빼놓지 말고! 하나라도 빼먹지 마, 알았어?"
 조라 누나는 곧 아빠의 말에 따랐다. 하지만 누나는 아빠가 조금도 이해하지 못할 것이라는 점을 너무나 잘 알고 있었다.
 "화요일 오후, 빌뤠르반느 판자촌 수색조사에 나선 경찰에 의해 북아프리카 출신 주민들이 불법으로 육류를 유통하고 있었음이 밝혀졌다. 이들은 위생시설을 전혀 갖추지 않은 간이 도살장에서 양고기를 처리해왔고, 이는 식품위생법에 절대 위반되는 행위이다. 불법으로 유통된 양고기는 알제리, 모로코, 튀니지 출신의 주민들에게 팔려왔고, 대부분의 고객은 로랑-본느베 가에 위치한 아랍촌 주민들임이 밝혀졌음."
 "경찰 측의 끈질긴 조사와 효율적 업무 덕분에 불법 유통행위는 즉각 중지되었다. 이번 사건의 장본인인 부지드 씨와 사이드 씨에게는 무거운 벌금이 부과될……"
 "내 말을 하는 건가?"
 "그런 것 같은데, 아빠?"
 "계속 한번 읽어봐."

"이게 끝이야."

"확실해?"

"응, 이거 봐. 여기까지 다 읽었어."

조라 누나는 떨리는 손가락으로 기사의 끝부분을 아빠에게 가리켰다. 아빠는 조라 누나가 신문을 읽는 동안 누나 바로 앞에서 꼼짝도 하지 않고 있었다. 단어를 잘 기억해두기 위해 눈은 반쯤 감고, 귀는 누나 쪽으로 쫑긋 세우고 말이다.

아빠가 다른 기사를 가리키며 물었다.

"이거, 이건 뭐야?"

"이건 다른 기사야. 우리 얘기를 하는 게 아니고……. 이게 끝이라니까!"

"날더러 네 말을 믿으라고? 더 읽어봐. 어서!"

"읽어도 소용없어, 아빠. 이건 스포츠 기사야."

"뭐? 주보추(스포츠) 기사? 너 지금 날 놀리는 거지? 당장 읽지 못해!"

"올림픽 리오네 3골, 마르세이유 1골. 예정되었던 리옹 팀의 대승리."

조라 누나는 울면서 기사를 읽었다.

"너 왜 울어? 뭔가 나한테 숨기느라 우는 거 아냐?"

아까부터 듣고 있던 무스타프 형이 드디어 나섰다.

"아빠, 누나 말이 맞아. 샤바에 대한 기사는 그게 끝이야. 이건 축구에 대한 기사야."

"축구? 음, 알았다."

결국 아빠는 사실을 인정했다.

기진맥진한 조라 누나는 부엌으로 사라졌다.

"이래서 여자한테는 아무것도 기대하면 안 된다는 거야. 별일 아닌데도 눈물이나 질질 짜고 말이지! 너희들끼리 작정하고 날 놀리는 거지? 내가 모를 줄 알고?"

아! 아빠가 또 시작했다.

이번에는 무스타프 형을 시켜 기사를 읽어보라고 했다.

"신문에서 뭐라고 하는지 번역해봐."

무스타프 형은 기사에 나온 중요한 단어를 번역했다.

"판, 뭐라고? 그게 뭐냐?"

"판자촌. 여기 말이야, 우리가 사는 샤바."

"근데 왜 여기를 판 거시기라고 하는 걸까?"

"내가 그걸 어떻게 알아……."

쏟아지는 아빠의 질문에 형은 적잖이 놀란 모양이었다. 무스타프 형은 신문을 반으로 접어 탁자 위에 올려놓더니 곧 밖으로 나가버렸다. 아빠는 얼른 신문을 잡아 쥐더니 한 장 한 장 넘겼다. 샤바에 대한 기사를 찾아냈고 거기에 눈을 고정시키더니 언성을 높이며 말했다.

"판자……, 불, 법, 유……, 양고기. 신문에서 내 얘길 한다.

이제 프랑스 사람들이 다 나를 알아보게 생겼어! 이렇게 부끄러울 데가 있나. 이제 경찰들이 맨날 나를 감시하겠지? 내 그놈들 술수를 다 알지. 날 괴롭히다가 언젠가는 추방시킬걸. '자, 이자 구만히고 당장 당순네 나라로 가시우!' 이렇게 말하면서 우리를 내쫓을 거야! 내가 프랑스놈들 잘 안다. 이게 다 사이드 그놈 때문이야. 제발 알라가 그놈만 벌하시길."

아빠는 우리집과 삼촌네 집을 분리하는 벽을 바라보며 말했다.

"게다가 그 여편네는 또 어떻고! 날 한 대 칠 것 같더라니까. 다들 큰 벌 받을 줄 알라고!"

그때 누군가 집 문을 두드렸다.

"들어와, 부샤위! 와서 커피나 한 잔 들어. 그나저나 신문 봤는가? 이제 다 끝났어, 안 그런가?"

부샤위 아저씨는 심각한 표정을 지으며 아빠 곁에 앉았다. 그리고 아저씨는 커피를 홀짝홀짝 마셨다.

"이 신문에서 우리 얘기를 한단 말이야?"

"응, 이거 한번 보라고. 샤바에 대한 얘기며, 우리에 대한 얘기며. 여기 내 이름도 있잖아. 아 글쎄, 내 이름을 여기다 써놨네. 살다살다 별일을 다 겪어, 내가."

"동네 망신이지. 부지드, 자네만 창피한 일이 아니라고. 난 아까 일 마치고 돌아오는 길에 경찰들한테 붙들려서 조사도 받았어. 신분증 조사를 한다기에 줬지. 그랬더니 날 비웃는 거야. 매일 이런 수치를 당하면서 살아야 할걸, 아마? 게다가 우리집 녀석들은 학교에서 공부도 제대로 못해. 애들 엄마는 맨날 팔자타령이고. 내가 대체 뭘 하면 좋단 말인가, 부지드. 자네는 누구보다 잘 알지? 내가 얼마나 열심히 일하는지!"

아빠가 집에 들어온 후로 계속 아빠를 피하기만 했던 엄마가 드디어 부엌에서 나와 부샤위 아저씨에게 인사를 했다.

"자, 와서 식사들 해요."

"아니 됐어. 난 집에 가서 먹으면 돼."

그러자 아빠가 부샤위 아저씨에게 말했다.

"아니야, 와서 같이 한술 들어. 먹을 건 별로 없지만, 어쨌든 와서 같이 들어."

저녁식사를 마친 두 남자는 이들에게 닥친 혼란스러운 상황에 대해 샤바의 모든 불이 꺼질 때까지 오랫동안 이야기를 나누었다.

그리고 몇 달이 흘렀다. 물펌프 전쟁, 아줌마들의 파벌 전쟁, 창녀와의 전쟁 등 무수한 사건을 잘 견뎌왔던 샤바에 불법 육류 유통 사건은 결정적인 타격을 가한 것이 틀림없었다. 지두마는 돌아오지 못할 강을 건너버린 것이었다. 감히 불멸의 보스를 공략하다니…….

 같은 파 아줌마들의 성원에 힘입은 지두마는 그 이후로 '혁명의 여인'이 되었다. 그렇다……. 혁명의 여인. 그 일이 일어난 후부터 지두마는 천하무적이 된 듯한 느낌이었다. 최고권자인 샤바의 왕초에게 감히 도전할 영웅만을 기다리고 있던 아줌마들의 호응이 대단했다. 지두마의 승리를 인정해야 했던 것이다. 샤바 주민의 반이 지두마의 편에 섰다. 지두마의 말을 따랐고, 지두마의 결정을 존중했다.

 우리 엄마는 이 모든 수모를 어쩔 수 없이 참고 견뎌야 했다.

 사이드 삼촌은 더이상 샤바에서 양을 잡지 않았다. 그러나 양갈비, 양다리 고기, 양스테이크 등을 배달하는 일은 계속했다. 그리고 물론 항상 아빠의 눈을 피해서 다녔다. 일부러 아빠보다 늦게 집에 들어오곤 했던 것이다. 하지만 사이드 삼촌은 아빠를 미워하지 않았다. 증오심은 가신 지 오래였다. 단지 그 증오심이 무관심으로 바뀐 것이었다. 그리고 무관심은 우리 샤바를 좀먹고 있었다.

 이른 아침, 나는 갑자기 쏟아지는 햇살에 깨어 눈을 반쯤 떴다. 그때 밖에서 일어나는 작은 소동이 나의 호기심을 불러 일으켰다. 물펌프 앞에 부샤위네 가족이 다들 모여 있었다. 마당에는 여행 가방이며, 대강 묶어놓은 상자 꾸러미가 가득 놓여 있었다. 아이들도 옷을 단정하게 차려입었다. 주일이라서 그러는 것일까? 하지만 부샤위네 가족이 주일이라고 신경 쓰는 사람들이 아니지 않은가……

부샤위 아저씨는 공동변소 옆에 세워진 아저씨의 판잣집과 짐을 쌓아놓은 안마당 사이를 부지런히 왔다갔다 했다. 그리고 동네 아저씨와 아줌마들이 부샤위네 주위를 둘러싸고 대화를 나누고 있었다. 나는 대화의 장이 한창인 곳으로 다가갔다. 도대체 무슨 일이 있었길래 부샤위네가 밤새 집을 비웠는지 알아보기 위해서였다. 갑자기 집 전체를 신식 화장실로 개조하고 싶어서 그랬나? 아니면 판잣집 바닥 전체에 고급 카펫을 깔려고 마음먹었을까?

부샤위 아저씨가 입을 떼더니 아빠에게 말했다.

"이제야 다 마쳤다. 결국 가져가는 물건이 별로 없군. 그렇다고 여기까지 택시를 타고 남은 물건을 가지러 올 일도 없을 거야."

부샤위네 가족이 이사를 가려는 것이었다. 샤바를 떠나 리옹에 있는 아파트로 말이다. 아저씨 둘이 부샤위네 여행가방과 상자를 대문까지 날라주었다.

"깜빡하고 잊은 게 있어도 걱정 마. 어차피 잃어버린 것이 아니잖나."

아빠는 씁쓸한 마음을 겨우 삼키며 부샤위 아저씨를 안심시켰다.

"내가 여기로 다시 돌아올지 아닐지는 알라만이 아시지. 여기 남기고 가는 건 자네한테 다 맡김세."

너그러운 부샤위 아저씨는 갖고 있던 물건을 다 우리한테 넘기겠다고 했다. 모서리마다 다 좀먹은 낡은 옷장, 본체보다 위에 덧칠한 페인트나 묵은 때가 더 무거운 탁자, 왕골로 된 등받이가 떨어져나가 그 대신 판자로 박아놓은, 제대로 세울 수도 없는 의자 두 개.

부샤위 아저씨는 자신의 소중한 일부를 떼어주는 것인 양 아빠에게 말했다.

"내가 남기는 물건은 자네 마음대로 하게. 할 수 있으면 팔아도 되고."

"글쎄, 필요 없다니까 그러네. 내 손 하나 안 대고 그대로 놔둘 거야."

"아닐세, 부지드. 내가 자네한테 진 빚이 있는데. 자네가 우리 가족을 여기에 거두어주었잖나. 게다가 나한테 일도 소개시켜줬는데, 나는 자네한테 동전 한 푼 준 적이 없네."

"무슨 소릴 하는 건가? 나한테 돈을 주면 그것으로 뭘 하라고!"

"그러니까 내가 이 물건들을 자네한테 남기고 가는 것이 아넌가!"

"이 사람 고집하고는! 알았으니 다 놔두고 가게, 그럼. 이렇게 고집을 부리는데, 나라고 별수 있겠나!"

"택시다! 택시다!"

부샤위네 가족을 태우러 택시가 온다는 얘기를 들은 아이들은 자동차 구경을 하기 위해서 한참 전부터 기다리고 있었다. 드디어 택시가 도착했고 아이들이 소리쳤다.

샤바의 일원이 이런 대접을 받으며 어디론가 가는 것은 이번이 처음이었다.

택시기사는 짐이 쌓인 곳까지 차를 몰고 오더니 말했다.

"여기가 택시 부른 곳 맞습니까?"

"옛!" 하고 아빠가 대답했다.

"이게 짐입니까? 이게 다예요?"

"옛! 가반 시기, 산자 디기. 쿠치요!" (가방 세 개, 상자 두 개. 끝이요!)

택시기사는 잠시 쌀쌀맞은 표정을 짓더니 부샤위 아저씨네 소중한 재산을 트렁크에 실었다.

그동안 나는 택시 안을 구경했는데, 그 안은 놀랍게도 화려했다. 바닥이며 차문 옆으로 양탄자가 깔려 있었다. 벨벳으로 둘러싸인 좌석하며, 새차에서 나는 냄새하며……. 게다가 차 안이 정말 깨끗했다. 부샤위네 가족이 이 택시에 오른다니!

사람들은 껴안으며 인사를 했고, 다들 슬퍼했다. 그리고 서로 소식을 전하기로 약속했다.

부샤위네 아줌마와 세 명의 아이들은 택시의 뒷좌석을 가득 채웠다. 부샤위 아저씨는 택시기사의 옆 좌석에 자리 잡았다. 아저씨도 방금 올라탄 차의 좌석을 감싼 벨벳의 부드러움에 감동받은 듯했다.

택시기사가 물었다.

"어디로 모실까요?"

"비라슈에 갑다."

"어디요?"

"비라슈 역."

택시기사는 인상을 찌푸리며 말했다

"혹시 페라슈 역 말씀하시는 겁니까?"

부샤위 아저씨가 우리에게 손을 흔들면서 다시 말했다.

"예, 비라슈 역이요."

택시는 유유히 출발했다. 부샤위 아저씨네 가족을 태운 택시가 샤바에서 영영 멀어져갔다.

아빠가 말했다.

"알라가 함께하시길!"

아빠는 부샤위네가 살았던 빈 판잣집 쪽으로 시선을 돌렸다. 엄마는 아빠한테 가더니 이렇게 물었다.

샤바의 소년 175

"이 판잣집, 다른 사람한테 줄 생각이우?"

"아니. 안 그래도 이미 북적북적거리는데, 어딜 또. 그냥 놔 둘 거야. 좀 기다렸다가 부수면 되지, 뭐."

나는 부샤위네 가족이 떠난 이유가 궁금했다. 입이 근질거리던 내가 드디어 아빠에게 물었다.

"아빠, 왜 부샤위네가 떠난 거야?"

"알라가 그걸 원하니까 그런 거지."

"왜? 여기서 사는 것이 싫었나?"

"떠나는 걸 보면 그랬나보다."

"아빠는 오래전부터 부샤위네가 이사 가는 걸 알고 있었어?"

"아니. 오늘 아침에야 알았지. 바보 같은 질문 좀 그만해라. 가서 네 일이나 보든지!"

샤바에 남은 사람들은 굼뜨고 심심한 나날을 보내고 있었다. 마치 하늘이 검회색의 이불을 뒤집어 쓴 것처럼 날씨나 마을 분위기도 마냥 침울하기만 했다.

떠나가는 것. 많은 사람들이 샤바와 이별하는 것을 상상해보았다……. 그렇다면 모두들 어디로 떠나는가? 그곳이 어디든 장소는 그리 중요하지 않았다.

부샤위네 가족이 남기고 간 판잣집은 그대로 남아 있었다.

판자며 양철판이 끈질기게 서로 얽혀 그래도 아직 집 모양을 하고 있었다. 하지만 내부는 부샤위네가 떠나고 난 뒤 몇 주도 못 버텼다. 나름 꾸민답시고 대강 발라놓은 벽지에는 곰팡이가 슬었고, 집안으로 바람이 들었지만 아무도 개의치 않았다. 단지 목요일마다 부샤위네 빈 집에 가서 시간을 때우는 나나 다른 샤바의 아이들만이 가끔 불만을 털어놓을 뿐이었다.

어제 오후에는 쓰레기차가 다녀갔다. 늘 그렇듯 론 강둑에 자신의 모든 재산을 쏟아놓았다. 하지만 아무도 쓰레기차가 왔다고 들뜨지 않았고, 아무도 차 뒤에 올라타지 않았다. 그리고 그 누구도 자리싸움에 열이 올라 쓰레기차의 자취를 따라 달리지도 않았다. 엄청난 보물단지 앞에 넋을 놓고 서있는 아이는 나를 포함해 여섯 명에 지나지 않았다. 자리 예약 따위는 이제 필요 없었다. 자리싸움도 없었다. 다른 아이가 건진 보물에 질투하는 일도 더이상 일어나지 않았다. 무언가를 찾기 위해 뒤지는 작업이 이제는 한낱 뜬구름에 지나지 않았던 것이다. 그래도 뒤지면 뭔가 괜찮은 물건을 차지할 수 있다는 사실을 나는 너무나도 잘 알고 있었다. 그러나 나는 쓰레기 더미 뒤지는 일을 관두었다. 그리고 집으로 돌아갔다.

엄마는 베갯잇을 깁고, 조라 누나는 다림질을 하고 있었다. 엄마는 부엌에서, 누나는 거실에서 서로 대화를 주고받았다.

조라 누나가 말했다.

"어차피 오래전부터 이사한다, 이사한다 했었어."
그러자 엄마가 말했다.
"이참에 그 여편네만 좋게 됐지, 뭐야."
'그 여편네'라 함은 바로 지두마를 일컫는 것임이 틀림없었다.
엄마와 누나의 대화가 궁금했던 내가 물었다.
"누구 얘길 하는 거야?"
"네가 상관할 일이 아니다. 여자들끼리의 이야기야."
"나도 알고 싶어! 말해줘, 응? 나한테 말 안 해주면 아빠한테 다 이를 거야."
"아빠한테 뭐라고 말할 건데? 말이면 다 하는 줄 알아?"
"어쨌든 아빠한테 다 말할 거야. 내가 무슨 말을 할지 엄마는 몰라도 돼!"
"바보 같은 놈 같으니! 정 알고 싶으면야……. 부샤위네 얘기였어. 이제 됐냐?"
"그럼 왜 그렇다고 일찍부터 말하지 않았어?"
"그만두자, 그만둬. 우리끼리 얘기하게 놔두고 넌 밖에나 나가서 놀아!"
조라 누나는 엄마한테 다시 말을 꺼냈다.
"엄마, 부샤위네 아줌마 말이야. 이제 아줌마네 집에 수도며 전기며 화장실까지 다 갖추고 사는 걸까?"

"내가 그걸 어떻게 알아? 아무것도 몰라, 나는."
"알제리에서는 어땠어?"
"아이구, 거기에는 정말 아무것도 없었지. 여기보다 훨씬 못했어. 넌 너희들 아빠가 그냥 심심해서 여기까지 온 줄 아냐?"
나는 한 귀를 쫑긋 세워 엄마의 살아온 얘기를 들었다. 조라 누나는 쉬지 않고 엄마한테 질문을 퍼부었다. 누나는 소소한 것까지 다 알아낼 셈이었나보다.
"우리도 언젠가는 여기를 떠날까?"
"이제 쓸데없는 질문 좀 그만해라. 말만 하다가 다림질은 하나도 못했잖아. 내일 우리가 어디로 갈지는 알라만 알고 계시지!"
조라 누나는 얼른 눈치를 챘다. 엄마는 더이상 말을 하고 싶지 않았고, 이제 혼자 조용히 있고 싶어했던 것이다.
"빨리 다림질 마치고 옷 정리해. 그분 오신다."
엄마가 우리들한테 아빠 얘기를 할 때, 엄마는 이 단어를 이용한다. 그분!
몇 주 전부터 '그분'은 일을 마치고 집으로 돌아오면 꼼짝 안 하고 집안에만 틀어박혀 있었다. 여기서 살라마리쿰('잘 지내느냐'는 아랍권의 인사말), 저기서 살라마리쿰…… 하고 무심한 인사뿐, 판자촌 사람들은 각자 자기 일만 보는 것이었다.
엄마는 이런 아빠가 슬슬 걱정이 되었다. 아빠는 의자에 앉아 꼼짝하지 않고, 그저 엄마한테 커피나 타달라고 부탁할 뿐이었다. 담배를 꺼내 노인이 하듯 꼼꼼히 주무르고 또 주물렀다. 엄마는 이제 제발 밖에 나가서 바람이나 좀 쐬라고, 아니면 다른 아저씨들이랑 얘기라도 나누라고 소리치고 싶었다. 하지만 꾹 참았다.

엄마가 아빠한테 이렇게 소리를 쳤다 해도, 아빠가 화가 나 엄마를 때리거나 하지는 않았을 것이다. 단지 아빠는 샤바가 예전의 샤바가 아니고, 아저씨들도 예전처럼 라디오를 가운데에 두고 둥그렇게 둘러앉아 커피 한 잔 하면서 대화를 나누지도 않는다고 말했을 것이다. 그리고 이제는 더이상 사람들을 만나고 싶지도 않고, 같이 아무것도 하기 싫다고 했을 것이 틀림없다. 샤바가 정말 변했기 때문이라고 했을 것이다! 절대 '그분'은 엄마를 때릴 사람이 아니었다. 아니, 아마도 엄마의 말에 답변을 안 했을지도 모를 일이다.

어쨌든 이것은 말도 안 되는 상상일 뿐이었다. 엄마는 절대 이런 식으로 아빠한테 말할 사람이 아니었고, '그분'도 절대 자기 감정을 그대로 표현하는 사람이 아니었던 것이다.

샤바의 온정은 판잣집의 갈라진 틈으로 사라져버렸다. 이제 우리 사촌들마저 떠나버렸다. 사이드 삼촌네 집은 아직도 여전히 우리집 바로 옆에 붙어 있지만 집은 텅 비었고, 그곳에는 아무도 없었다.

사이드 삼촌, 지두마, 라바, 아쎈느……. 이들이 모두 떠나 버린 이후, 나는 이틀 내내 아무것도 먹지 않았다. 하지만 울지는 않았다. 나는 그저 엄마처럼, 조라 누나처럼, 무스타프 형처럼 행동했다. 사촌들이 떠나는 것을 보면서 다들 적잖이 슬펐을 것이다. 하지만 그 누구도 솔직한 감정을 드러내지 않았다. '불법 육류 유통' 사건 이후로, 라바는 우리의 시선을 피해 다녔다. 라바는 수업이 없는 목요일이 되어도 우리와 놀지도 않았고, 대신 다른 아랍촌 아이들과 어울렸다. 이미 어긋나도 크게 어긋났다고 할 수 있었다. 그래서 나는 울지 않았다.

이제 우리 가족밖에 남지 않았다. 다들 우리를 버리고 떠나버렸다. 샤바에 덜렁 우리 가족만 남은 것이다.

루이즈 아줌마가 노크하는 것도 잊고 우리집에 들어왔다. 아줌마는 미소를 지으며 엄마를 불렀다.

"미스 알제리! 어떻게 지내는가? 잘 지내는가, 못 지내는가?"

"무치나, 무치나." (못 지내, 못 지내.)

부엌에서 책상다리를 하고 앉아 쿠스쿠스를 준비하고 있던 엄마가 말했다.

조라 누나가 루이즈 아줌마가 못 알아듣도록 아랍어로 소리쳤다.

"저 아줌마, 또 쿠스쿠스 먹으러 온 걸 거야!"

루이즈 아줌마는 자기 앞에서 우리가 아랍어로 말하는 것을 아주 싫어했다. 몇 년 전만 했어도 당장에 조라 누나를 한 대 때리고, 간식 시간에 초대하지도 않았을 것이다. 그러나 이제 루이즈 아줌마는 별말이 없다. 아줌마도 나이가 든 모양이었다.

루이즈 아줌마는 주머니에 손을 찌르더니 담뱃갑을 꺼냈다. 담배를 잘 재우기 위해, 담배 끝을 손바닥에 대면서 네 번 정도 두드렸다. 그리고 조라 누나의 눈을 똑바로 쳐다보며 불을 달라고 했다.

이제 이 프랑스 아줌마가 우리 엄마의 유일한 이웃이었다. 우리가 학교에 있는 동안 샤바에는 하루 종일 두 사람뿐인 것이다. 엄마로서는 불쑥불쑥 찾아드는 루이즈 아줌마가 여간 귀찮은 존재가 아니었다.

엄마는 여태까지 한번도 불어로 말한 적이 없었다. 불어를 한다 해도 몇 단어가 고작이었다. 한때는 우유 배달부 아저씨가 일주일에 두 번씩 샤바로 우유며 버터를 배달하러 왔었다. 배달부 아저씨가 경적을 울리면 엄마는 다른 아줌마들과 함께 우유를 사러 밖으로 나가곤 했었다. 엄마는 우리가 가르쳐준 불어 단어 몇 개를 외워 아저씨에게 말하곤 했다. 엄마가 불어로 말하면 모두가 웃었다. 우유 배달부 아저씨도 웃었다. 나는 옆에서 엄마의 불어를 다시 정통 불어로 통역을 해야 했다.

엄마가 말했다.

"다갈 주시우."

나는 옆에서 엄마의 발음을 고쳐줬다.

"달걀, 엄마. 달, 걀!"

"그리, 다갈! 넌 내가 불어 좀 하게 가만 놔둬. 어차피 아저씨는 내가 하는 말 다 알아들어. 그러니까 걱정하지 마."

이렇게 엄마는 스스로를 변호했다.

우유 배달부 아저씨는 항상 친절하게 미소 지었다. 결국에는 아저씨도 샤바에서 쓰는 아랍어를 배웠다.

얼마 전부터 우유배달부 아저씨는 더이상 샤바로 배달을 오지 않았다. 손님이 다 떨어져나갔기 때문이다. 엄마는 그나마 알고 있던 불어 몇 단어마저도 다 잊어버렸다. 어차피 엄마는 불어로 말하는 것을 싫어했다. 누구와도 불어로 말하려 하지 않았다. 물론 루이즈 아줌마와도 말이다. 그래서 엄마는 루이즈 아줌마와 있는 것을 심히 거북해했다. 과연 입을 꽉 다물고 아무 말도 하지 않을 수 있을까? 루이즈 아줌마가 혼자 뻐끔뻐끔 피워대는 담배 연기는 괜한 동정심을 불러일으켰다.

아줌마는 벗할 사람을 찾아 샤바에 오곤 했다. 샤바 사람들과 어울리고, 그들과 말하고, 그들에게 명령하고, 그들을 괴롭

샤바의 소년 183

히고, 간식 시간에 초대할 아이들을 고르기 위해 여기에 찾아오곤 했다.

이미 기분이 엉망인 우리 엄마는 루이즈 아줌마의 말상대가 되기엔 역부족이었다. 엄마 역시 루이즈 아줌마가 혹시라도 엄마를 불쌍히 여길까 두려웠던 것이다. '이제 미스 알제리 혼자 구먼. 나라도 같이 있어줘야지'라고 생각할까 겁이 난 것이다. 엄마는 남에게 동정받기를 원하지 않았다. 아니, 엄마가 동정받을 위치에 있는 걸까? 만일 예전보다 지금이 훨씬 낫다고 말한다면 엄마는 거짓말을 하는 것일 게다. 하지만 불행한 것은 아니다. 괜찮다, 괜찮다, 괜찮다!

전 샤바 대장군 루이즈 아줌마가 말을 꺼냈다.

"부샤위네 소식은 들었는가?"

"아니, 아니."

"하나도 못 들었어?"

"하나도! 노!"

"그럼 다른 사람들은?"

"소식 전하는 사람이 아무도 없어요."

조라 누나가 더이상 엄마는 대답할 수 없다는 것을 알고 대화에 끼어들었다.

엄마는 누나에게 아랍어로 말할 테니 그것을 불어로 통역해서 루이즈 아줌마에게 말해달라고 부탁했다.

"대관절 어디서 남자들이 마음 푹 놓고 마당에서 기도할 수 있냐고 물어봐. 어디에 가면 마음 놓고 아이드 축제(일년에 한 번씩 메카로 성지순례를 떠나는 기간에 벌이는 축제로, 아브라함이 양을 바친 의식을 기념하는 뜻에서 양을 희생물로 바침)를 열 수 있는지도 물어봐. 그리고 할례는? 그것은 또 어디서 하냐고 물어봐. 양은 또 어디서 잡느냐고 물어보라고! ……그러니 언젠가는 다들 돌아오겠지. 그리고 여자들은 또 어때? 자기들이 어딜 가서 마음 놓고 빨래를 널겠어들?"

조라 누나는 엄마의 말 한마디 한마디를 불어로 통역했다.

엄마는 아픔을 달래기 위해 '여기 샤바가 바로 우리 고향, 우리집'이라고 몇 번이고 반복해서 말했다. 그래도 쓰린 엄마의 마음은 어쩔 수 없었다.

"자네 말이 맞네. 여기가 자네 고향이지. 어디 가서 또 이런 데를 찾겠나."

루이즈 아줌마는 골르와즈 담배를 발로 짓이겨 끄며 말했다.

"나도 이제 가야겠다. 규 영감이랑 폴로 줄 식사 준비나 해야지."

루이즈 아줌마가 집 밖으로 나가자마자 아빠가 들어왔다.

목석처럼 굳은 얼굴에, 면도도 제대로 하지 않았다. 그러나 두 눈빛이 형형한 아빠. 사람들이 다 떠나고 삭막해진 샤바를 보면서 아빠는 단 한번도 약한 모습을 보이지 않았다. 아니 이제 샤바 판자촌은 존재하지 않았다. 그저 집 한 채가 남아 있을 뿐이었다. 부지드, 당신의 집 말이다. 아빠는 샤바의 이러한 변화를 제대로 이해하지 못했다. 왜 사람들이 '이렇게 좋은 곳'을 놔두고 다른 곳으로 이사를 갔는지 이상해할 뿐, 그 진정한 이유에 대해서 단 한번도 진지하게 질문해보지 않은 사람이 바로 아빠였다. 아빠는 그저 담배를 씹듯이 그렇게 계속해서 아빠의 인생을 살아가고 있었다.

나는 알라에게 천사를 보내달라고 밤마다 간절히 기도하다가 잠들곤 했다. 그 천사가 내려와 아빠에게 한마디 해주었으면 하는 바람이었다. 우리 모두가 불행해하고 있으며, 떠나간 사람들이 부러워 눈물까지 흘린다고 말이다.

시간은 걱정 없이 예정대로 흘렀다. 하늘에서 사뿐히 내려와 우리집 문을 두드리는 천사의 기적도 일어나지 않았다. 가을이 왔고, 이미 몇 달 전부터 적적했던 샤바에 슬픈 기운을 더하기만 했다.

보들레르! 맞다, 보들레르! 이 우울한 가을이 보들레르를 생각나게 했다. 선생님은 우리에게 가을의 추억을 노래한 보들레르의 시를 외우게 하셨다. 그 당시 나는 시인의 삶이 얼마나 엉망진창이었으면 이토록 슬픈 단어를 썼을까 하는 생각을 했었다. 하지만 이제 나는 시인의 말에 절대 공감한다. 이것이 다 벌거벗은 사과나무와 자두나무 때문이었다. 나무 밑둥에 썩은 나무판자며 더이상 쓸 수 없는 철판들, 그리고 녹이 슨 통을 아무렇게나 쌓아놓았고, 그 위로 보기 싫을 정도로 가시만 앙상한 사과나무 가지와 자두나무 가지들이 뱀이 감겨 오르듯 솟아 있었기 때문이었다. 부샤위네가 남긴 가구들마저 집 마당에서 그 생을 마쳤다.

산더미처럼 쌓인 판잣집을 지었던 자재들. 이것이 샤바에 남아 있는 전부라니!

아빠한테 어떻게 말할까? 어떻게 하면 아빠가 이 우울한 사태에 제대로 눈을 뜰 수 있단 말인가? 보들레르를 한번 읽어보라고 권해볼까? ……하지만 누가 아빠에게 불어를 가르칠 것인가? 해결책이 없었다. 시를 읽는다고 마음을 열 아빠도 아니지 않은가. 아니, 아빠도 우리처럼 여린 마음을 갖고 있기나 한 것일까? 아빠가 인정도 없는 사람이 분명하다는 지두마 말이 맞는지도 모른다……. 하지만 아빠는 나를 위해서 사탕도 사주시지 않았던가……. 그렇다. 아빠를 매정한 사람이라고 몰아세울 수만은 없는 일이었다. 아빠에게도 분명 정이 있고, 따뜻한 마음이 있었다. 불행하게도 아빠의 그 따뜻한 마음이라는 것이 제대로 자리에 붙어 있는 것이 아니라, 가끔 다른 곳으로 마실을 나가는 경우가 있을 뿐이었다.

정말 그랬다. 아빠의 마음은 가끔 휴가를 떠나기도 했다. 게다가 변덕까지 부렸다. 아빠의 마음이 마실을 나가면 아빠는 인정도 없고 극도로 차가운 사람으로 돌변했다. 이것이 바로 우리 아빠, 부지드. 나그네 마음의 소유자인 것이다.

그즈음 아빠의 마음은 차가울 대로 차갑기만 했다. 아빠에게 감히 다가갈 수도 없었다. 아빠 앞에서 '이사'라는 단어를 꺼내는 것은 절대 금지였다. 아빠는 누구와도 이야기를 나누지 않았으며, 어떤 감정 표현도 하지 않았다. 아빠의 마음이 정기 휴가를 떠난 것이 분명했다. 차라리 가을이 아닌 다른 계절에 휴가를 잡았더라면 좋았을 것을…….

엄마! 우리 엄마! 엄마가 없었더라면 내가 누구한테 이 모든 하소연을 한단 말인가? 과연 누구한테 '우리집은 유령집'을 하루 종일 노래한단 말인가? 내가 노래처럼 떠들어대는 불평을 아빠가 받아줄 리가 없었다. 그렇다. 바로 엄마만이 이 악몽에서 벗어날 수 있는 마지막 희망이었다.

가엾은 엄마! 하루는 내가 불평불만을 터뜨리며 엄마를 괴롭혔고, 이에 엄마는 그만 눈물을 터뜨리고 말았다. 모진 팔자를 타고난 죄를 스스로 원망하며 한참 동안이나 울었다.

"알라여! 도대체 내가 무엇을 잘못했길래 이 고통을 받아야 하는 것이란 말입니까? 남편이라고 있는 것은 매일 내 속이나 썩이고, 자식이라고 있는 것들은 이 모든 것이 다 내 탓이라고 합니다……. 차라리 절 죽이시오, 알라!"

엄마가 숨죽이고 훌쩍이며 말했다.

그때 나는 마치 살인자의 영혼을 품고 있는 듯한 기분이 들었다. 내 몸의 소중한 일부를 떼어간 그 사형집행인 타하르의 냉정한 영혼이 깃든 느낌이었다. 내 자신에 대해 반성했고, 이사에 대한 희망도 버리기로 했다. 나는 엄마에게 다가가서 엄마를 꼭 안으며 말했다.

"미안해, 엄마. 이제 이사 가기 싫어졌어. 그리고 불평도 안 할 거야. 그러니까 그만 울어, 엄마. 울지 마, 엄마."

내 말을 들은 엄마는 슬픔을 가득 머금은 눈물을 봇물 터뜨리듯 쏟아부었다.

"여기 사는 것에 아주 진절머리가 나! 나도 다른 사람들처럼 이사 가고 싶어! 정말 이놈의 판잣집이라면 지긋지긋해! 나도 이사 가고 싶다고!"

밤마다 나는 일을 마치고 돌아온 아빠 앞에서 작정하고 노래를 불렀다. 아빠가 식사를 할 때, 커피를 마실 때, 라디오를 들을 때 아무 때나 상관없이 말이다. 하지만 아빠는 눈썹 하나 까딱하지 않았다. 아니, 나를 거들떠볼 생각조차 하지 않았다. 나도 이에 질세라 강도를 높였고, 쉴새없이 노래를 불러댔다. 심지어 나는 흐느끼기까지 했다. 그러나 아빠는 변함이 없었다. 물론 나는 안전을 위해 항상 아빠에게서 한 발짝 떨어져 불평을 했다. 가까이 있으면 아빠의 무지막지한 손이 바로 날아올 수가 있기 때문이었다. 유비무환의 정신.

세찬 바람이 몰아친들 달라지겠는가, 돌풍이 몰려온들 달라지겠는가! 아빠와 우리집은 뗄래야 뗄 수 없는 관계가 되어버린 것이다.

오늘도 아빠는 늘 앉던 자리에 앉아 있었다. 불굴의 의지로 커피잔과 씹는 담배를 가지고 매일 하는 똑같은 동작을 반복했다. 이상하게 오늘밤은 겉옷도 벗지 않고 탁자 위에서 꾸벅꾸벅 졸기까지 했다.

나 또한 변함없이 몸을 벽에 기댄 채 이사 가고 싶은 아이의 절망을 노래했다. 별 걱정 없이, 약간은 무기력하게 노래를 불렀다. 나는 마당에서 싸우고 있는 고양이 두 마리에 정신이 팔려 있었던 것이다. 늘상 했던 말이 내 입을 빠져나왔다.

"이사 가고 싶어! 이사 가고 싶어!"

가끔 아빠 쪽을 쳐다보기도 했다. 아빠는 내 불만 섞인 노래를 자장가 삼아 나른하게 졸고 있었다. 그러던 아빠가 힘겹게 일어나 옷장 위에 놓아두었던 재떨이를 가지러 갔다. 그리고 갑자기 내 쪽으로 방향을 바꾼다. 단단히 마음을 먹었는지 세 걸음쯤 다가왔다. 아빠는 단번에 내 팔을 낚아채더니 귀를 잡았다.

"이사? 이사 가기 해주키!" (이사? 이사 가게 해줄게!)

아빠가 나한테 불어로 말했다. 그리고 약 십여 분에 걸쳐 나는 아빠의 시멘트 묻은 손과 큰 장화발의 맛을 톡톡히 봐야 했다. 처음에는 몸을 오그리고 아빠한테 빌었다.
"아빠, 그만! 그만! 이사 안 가, 이사 안 가도 된다고!"
"이사 가구 시푸지?"
"아니, 이사 안 갈래!"
"이사 가, 후자 이사 가!" (이사 가, 혼자 이사 가!)
나는 더이상 고통을 참을 수가 없었다. 그리고 이미 내 몸은 만신창이가 되어 딱히 더 건드릴 부분도 없었다. 그리고 그때, 내 머릿속을 갑자기 스치는 증오심에 나는 폭발하고야 말았다.
"그래, 이사 가고 싶어! 여기 살기 싫어! 이 썩은 집에서 당장 나가고 싶어! 그러니까 그만 놔줘, 그만 놓으라고!"
아빠는 이미 내 말을 듣지 않고 있었다. 그리고 계속해서 나에게 벌을 주었다. 결국 나는 입을 다물었고, 아빠도 조금 잠잠해졌는지 다시 의자로 가서 앉았다. 그리고 아빠는 이미 차가워진 커피를 마셨다. 그제야 엄마는 침대에 눕힐 생각으로 나를 안아 올렸다. 엄마에게 안긴 나는 고문관 앞을 지나며 최후의 발악을 했다.
"이사 갈래! 이사 가고 싶어!"
아빠가 또 벌을 줄까 무서웠던 엄마는 나를 안심시켰다.
"울지 마라, 아들. 우리도 이사 갈 거야."

"언제?"
"내일 아침에."
"거짓말! 거짓말이지? 나, 이사 갈래. 지금 이사 갈래!"
몇 분 후, 엄마는 노릇노릇한 설탕이 가득한 크레이프를 만들어 나에게 가져왔다. 하지만 나는 이미 꿈나라에 들었고, 그곳에서 한창 이사를 하고 있었다.

집 주위가 온통 깊은 밤에 잠겼다. 고요하고 지겨운 또 한번의 밤이 돌아왔다. 나와 조라 누나는 부엌 계단에 나와 앉아 '라디오 인기가요 베스트' 시간을 기다리고 있었다. 나는 리샤르 앙토니(Richard Anthony, 1960~1970년대에 유명했던 프랑스 가수)가 부른 〈그리고 기적소리가 들리네〉가 나오기를 손꼽아 기다렸다. 이 노래의 가사는 이러했다. '밤에 기적소리를 내는 기차는 얼마나 쓸쓸한가……'
기차, 밤, 여행. 내 몸에 닭살이 쫙 돋았다. 차가운 밤바람이 내 뺨을 어루만져주었다. 하지만 곱슬거리는 내 머리카락은 이 바람에도 움직이지 않았다. 나는 겉옷의 옷깃을 여미었다.
엄마는 화덕 앞에 꼼짝도 안 하고 서서 우유 파스타를 만들고 있었다. 그리고 아빠는 초점 없는 눈으로 멍하니 엄마를 바라보고 있었다. 아빠는 분명 '카이로 라디오' 혹은 '알제 방송'

의 논평을 듣고 있으리라. 그러나 아빠는 해설가의 말을 이해하지 못했다.

우리는 방에 석유등을 밝혔다.

그때 갑자기 마당에서 무스타프 형이 소리쳤다.

"누가 왔는지 나와들 봐, 빨리!"

형의 말에 우리는 얼른 밖으로 나가보았다.

"누구야? 누가 왔는데 그래?"

저 멀리 택시에 앉아 있는 손님이 누구인지 알아보지 못한 조라 누나가 물었다.

"부샤위네 식구들!" 하고 내가 말했다.

나는 택시 안에 앉아 있는 부샤위네 식구를 금방 알아보았다.

"빨리 아빠를 부르자!"

차에서 내린 부샤위 아저씨는 택시비를 지불했다. 그리고 당신 부인의 그 무겁기만 한 엉덩이가 택시 밖으로 무사히 빠져나올 수 있도록 도와주었다.

드디어 누군가가 샤바를 찾아온 것이다! 정말 오래간만의 일이었다.

엄마와 아빠가 집 앞 층계에 나와 있었다.

"부샤위!"

아빠는 두 팔을 쫙 펴고 부샤위 아저씨를 맞았다.

"부샤위 이 사람! 정말 오래간만일세. 왜 한번도 찾아오지 않았나? 벌써 우리를 잊은 건 아니겠지? 그래, 어떻게 지냈어? 가족들은 다들 안녕하고? 아이고, 이 사람아 그동안 어떻게 지냈나? 어떻게 지냈어?"

아빠의 얼굴에는 함박웃음이 가득이었다. 얼굴이 활짝 피었고, 정말 행복해 보였다. 아빠는 부샤위 아저씨를 끌어안았고, 악수를 하고, 아저씨의 어깨에 손을 올렸다.

"애들은? 아이구, 이놈들 많이도 컸다. 알라가 도우셨네!"

아빠가 이번에는 부샤위 아줌마에게 인사를 했다. 아빠와 부샤위 아저씨가 인사를 나누는 그 짧은 시간 동안 부샤위 아줌마와 우리 엄마 사이에는 이미 천만 가지의 이야기가 오고갔다.

"자, 들어가서 얘기하자고. 정말 오랜만이야. 내 얼마나 기쁜지 어찌 말로 다 하겠나! 어떻게 잘 지냈나? 잘 지냈어?"

"잘 지냈어."

"잘 지냈어? 애들은? 애들 엄마는? 잘들 지냈는가?"

"다 알라 덕분이지."

토요일 밤이었다. 우리는 밤새 즐거워하고 또 기뻐할 것이 틀림없었다. 나는 조라 누나의 곁을 빙글빙글 맴돌았다. 염소새끼 마냥 깡총깡총, 팔딱팔딱 뛰며 마냥 좋아했다.

그랬더니 누나가 말했다.

"그만 해. 촐랑거리지 좀 말고!"

커피, 과자, 케이크……, 그리고 쿠스쿠스! 재회를 축하하기 위한 엄청난 양의 쿠스쿠스! 부샤위네 가족이 우리를 보러 여기까지 온 것이었다. 어제 아빠가 사다놓은 양고기가 있어서 그나마 천만다행이었다.

부엌으로 달려간 엄마는 얼른 앞치마를 둘렀다. 찬장이며 서랍을 열어젖히고 통조림 따개, 칼, 쿠스쿠스, 냄비, 채소 등을 꺼내놓았다. 오늘 엄마는 어지간히 행복한 모양이었다. 몇 달 만에 처음으로 행복의 단꿈에 젖어 있었다.

엄마가 조라 누나를 향해 말했다.

"루이즈가 오지 않으면 좋으련만. 조라! 문 앞에 가서 지키고 서있어! 멀리서라도 루이즈가 보이면 얼른 문을 닫아버려. 빨리, 빨리 움직이라니까! 오, 알라여! 저것이 오늘 따라 왜 저렇게 굼뜬 것이랍니까!"

조라 누나는 엄마를 향해 싱긋 웃더니 바로 문 앞으로 갔다. 얼마 후에 채소 다듬는 것을 도와달라고 엄마가 곧 자기를 부를 것이라는 사실을 잘 알고 있었다. 누나는 오늘 하루 엄마의 변덕을 눈감아주기로 했다.

부샤위 아줌마는 오랜만에 남자들 사이에 낀 터라 영 머슬머슬했다. 그래서 엄마를 찾아 부엌으로 나왔다.

"아니야, 안 도와줘도 돼. 거기 그냥 있어."

장난기가 많은 부샤위 아줌마가 엄마에게 말했다.
"그럼 그냥 남자들 사이에 껴서 대화라도 나눌까?"
아줌마들끼리 농담을 주고받는 동안, 아빠는 부샤위 아저씨한테 커피를 대접하고 있었다. '어떻게 지냈어?'라는 말을 수백 번이나 반복하면서 말이다. 아빠와 부샤위 아저씨는 이미 이곳을 떠나 있었다. 이야기 나라를 떠돌았고, 고향 알제리로 돌아갔으며, 시간을 거슬러 오르기까지 했다.
엄마가 소리치는 바람에 두 아저씨의 시공간 탐험이 막을 내렸다.
"어서 와서 밥 먹어요!"
조라 누나는 큰 접시 두 개에 음식을 잔뜩 담아가지고 거실로 나왔다. 접시 하나는 아빠와 부샤위 아저씨 몫, 또 다른 접시는 아이들 몫이었다. 여자들은 부엌에서 식사를 했다.
벌써 아빠와 부샤위 아저씨는 갖가지 이야기꽃을 피우기에 정신이 없었다. 이렇게 재회의 기쁨을 맛본 아빠와 아저씨는 심각한 얘기에 들어갔다. 저녁 시간에 맞춰 꼼꼼하게 짜인 시간표를 따르는 것인 듯 아저씨가 먼저 말을 꺼냈다.
"자네도 여길 떠나려고 하는 걸 알고 있어, 부지드……."
이에 섬뜩 놀란 아빠가 딱 잘라 말했다.
"뭐라고? 가긴 어딜 가!"
부샤위 아저씨가 말을 이었다.

"계속 아니라고 할 건가? 여기서 어떻게 사는지 내가 뻔히 아는데! 이제 사람들도 다 떠나고 샤바는 적막하기 짝이 없네!"

"너도 다를 게 하나 없어! 여기가 내 집이고, 여기서 내가 하고픈 대로 하고, 아무한테 해를 주지도 않는다는 걸 왜들 모르는지, 원! 난 여기가 좋아. 여기서 누리는 이 편안함을 어디 가서 또 찾겠는가?"

아빠도 이번에는 자신이 생각하는 바를 똑똑히 설명했다.

"자네 말이 맞네. 반대로 말하라면 그게 거짓말이지. 그런데 잘 생각해봐. 여긴 아무것도 없지 않나. 하다못해 징기(전기)도 안 들어오는……."

"징기야 달면 되지!"

"무슨 돈으로?"

"그건 내가 알아서 할 일이고!"

"이 집에는 수도도 없잖나. 우리집에 한번 와봐. 손잡이 하나만 돌리면 뜨거운 물이 콸콸 쏟아져! 그렇게 편할 수가 없다니까."

여자들은 안테나처럼 두 귀를 바짝 세우고 남자들의 얘기를 들을 뿐, 아무 말도 하지 않았다.

"내 얘기 들어, 부지드. 리옹에다가 아파트를 하나 봐뒀어. 우리집 바로 옆이고, 시설도 아주 좋아. 여기보다 백배는 더 나을 테니까 두고 보라고. 내가 이 얘기 하려고 여기까지 온 줄 알지? 자네 얼굴에 다 쓰여 있어. 아닐세. 억지로 자네 의견을 바꿀 생각은 없어. 선택은 자네가 하는 거라고. 와서 봐도 그만, 안 봐도 그만이야. 자네 하고 싶은 대로 하라고. 어차피 나 좋자고 하는 일도 아니고 말이야."

한바탕 설명을 마친 부샤위 아저씨는 우유를 홀짝거리더니 이윽고 한숨에 다 털어넣었다. 두툼한 아저씨의 입술가에 끈적끈적하고 하얀 우유 자국이 남아 있었다. 아빠는 고기 한 점을 물어뜯더니 뼈까지 열심히 씹어댔다. 그러다 짜증이 났는지 뼈를 탁자 모서리에 탁탁 쳐서 뼈에 남은 연한 부분을 뜯어냈다.

무스타프 형은 숟가락으로 얼굴 가리는 시늉을 하며 나에게 말했다.

"역시 부샤위 아저씨는 영리하단 말이야. 이런 식으로 말해야 아빠가 알아들어. 분명 아저씨가 아빠를 설득할걸?"

나는 속 검은 웃음을 지으며 손바닥을 비벼댔다. 그때 아빠가 신경질이 난 듯 큰소리를 쳐서 기쁨에 차 있던 나는 깜짝 놀랐다.

"너희 둘! 빨리 가서 잠이나 자! 둘이 무슨 얘기를 듣고 앉아 있는 거야? 빨리 가서 자!"

나는 형에게 소매를 붙들린 채 방으로 끌려갔다. 역시 우리가 조용히 사라져줘야 할 시간이었다.

밤 한 시쯤 되었을까, 아빠가 그렇게 애원했는데도 불구하고 부샤위네는 집으로 돌아갔다.

"자네, 미쳤나? 이 시간에 어딜 가려고 그래? 여기서 자고 내일 가."

"아닐세, 부지드. 그만 돌아가야지."

손님의 고집은 완강했다.

부샤위 아저씨는 오늘밤 중에 리옹으로 들어간다고 했고, 아빠는 더이상 말리지 않았다. 부샤위 아저씨가 불편한 우리집에서 자는 것을 꺼려할지도 모른다는 생각을 했기 때문이었다.

"가족들 다 데리고 어떻게 가려고 그러나?"

"택시 있잖나."

"어디서 택시를 잡으려고. 아니면 전화로 부를 건가?"

"아니. 우선 빌뤠르반느까지 가야지. 거기 가면 설마 택시 하나 못 잡겠나? 걱정하지 말게, 부지드. 이편이 훨씬 나아."

"아니, 밤 한 시에 걸어서 거기까지 간다고?"

"응. 어쨌든 너무 걱정하지 마. 애들아 가자. 어서 옷 챙겨 입어."

아빠는 갑자기 섭섭하고 서글픈 마음이 들었다. 부샤위네 가족을 그렇게 떠나보내야 했던 것이다. 둑길까지만 갔을 뿐, 하다못해 모냉 아브뉴까지 바래다주지도 못한 것에 영 마음이 착잡했다.

나는 아빠가 부샤위네 가족을 배웅하고 집으로 돌아올 때까지 깨어 있었다. 그래서 아빠가 돌아와 엄마한테 한 얘기를 들을 수 있었다. 아빠는 이렇게 말했다.

"당신, 왜 아무 말도 안 해?"

저녁 내내 엄마는 단 한마디도 입 밖으로 내지 않았다. 행여 아빠한테 영향을 끼칠까 걱정이 되어서 그런 것이다. 아빠의 질문에 엄마가 깜짝 놀라 우물거리며 대답했다.

"내가 무슨 말을 해요? 어차피 결정은 당신이 하는 건데."

담요 뒤척거리는 소리와 침대 삐걱대는 소리가 들렸고, 이내 집안이 조용해졌다. 마지막으로 아빠가 뭐라고 속삭이는 것이 들렸다. 그리고 나는 한참 뒤에야 규칙적인 아빠의 코고는 소리에 지쳐 잠이 들었다.

"어젯밤에 무슨 얘기 들었어? 몇 시에 잠들었는데? ……무슨 얘기를 나눈 거야?"

"뭐? 나 잠 좀 자게 그만 내버려둬……."

"야, 빨리 일어나지 못해? 당장 일어나서 말해!"

무스타프 형은 안절부절 정신이 없었다. 형은 어떻게 해서든지 어젯밤 엄마와 아빠의 토론 결과를 알고 싶어했다.

"어젯밤에 무슨 얘기를 한 거야?"

"나도 몰라. 나 좀 그냥 놔두면 안 될까? 잘래!"

"안 돼! 자도 대답하고 자!"

"수요일. 수요일에 아빠가 부샤위 아저씨랑 아파트 보러 간 댔어……"

나는 무스타프 형이 걷어찬 이불을 다시 내 어깨까지 올려 덮었다. 그런데 이것은 또 무슨 날벼락이란 말인가! 무스타프 형은 정신이 나가도 제대로 나간 듯했다. 두 발을 모으고 침대 위를 깡충깡충 뛰면서 베개로 나를 공격하는 것이었다. 계속해서 질문을 해대며 내 몸을 마구 흔들었다.

"진짜야? 아빠랑 엄마가 한 말을 그대로 다 말해봐. 수요일날 부샤위 아저씨랑은 또 어디서 만나기로 한 거야?"

강력한 부권행사가 필요한 상황이었다.

"아빠! 아빠! 무스타프 형이 나 잠 못 자게 방해해!"

형이 곧 잠잠해졌다.

"왜 아빠까지 깨워, 이 바보야! 만약 아빠가 잠에서 깨면 너도 나도 다 벌 받아……"

무스타프 형이 일어나더니 방에서 나갔다. 나는 형 때문에 잠도 다 깼다. 내 눈은 통통 부었고, 어제 먹은 고기 때문에 이빨은 더럽기만 했다. 그리고 귓가가 웅웅거렸다. 나는 이불을 걷어차고 일어나 부엌으로 갔다. 조라 누나는 벌써 나와 커피를 준비하고 있었다. 향기롭기만 한 일요일 아침이었다.

아빠도 자리에서 일어나 부엌으로 나왔다. 무스타프 형이 괴롭히는 바람에 내가 그만 아빠의 단잠을 깨웠나보다. 아빠는 아무런 말도, 아무런 표정도 짓지 않았다. 나를 쳐다보지도 않고 아빠는 차가운 물로 면도를 하기 위해 밖으로 나갔다. 아침의 정적 속에 펌프질 하는 소리만 들릴 뿐이었다.

이제 조금만 있으면 6월도 끝이 난다. 여름방학의 시작인 것이다. 나는 한편으로는 라바나 아쎈느, 아니면 부샤위네 가족처럼 새로운 생활을 하게 된다는 사실에 기뻤다. 그리고 또 한편으로는 남겨놓은 낡은 물건에 눈물 흘리는 노인처럼 다 쓰러져가는 샤바에 남은 물건이며 추억을 지켜보느라 가슴이 아팠다. 이제 샤바의 둑길도, 쓰레기차도, 숲속의 오두막도, 창녀 아줌마들도, 루이즈 아줌마도, 그리고 마지막으로 학교와도 안녕이다.

내 성적에 대해 선생님이 슬슬 걱정을 하기 시작한 것이 당연했다. 내가 겨우겨우 힘겹게 기말시험을 치렀기 때문이다. 이미 오래전부터 내 맘이 내 맘이 아니었다.

"CM(Cours moyen, 현재 우리나라 초등학교 5학년 정도에 속함. 이 과정이 끝나면 중학교 1학년에 해당하는 6학년이 됨. 이후 5학년, 4학년, 3학년, 2학년 순으로 숫자는 내려가나 학차는 올라감) 2 입학을 허락함."

조라 누나가 아빠에게 불어를 아랍어로 해석해서 말했다.

"이제 아주즈도 큰 애들 반에서 공부하게 되는 거야, 아빠."
아빠는 넘치지 않을 만큼 적당히 만족감을 표했다.
오늘은 학교에서 보낸 마지막 날이었다. 이제 다시는 여기에 올 일도 없고, 다시는 므슈 그랑을 볼 일도 없다는 사실을 제대로 깨닫지도 못한 채 나는 이렇게 레오-라그랑주 학교를 떠났다.
오후 다섯 시, 조라 누나와 무스타프 형이 정문에서 나를 기다리고 있었다. 오늘은 모든 것이 마지막이었다. 누나와 형과 나는 마지막으로 샤바로 들어가는 길을 걸었다. 조라 누나는 자유를 노래했다.
"네 손을 뻗어 내 손을 잡아. 이제 학교가 끝났어. 그것은 다시 말해……."
조라 누나는 라디오에서 들은 대로 흥얼거렸다.
무스타프 형도 신이 나서 소리쳤다.
"바이바이, 레오-라그랑주! 영원히 안녕……."
형과 누나는 걸음도 상쾌하게 길을 갔다. 나는 뒤로 멀찍이 떨어져 신발을 질질 끌면서 크르와-뤼제 다리를 걸었다. 이젠 이 다리를 건너는 것이 하나도 무섭지 않았다. 우리는 큰길의 플라타너스 나무 아래를 한가로이 지나 모냉 아브뉴에 다다랐다. 내가 좋아했던 모든 곳을 하나하나 빠짐없이 둘러보는 가슴은 저리기만 했다.

오두막 아랍촌 근처까지 왔을 때, 우리는 교통정리를 하는 경찰아저씨의 청신호를 기다리며 잠시 걸음을 멈췄다. 저 멀리로 반항아 무싸위가 보였다. 누가 뭐래도 그때 무싸위 자신이 퇴학당할 짓을 했다. 이제 무싸위는 학교와는 멀어졌지만, 누가 아는가? 이다음에 무싸위가 으뜸가는 기술자가 될지 말이다. 무싸위는 긴장이 풀려 한가한 모습이었다. 나는 재빠르게 오두막으로 들어가는 무싸위를 바라보았다.

그때 조라 누나가 나를 불렀다.

"빨리 안 오고 뭐해? 도대체 뭘 그렇게 쳐다보는 거야?"

"아무것도 아니야. 기다려!"

나는 얼른 달려 누나 곁으로 갔다. 누나는 오로지 방학에 대한 생각밖에 없었다. 누나답지 않다는 생각에 나는 적잖이 놀랐다.

이 길의 끝은 우리집······. 모든 추억이 점점 희미해졌다.

"야, 왜 그렇게 기가 꽉 죽었어? 이제 곧 우리도 이사 간다구!"

무스타프 형은 늘 하던 대로 내 등을 치면서 말했다.

나는 어쨌든 희미하게나마 미소를 지었다.

우리 가족은 1966년 8월의 첫째 주말에 이사를 했다. 아빠와 함께 일하는 어느 알제리 아저씨의 차 '푸조 403' 뒤에 오래된 철제 침대와 거울이 달린 옷장, 그리고 우리가 가지고 있는 옷을 전부 실었다. 아빠는 화덕을 가져가고 싶어했다. 아무래도 새로 이사 가는 아파트의 공동보일러 시스템이 영 못 미더운 모양이었다. 하지만 아빠의 동료가 말리는 바람에 더이상 고집은 피우지 않았다. 동료 아저씨는 우리 걱정은 둘째 치고, 자기 차가 망가질까봐 겁이 나서 화덕을 못 싣도록 한 것이다. 결국 우리는 샤바에 화덕을 남겨놓고 왔다. 그 화덕은 버려진 우리 집의 차가운 벽 안에서 죽어갈 것이다. 그것도 샤바에서 말이다.

나 역시 이렇게 빨리 떠나는 것을 원하지 않았다. 우툴두툴한 마당이며, 시간이 흘러 결국 여기저기 손상된 시멘트 발린 저수독이며, 몇 년 동안이나 우리에게 론 강의 물을 제공해준 물펌프며, 손질 안 된 정원이며, 반쯤은 무너진 변소까지……. 전부 다 꼼꼼히 지켜볼 시간이 필요했다.

무스타프 형은 인정머리 없이 나를 깨워댔다.

"야! 뭐해, 일어나! 너 혼자 여기 남을 거야? 이사 가자고 난리를 칠 땐 언제고, 정작 이사를 간다니까 시간을 못 끌어서 안달이야? 빨리 문 닫아. 이제 출발할 거야……."

형 말이 맞았다. 그래서 나는 얼른 차까지 달려갔다. 나와 조라 누나는 나란히 침대 위에 자리를 잡았다. 엄마는 푸조 403

바닥 위에 앉아 나와 무스타프 형 사이에 끼어 있었다.

드디어 우리가 탄 차는 금이 가득 간 길을 따라 큰길로 나갔다. 우리도 도시를 향해 가는 것이었다. 우리 가족 모두는 숲 쪽으로 점점 멀어져가는 옛집을 한참 동안 바라보았다. 조수석에 앉은 아빠는 아무 말이 없었다. 엄마는 손가락 사이에 옷소매를 끼고는 웃었다 울었다를 반복했다.

"와, 멋지다!"

새 아파트에 들어가자마자 조라 누나가 외쳤다.

그러자 엄마가 누나에게 말했다.

"아이고 됐다, 됐어! 그 촐랑거리는 입 좀 다물어. 안 그러면 복 나간다!"

누나는 방금 뱉은 말을 다시 삼키기라도 하듯 손으로 입을 얼른 막았다. 우리는 복 나가는 행동을 하지 않도록 절대 조심해야 했다. 알라가 우리에게 큰 행운을 주었을 때 절대 이에 대해 으스대면 안 된다. 그 행운이 어떤 것이든, 그리고 상대방이 누구든 간에 조신하게 행동해야 한다. 그렇지 않으면 악마가 끼어들어 일을 망칠 수도 있기 때문이다. 조심하지 않으면 정말 큰코다친다고 엄마는 항상 강조해왔다.

샤바를 떠나 새로운 꿈을 찾아나서기를 우리는 그 얼마나 학수고대했던가! 그 새로운 꿈이 바로 여기, 우리의 눈앞에 펼쳐져 있다. 부엌 하나, 작은 거실 하나, 창문도 없는 쪽방 두 개짜리 아파트.

우리는 현관 복도에서 현실로 다가온 그 꿈을 마음껏 누렸다. 이때 엄마가 얼른 자리를 피했다. 아마도 엄마를 지켜보던 나의 시선을 눈치 챘기 때문이리라. 부엌가구 쪽으로 다가간 엄마는 도배지가 발린 벽을 쓰다듬어보았다. 엄마는 과연 무슨 생각을 했을까? 알제리에서 식모를 살던 그 농장? 아니면 이 새집에서 펼쳐질 엄마의 다른 인생?

나는 차마 엄마의 마음을 헤아릴 수가 없었다. 시간은 흐르고 침묵은 계속되었다. 조라 누나는 이 경이로운 침묵을 한껏 누릴 기회를 또 한번 잃고 말았다. 누나가 나를 보더니 이렇게 속삭였다.

"난 여기 소파에서 잘 거야. 그럼 거실이 내 방이 되는 거지."

"조라, 너! 또 한번 그 입 나불거리기만 해! 다시 샤바로 보내버린다!"

엄마가 누나를 나무랐다.

"아무 말도 안 했어, 엄마!" 하고 누나가 대답했다.

"거기서 그렇게 조잘거리지 말고, 어서 짐이나 풀든지!"

풀이 죽은 누나는 바로 발 옆에 놓인 상자를 들더니 부엌으로 들어갔다. 그때 무스타프 형의 한숨 쉬는 소리가 아파트 안까지 들려왔다. 엄마는 형을 도와주기 위해 계단을 향해 나가며 말했다.

"너도 와서 도와라. 빨리 움직여!"

"알았어, 엄마."

엄마가 아파트 밖으로 완전히 나가자 조라 누나가 얼른 말을 걸었다.

"아주즈! 이거 한번 봐. 여기 변소도 있고, 세면대도 있어."

아빠가 땅을 파서 대강 만들었던 샤바의 변소와는 상당히 거리가 먼 정말 청결해 보이는 화장실이었다. 게다가 화장실 안으로 들어가니 불이 자동으로 켜졌다. 그럼에도 불구하고 내 머릿속을 파고드는 궁금증이 있었으니! 나는 곧 조라 누나에게 물어보았다.

"근데, 여기다가 똥을 누면 그 똥은 어디로 가는 거야?"

이윽고 조라 누나가 내 질문에 대답했다.

"파이프를 통해서 밖으로 나가지. 아파트 벽에 붙은 파이프 못 봤냐? 그리고 하수구로 빠지는 거야."

"그럼 정기적으로 똥통을 비우지 않아도 되는 거네?"

"당연하지! 최신식 시설을 갖춘 아파트라고나 할까."

"여기가 샤바보다 훨씬 낫네."

그러자 조라 누나가 말했다.

"그걸 말이라고 하냐?"

"혹시 여기에 욕실도 있을까?"

조라 누나와 나는 욕조가 있는 욕실이 혹시 있을까 하는 희망으로 주위를 살폈다.

그리고 곧 누나가 말했다.

"아, 없나봐! 샤바에서 초록색 대야를 갖고 오길 정말 잘했다, 그렇지 않니?"

그때 엄마가 우리 쪽으로 왔고, 나는 얼른 엄마에게 물었다.

"엄마! 왜 지두마네 집에는 욕실이 있는데 우리집에는 없는 거야?"

엄마도 이번에는 정말 화가 났다. 누나한테 성큼성큼 다가가더니, 누나의 묶은 머리를 한손으로 움켜쥐고 화장실 밖으로 끌고 가며 소리쳤다.

"아이고 알라신이여! 어찌하여 저한테 이런 수다쟁이 마녀를 딸로 주셨단 말입니까!"

그러자 누나가 훌쩍이며 말했다.

"왜 나한테 그래! 내가 물어본 것도 아닌데!"

그리고 엄마 손에 잡힌 머리채를 구할 생각에 나를 향해 손가락질하며 엄마에게 말했다.

"쟤가 그랬어, 엄마!"

비난 섞인 누나의 공격에 나는 반기를 들었다.

"누나 왜 저래? 뭘 잘못 먹었나? 머리가 어떻게 된 것 아니야?"

하지만 내가 한 박자 늦었다. 엄마의 분노 잠망경은 이미 내 쪽을 향해 있었던 것이다. 성난 사자로 둔갑한 엄마는 나한테 내던질 물건을 찾는 눈치였다. 엄마는 으르렁거리며 알라의 도움을 청했다.

"알라여! 뭐든지 내 손에 쥐어주소서. 망치든, 돌이든 저 악마를 순식간에 잠재울 것이면 무엇이든 저에게 내려주소서! 알라신이여!"

결국 엄마는 늘 그랬듯 내 쪽으로 신발 한 짝을 벗어 던졌다. 역시 늘 그랬듯 나는 이미 멀리멀리 도망을 쳤다.

내가 아닌 벽으로 날아가 떨어진 신발을 보며 엄마가 말했다.

"나쁜 놈!"

무스타프 형은 나 때문에 하마터면 계단에서 굴러 떨어질 뻔했다. 불쌍한 형. 형은 아침부터 쉴새없이 움직이고 있었다. 아빠는 무스타프 형에게서 단 한치도 떨어지지 않고 감시를 했다. 형은 가방이며 상자를 날라 올렸다.

"자, 이거 들어!"

무스타프 형이 나에게 보스처럼 명령했다. 그러고는 물었다.
"새 아파트 어때?"
"별로 마음에 안 들어. 집이 너무 어두운 것 같아. 창문을 열어도 앞 건물이 보인다니까. 아마 이 집에 볕드는 날이라곤 하루도 없을걸? 그리고 좀 작은 것도 같고. 게다가 욕실도 없어!"
"그 입 좀 닥쳐라. 너 때문에 짜증이 다 난다. 샤바에 있을 때는 이사 가자고 그렇게 난리를 치더니, 이사를 와도 싫다는 심보는 또 뭐냐?" 하고 무스타프 형이 말했다.
"누가 싫댔어? 그리고 시작한 사람은 형이잖아. 형이 나한테 물어봐놓고는 괜히······."
형은 단번에 내 말을 잘랐다.
"조용히 입 다물고 이거나 들어!"
"칫, 그렇게 나한테 화를 낼 거면 이 상자며 뭐며 형 혼자 다 들어!"
나는 짐을 계단 위에 올려놓고 잽싸게 도망갔다.
"야! 당장 여기로 오지 못해?"
무스타프 형이 소리치는 것이 들렸다.
"형 때문에 짜증나서 못 가겠다, 왜!"
화가 난 무스타프 형은 나르던 짐을 바닥에 내려놓고 나를 쫓아왔다. 나는 무스타프 형을 피해 난간을 잡고 세 계단씩 경중경중 뛰어올랐다. 그리고 커브를 도는 순간! 거대한 매트리스를 나르느라 땀범벅이 된 아빠와 부딪치고 말았다. 아빠가 힘겹게 들고 있던 매트리스가 바닥에 떨어졌고, 아빠도 넘어졌다. 너무 놀란 나머지 나는 계속해서 도주를 감행했다. 제발 아빠가 나를 알아보지 못했기를 바라면서…….

"아, 알라! 저 돼지만도 못한 자식! 너, 당장 이리로 오지 못해! 야, 너! 당장 이리로 와!"

어쩔 수 없이 나는 천천히 계단을 올라 아빠에게 갔다. 아빠의 얼굴은 새빨갛게 달아올라 있었다. 내 머리를 잡고 내동댕이칠 것이 분명했다. 무스타프 형도 재빨리 사고현장으로 뛰어왔다. 나는 형이 엄청난 사고 앞에서 넋을 놓고 있는 때를 이용하기로 했다.

"이게 다 무스타프 형 때문이야, 아빠. 내가 형한테 '잠깐 기다려봐. 내가 상자 나르는 걸 도와줄게'라고 말했거든? 그랬더니 형이 '됐어, 꺼져!' 이러는 거야. 그리고 형이 또 뭐라고 했는지 알아? 일하는 게 너무너무 지겹대. 그러면서 내가 어디 못 가게 잡아두려고 나를 막 때리려고 하는 거야. 형이 드디어 미쳤나봐, 아빠."

무스타프 형은 어안이 벙벙해 입을 반쯤 벌리고 있었다. 아빠가 이번에는 형을 향해 분노의 번개를 내려쏘았다.

"이놈! 이 빌어먹을 놈아! 눈을 확 뽑아버릴라! 일하기가 그렇게 싫더냐, 이놈아?"

형도 방어 작전을 펼쳤다.
"아니야, 아빠! 아니야, 절대 아니야! 아주즈가 거짓말을 하는 거야. 아, 저 앙큼한 놈이 거짓말을 다 하다니! 어디 감히 아빠 앞에서 거짓말을……"
아랑곳하지도 않는 아빠는 곧 무스타프 형에게 다가갔다. 형은 고슴도치 마냥 몸을 굽혀 두 팔로 머리를 보호했다.
무스타프, 부지드의 타격에 대한 방어준비 완료! 내 앞에서 자꾸 대장 노릇을 하려 했던 형. 이참에 제대로 혼쭐이 나야 정신을 차릴 것이다. 나는 아빠와 형의 1라운드가 펼쳐지는 링에서 멀어져 동네구경에 나섰다.

테름므 길에서 출발한 나는 건물을 잇는 길을 따라가 크르와-루스까지 올라갔다. 어둡고 소변 냄새가 코를 찌르는 좁은 길을 지나, 계단을 오르고, 건물들 사이를 지나며 이곳저곳을 돌아다녔다. 이 동네에는 아랍 사람들이 참 많았다.
저녁 여섯 시쯤 되었다. 바로 집으로 돌아가야 할 시간이었다. 나는 그랑드 코테 언덕길을 따라 내려가 사토네 광장에 다다랐다. 슈퍼, 정육점, 미용실, 술집, 여관……. 마치 알제리에 와 있는 기분이었다. 엄마처럼 옷을 입은 아줌마들이 길을 건너 정면으로 나 있는 좁은 길로 종종걸음을 쳤다. 가게 진열장

앞은 그 허술함이 부끄러운지 낡은 겨자색 터번으로 눈가림 장식을 해놓았다.

우리 아파트로 올라가는 계단에는 이사를 한 흔적이 조금도 남아 있지 않았다. 다른 생각에 잠겼던 나는 무심코 문을 두드렸다. 눈 깜짝할 사이에 문이 열렸고, 클로즈업 된 무스타프 형의 얼굴이 짠 하고 나타났다. 형은 벽으로 나를 몰아넣고 내 팔을 꽉 조여 꼼짝도 못하게 했다. 완전 포위가 된 나는 허벅지로 쏟아지는 형의 발차기 공격을 그대로 당할 수밖에 없는 처지였다. 아빠를 주인공으로 내세우고 형을 위해 내가 직접 제작해 낸 오후의 그 게임 때문이었다. 형은 혀를 물고 나에게 엄포를 놓았다. 독 안에 든 생쥐 마냥 아무것도 할 수 없는 내 모습을 한껏 즐기는 듯했다.

"너 내가 가만 안 둔다고 했어, 안 했어?"

나는 아빠에게 도움을 청했다.

"아빠! 아빠! 무스타프 형이 나를 막 때려!"

나의 SOS에 지레 겁을 먹은 형은 더욱더 힘껏 내 목을 졸랐다.

"입 닥치지 못해! 안 그러면 재미없을 줄 알아, 응?"

나는 더 큰소리로 아빠를 불렀다. 그랬더니 형이 곧 나를 놓아주었다. 그러나 이미 한발 늦었다. 나의 고함소리를 들은 아빠가 나타났다. 아빠는 성큼성큼 형에게 가더니 한 치의 망설

임도 없이 슬리퍼 발로 형의 엉덩이를 걷어찼다. 그리고 형을 나무랐다.

"천하의 게으름뱅이 같은 놈! 동생 괴롭히는 데는 선수야 선수! 망할 놈! 창피한 줄도 모르느냐, 이놈아!"

절망의 나락에 빠진 형은 두 손을 엉덩이에 갖다 댔다. 아빠의 총알공격에 아직도 엉덩이가 제대로 붙어 있는지 확인하기 위해서였다. 형은 분노와 아픔의 눈물을 흘리며 집으로 들어갔다. 그러면서 한마디 덧붙였다.

"맨날 나만 갖고……. 맨날 나만 혼나."

그리고 나를 노려보며 말했다.

"너! 두고 보자. 내가 언젠가는 제대로 쓴맛을 보여줄 테니까. 각오하는 게 좋을 거야!"

나는 안전을 위해 아빠 뒤에 숨었고, 형을 더 약 올리기 위해 얼굴을 찌푸려 보였다. 형은 얼마동안 매트리스 위에 엎드려 울었다. 그리고 일어나더니 내 책 중 하나를 골라잡고 방의 불을 켰다. 벌써 집안이 캄캄했기 때문이다. 볕이 잘 안 드는 쪽 방은 아예 한밤중이었다. 그러자 아빠가 나서서 한마디 했다.

"당장 불 끄지 못해? 아주 날 망하게 하려고 작정을 했어, 이 못난 놈 같으니! 말해봐, 징기세 내는 사람이 누구야, 너야?"

아빠의 말에 무스타프 형의 분노가 한층 더해졌다.

이번에는 불똥이 엄마한테로 튀었다. 형에게 내던진 말투와

별 다를 바 없는 짜증 섞인 말투로 아빠가 엄마한테 말했다.
"아직도 저녁 준비가 안 되었단 말이야?"
엄마는 부엌에서 밀병 반죽을 만들고 있었다. 엄마는 별로 행복해 보이지 않았다. 거의 새것이나 다름없는 화려한 파란색의 가구며 텔레비전, 풀솜을 댄 폭신한 침대, 게다가 소파까지 다 엄마의 것이 되었는데도 말이다. 예전에 이 아파트에 세를 들었던 사람들이 팔고 간 가구인데, 부샤위 아저씨의 말을 빌면 싼 가격에 아주 잘 산 것이라고 했다.
쪽방에 틀어박힌 형은 계속 훌쩍이며 울고 있었다. 형이 불쌍하다고 느꼈는지 조라 누나가 나를 나무랐다.
"다 너 때문이야, 나쁜 놈!"
나는 아무 일도 없다는 듯 누나 쪽으로 다가갔다. 그리고 누나가 나를 향해 얼굴을 돌렸을 때, 바로 어퍼컷을 날렸다. 내 주먹이 누나의 눈 위로 날아갔고, 누나는 소리쳤다.
"아야야야, 내 눈! 아, 눈에 전기가 번쩍 든 기분이야. 어머, 어떻게 해! 이젠 또 아무것도 안 보여……. 아빠, 아빠! 나 장님이 되었나봐."
"뭐, 징기? 징기 다 꺼! 빨리 다 꺼! 이 악마 같은 놈들! 이 나쁜 자식들아, 유태인 놈들아……. 내 피를 다 빨아먹으려고, 이놈들이! 다들 꺼져! 빨리 가서 잠이나 자!"
그렇게 밤은 깊어갔다. 엄마는 밀병을 부쳐 아빠에게 대접했다. 그러자 아빠는 배가 고프지 않다고 거절했다. 그리고 엄마와 아빠는 풀솜이 든 침대에서 잠이 들었다.

엄마는 아침마다 새로 이사 온 '바트'(아파트) 정리에 열심이었다. 타일 바닥을 닦고 또 닦아 윤을 내고 유리창 청소를 하는 엄마의 모습이 참 즐거워 보였다. 엄마는 몇 시간에 걸쳐 탁자며 의자며 벽걸이 가구를 정신없이 닦았다. 엄마를 둘러싼 가구들 앞에서 황홀경에 빠진 것이 분명했다. 냉장고 청소를 하다 말고 천천히 냉장고를 쓰다듬는 엄마를 보면 알 수 있었다. 엄마는 냉장고에 흠집이 날까 무척 걱정되는 모양이었다.

엄마가 행복하니 나도 기분이 좋았다. 덕분에 우리 아파트는 정이 넘치고 따뜻했다. 빛이 잘 드는 곳인 듯 밝아 보이기까지 했다. 아빠는 일을 나갔고, 이제 엄마가 우리집의 여왕으로 군림할 시간이었다. 엄마는 여유로워 보였다. 조라 누나가 엄마에게 전기 다리미 이용하는 방법을 가르쳐주었다. 나는 아빠가 집에 없는 틈을 타서 텔레비전을 봤다. 엄마는 전기세가 갑자기 많이 나오면 아빠가 어떻게 할까 그것만 걱정했다.

"아이고 아들아, 내 말 좀 들어라. 제발 그것 좀 꺼. 안 그러면 너희 아빠가 다 부숴버릴지 몰라" 하고 엄마가 말했다.

"걱정하지 마, 엄마. 조금만 보고 끌게. 영화 한 편만 보고,

그리고 끄면 되잖아. 알았지?"

엄마는 대답이 없었다. 이것은 바로 체념의 표시였다.

그리고 동시에 누군가 현관문을 두드렸다.

"이를 어째! 너희 아빠 왔나보다. 빨리 꺼!"

엄마의 말에 나는 재빨리 텔레비전을 껐다. 그리고 엄마를 따라 현관 쪽으로 갔다. 아빠일 리가 없었다. 이 시간에 아빠는 일을 하기 때문이다. 나는 갑자기 겁이 났다. 혹시 무슨 일이 생기지 않았나 하는 걱정 때문이었다. 엄마는 온몸을 덜덜 떨며 문을 향해 걸어갔다. 무엇을 찾는지 알 수는 없으나 엄마는 놀란 눈을 하고 여기저기 구석구석을 살폈다. 그리고 엄마는 알라를 향해 기도를 했다. 드디어 엄마가 현관문에 손을 가져다 대고 아랍어로 물었다.

"슈쿤?" (누구세요?)

"문 좀 열어봐. 뭘 그렇게 무서워해?"

여자의 목소리가 들렸다.

"슈쿤?"

엄마가 다시 물었다.

"이 사람아, 이젠 내 목소리도 잊었나?"

얼굴 없는 목소리의 주인공이 이렇게 말했다.

왠지 나는 이 목소리가 귀에 익은 느낌이었다. 그때 갑자기 엄마의 눈이 반짝하고 빛이 났다. 그리고 엄마는 큰소리로 외쳤다.

"지두마!"

갑자기 문을 열어젖힌 엄마는 지두마를 꼭 끌어안았다. 네 번이나 뺨에 뽀뽀를 했고, 몇 마디 관습적인 인사말을 내뱉고는 지두마를 집안으로 들였다.

"어서 들어와. 잘 왔어."

생각지도 않았던 재회에 당황하기도 하고 기쁘기도 한 엄마가 말했다.

지두마 역시 오래간만에 엄마를 봐서 그런지 기분이 좋아 보였다. 나는 마지막으로 샤바에서 일어난 싸움 때문에 뚱뚱보 지두마를 다시는 못 보는가 싶었다. 그런 지두마가 바로 내 앞에, 우리집에 와 있는 것이다. 예전보다 더 뚱뚱해졌고, 빛에 반사된 금니가 번쩍거렸다. 엄마와 지두마는 마치 예전부터 세상에 없는 단짝 친구였던 것같이 행동했다. 지두마는 광주리에서 커피 한 봉지, 설탕 한 봉지, 그리고 여권을 꺼내며 집안으로 들어왔고 총알같이 수다를 떨었다.

"와, 집 좋다. 멋져, 아주 멋져! 이것 좀 봐. 세상에, 세상에. 이 여편네 팔자 폈네, 팔자 폈어. 어쨌든 잘됐지 뭐야. 정말 잘됐어."

지두마의 번쩍이는 눈은 우리집 벽지, 벽에 걸린 두 개의 액자, 새 가구들, 냉장고, 레인지 등을 단번에 훑어내렸다.

"전에 살던 사람들이 다 놓고 갔어."

엄마가 지두마에게 말했다.

예전 같았으면 엄마는 주책없는 지두마를 보며 행운 앞에 조신해야 한다는 미신을 떠올리며 걱정했을 것이다. 하지만 더이상 엄마는 미신이고 뭣이고 신경 쓰지 않았다. 이제 우리 엄마도 지두마처럼 버젓이 '바트'에 살고 있고, 더이상 지두마를 부러워하지 않아도 되는 것이다. 엄마에게 더이상의 행복은 없었다.

"붙박이 가구랑, 탁자랑 의자 다 예전에 세 살던 사람들한테서 산 거야. 푹신한 침대도 있고……"라며 엄마가 지두마에게 설명에 설명을 거듭할 때마다, 지두마는 "와!" 하며 감동의 찬사를 늘어놓았다.

나는 다시 텔레비전을 켰다. 텔레비전 소리 때문에 엄마와 지두마가 말소리를 더 크게 높였다. 마치 시장에라도 와 있는 듯이 말이다. 엄마는 지두마에게 혹시라도 우리 동네에서 아랍 이웃을 만나지 못할까 걱정이 된다고 말했다. 그랬더니 지두마는 예전에 샤바에 살던 사아디네 가족이 우리집 가까이에 산다고 엄마를 안심시켰다. 지두마는 가방에서 사아디네 주소를 적어둔 종이를 꺼냈다.

"그럼 내일 한번 가봐야지. 이웃도 없이 혼자 살려니까, 원……."

두 아줌마의 수다 때문에 나는 텔레비전을 제대로 볼 수가 없었다. 나는 볼륨을 높이기 위해서 자리에서 일어났다. 그랬더니 엄마가 화를 내며 나에게 소리쳤다. 어디 악마의 구렁텅이에나 빠져서 거기에도 텔레비전이 있는지 찾아보라는 엄청난 욕이었다. 나는 악마의 구렁텅이에 가는 일 없이 그냥 집에서 조용히 영화나 보고 싶다고 말대답을 했고, 이에 화가 난 엄마는 텔레비전의 코드를 완전히 뽑아버렸다.

"엄마가 그래도 난 다시 텔레비전을 켤 거야!"

지두마가 억세고 큰 목소리로 말했다.

"조용히 우리끼리 얘기 좀 하게 놔둘 수 없냐? 밖에 나가서 놀든지. 이참에 나가서 놀아."

"난 여기 친구가 하나도 없는걸, 뭐."

"그럼 나가서 사귀면 되지! 알리 사아디한테 가봐. 알리는 여기 사는 아이들 다 알고 있을 테니까" 하고 지두마가 말했다.

"그래, 나가서 놀아라. 알리네 집에 가서 알리 엄마한테 말해. 내일쯤 내가 찾아가본다고. 자, 빨리 나가서 놀아. 착하지, 아들!"

나는 어쩔 수 없이 집 밖으로 나왔다. 하긴 엄마가 마음 놓고 수다를 떨 수 있는 기회가 어디 흔한가?

아파트 벽을 내리쬐는 불볕 더위에 숨이 막힌 우리 동네는 쥐 죽은 듯 고요했다. 가끔 자동차와 버스가 지나가 동네의 정적을 깨뜨리곤 했다.

담배를 피우며 신발을 질질 끌고 인도 위를 걷던 할아버지 두 명과 마주쳤으나, 그 할아버지들은 나를 쳐다보지도 않았다. 나는 벨쿠르 광장 쪽으로 향했다. 모든 가게 문이 굳게 닫혀 있었고 '9월 3일부터 재영업합니다', '연중휴가' 등의 팻말이 붙어 있었다. 아무것도 없이 사막과도 다름없는 이곳에서 과연 무엇을 하며 시간을 보낸단 말인가? 나는 그냥 집으로 돌아가기로 했다. 알리는 다음번에 찾아가보면 되었던 것이다.

우리 아파트로 가는 길목에서 엄마와 지두마는 마지막으로 몇 마디를 나누고 있었다. 엄마는 우리가 더이상 샤바에 살지 않는다는 사실을 잊은 듯했다. 발끝까지 내려오는 가운을 편하게 차려입고 길 한가운데에 서있었다. 하지만 지두마는 최신 유행 주름치마를 입었고, 뾰족구두도 신어 멋을 냈다. 만일 지두마가 조금만 더 날씬했다면, 프랑스 토박이로 착각을 할 정도였다. 엄마와 지두마는 작별 인사를 나누었다. 지두마는 빌뢰르반느로 가는 버스를 타기 위해 정류장으로 향했다.

나는 지두마의 모습이 보이지 않을 때까지 지두마의 뒷모습을 바라보았다. 지두마네 집 가까이에 살았으면 좋았을 텐데……. 그러면 샤바에 살았을 때처럼 아쎈느와 라바도 매일

볼 수 있고, 함께 놀 수도 있을 텐데 하는 생각이 들었다. 이곳에서의 삶은 우리 모두에게 여간 힘든 일이 아닐 것 같다는 생각이 들었다. 지두마에게 마지막으로 손을 흔드는 엄마도 나와 같은 생각이겠지?

오토바이를 타고 테름므 길 입구의 커브를 도는 아빠는 무기력하게 축 늘어져 있었다. 숨막히는 더위에 아빠는 진이 다 빠진 것이다. 나는 인도 끝에 서서 아빠를 기다렸다. 엄마는 벌써 집으로 들어간 후였다. 아빠는 나에게 다가와 오토바이에서 내리더니 기계적인 동작으로 오토바이를 길 안쪽으로 밀었다. 그리고 무뚝뚝하게 나에게 물었다.
"여기서 뭐하냐?"
나는 딱히 하는 일이 없이 그냥 있노라고 대답했다.
아파트 마당에 도착한 아빠는 벽에 오토바이를 대고는 가방에서 도시락을 꺼냈다. 그리고 무거운 발걸음을 옮겨 아파트 계단을 올랐다. 나는 그제야 아빠의 뺨에 뽀뽀를 하며 잘 다녀오셨냐고 물었다. 얼마 전부터 부쩍 야위어 불쑥 튀어나온 광대뼈 사이로 움푹 들어간 아빠의 뺨을 보니 가슴이 아팠다. 아빠는 어느새 너무 말라 있었다. 아빠의 표정이 무거웠다. 무엇인지 알 수는 없지만, 분명 아빠에게서 거리감을 느끼게 하는 그런 표정이었다.

이사를 온 지 겨우 2주밖에 되지 않았는데, 그동안 아빠는 많은 돈을 써야 했다. 얼마든지 안 사고 버틸 수 있었지만 그래도 가구를 샀고, 3개월치 집세를 먼저 지불했으며, 이것저것 공과금이며 이사 비용이 들었다. 그래서 아빠는 오늘 가불을 받았다.

탁자에 앉은 아빠는 영수증을 보며 해독을 해보려 애썼다. 하지만 아빠는 어느 쪽을 위쪽으로 두고 읽어야 하는지도 몰랐다. 결국 아빠는 늘 하던 대로 나에게 도움을 청했다.

"여기 와서 이것 좀 봐. 얼마라고 써 있어?"

나는 일단 영수증을 바로 잡았다. 그리고 아빠의 질문에 대한 정답이 써진 칸을 찾았다.

"3,3000프랑, 아빠."

"3,3000프랑……."

아빠는 별말 없이 그저 숫자만 되풀이했다.

이 불가사의한 계산 앞에 그만 어찌할 바를 모르는 아빠는 영수증을 손에 쥐고 눈을 반쯤 지그시 감았다. 무엇인가를 곰곰이 생각하는 듯 했다. 다시 계산을 하고, 대강 비용을 예상해보고, 계획을 짜고, 또다시 계산을 했다. 탁자 위에 맨손으로 상상의 숫자를 써보기도 했다.

엄마는 아빠 앞에서 저녁식사를 준비하고 있었다. 엄마는 입을 꼭 다물고 아무 말도 하지 않았다. 아빠가 집에 들어온 후로 엄마는 단 한마디도 하지 않았다. 하물며 아빠를 쳐다보지도 않았다. 그러나 엄마에게 아빠의 존재감은 크게 다가왔다. 아빠를 보지 않아도 아빠의 존재를 느낄 수 있을 정도로.

"3,3000……. 1,2000."

아빠는 계속해서 이 숫자를 반복해서 말했다. 그러더니 나를 불렀다.

"너! 아무것도 안 하는 너 말이야. 이리와."

"또 왜, 아빠!"

"가게에 가서 내가 피우는 담배 두 통만 사와."

그러면서 동전 몇 개를 내밀었다. 동전을 받아든 나는 문득 궁금해졌다.

"아빠, 아빠가 피우는 담배를 프랑스어로 뭐라고 해?"

"고담부! 가서 고담부 주세요, 해!"

나는 곧 사토네 광장에 있는 담배가게로 향했다. 하지만 그 담배가게에는 '고담부'가 없었다. 게다가 담배가게 아저씨는 한번도 그런 담배가 있다는 얘기를 못 들었다고 했다. 그래서 나는 아저씨에게 자세히 설명했다. 가루 같은 것인데, 그것을 입에 물고 피우는 것이라고 말이다. 그랬더니 아저씨는 두 팔을 번쩍 들며 말했다.

"코담배? 코담배를 말하는 것이냐?"

그래서 내가 대답했다.
"예, 아저씨. 두 통 주세요. 그리고 담배 마는 종이도 한 통 주세요."
담배가게 아저씨는 나에게 담배와 담배 마는 종이를 건네며 웃었다.

여름방학도 끝이 났다. 그러자 우리 동네에 갑자기 생기가 돌았다. 길가며 광장이며 가게에는 사람들이 북적거렸다. 자동차 경적 소리가 여기저기 길가에서 울려 퍼졌다. 동네가 정신없는 소음으로 가득했다.
며칠 전부터 오후가 되면 사토네 광장에 아이들이 모여 축구를 했다. 어제 나는 무스타프 형과 함께 아이들이 축구하는 모습을 오랫동안 지켜보았다. 말은 안 했지만, 형이나 나나 축구를 하고 있던 아이들 중 누군가가 우리에게 와서 이렇게 말하기를 기다리고 있었다.
'우리랑 같이 축구할래?' 라고 말이다.
그러나 아무도 우리에게 축구를 하자고 권하지 않았다. 그래서 형과 나는 드라마를 보기 위해서 집으로 돌아왔다.

"빨리 일어나! 학교 가야지, 학교!"
엄마가 내 어깨를 툭툭 치며 나를 깨웠다.
"지금 몇 시야?"
"여덟 시 15분 전. 봐라, 형이랑 누나는 학교 갈 준비를 다 마쳤다!"
엄마의 말에 무스타프 형이 말했다.
"그냥 놔둬, 엄마. 우리끼리 가지, 뭐."
이번에는 내가 형을 향해 말했다.
"그래 가라! 난 상관없어."
옷을 단정하게 차려입고 학교에 가야 하는 부담이란! 이것은 모두 선생님한테 우리가 얼마나 깨끗한지를 보여주기 위한 것이었다. 플라스틱으로 된 가방, 지우개, 필통, 그리고 책을 잘 보호하기 위해 덮는 비닐의 고약한 냄새가 씁쓸하게만 느껴졌다.
할 수 없이 일어난 나는 오랜만에 말쑥한 신사처럼 옷을 챙겨 입었다. 그리고 아침식사를 위해 식탁에 앉았다. 그랬더니 엄마가 소리쳤다.
"우유는 내일 아침에 먹어! 빨리 머리 빗고 얼른 기어나가지 못할까!"
나는 집을 나서기 전에, 레인지 위에 있던 과자 한 조각을 얼른 집어들었다.

"빨리 뛰어가!"
엄마는 내 뒤로 문을 닫으면서 다시 한번 소리를 쳤다.
내가 새로 다니게 될 '세르장-블랑당' 학교는 세르장-블랑당 길의 끝에 위치하고 있었다. 우리집에서 한 2백 미터 가량 떨어진 곳이었다. 인도 위로 몇몇의 남자 아이들과 여자 아이들이 가방을 손에 들고 슬픈 표정으로 나와 같은 길을 향하고 있었다. 샤바에서처럼 아침이면 다들 모여 들뜬 마음으로 학교에 가는 것이 아니었다. 어른들이 일을 하러 가듯 각자 학교로 갔다. 학교로 가는 길에는 창녀 아줌마들도 없고, 무서운 다리를 건널 일도 없었다.
새학교의 정문 앞에는 엄마와 함께 학교로 온 아이들이 학교 종이 치기를 얌전히 기다리고 있었다. 이곳 아이들은 앵두며 마노로 구슬치기를 하지도 않았다.
"이제야 왔어?"
드디어 말을 나눌 상대를 찾았는지 무스타프 형이 나를 반기며 말했다.
나는 형을 향해 걸음을 옮겼다. 그때 누군가가 뒤에서 내 눈을 가리며 말했다.
"누구우우게?!"
왠지 모르게 낯이 익은 느낌에 궁금해진 나는 눈을 가린 아이가 다시 질문을 할 틈도 주지 않고 얼른 뒤로 돌아섰다.

"알리! 너 때문에 깜짝 놀랐잖아!"

아직 놀란 가슴을 주체하지 못하고 있었던 내가 대뜸 말했다.

알리가 나에게 물었다.

"너 여기서 뭐하나?"

"우리 여기로 이사 왔어. 봐, 우리 형도 있잖아. 형이랑 나랑 다 이 학교에 다녀. 난 CM 2반인데, 너는?"

"난 이번에 졸업반이야. 가만 있어봐, 여기로 이사를 왔는데 나를 보러 오지 않았단 말이야? 우리집은 비에이유 길에 있어. 바로 옆인데……."

"너희 집이 어디에 있는지 몰랐어……. 어쨌거나 다시 만나니까 좋다. 나나 형이나 여기에 아는 사람이 아무도 없거든……."

알리는 살짝 웃더니 내 말을 가로채고는 말했다.

"걱정하지 마라, 친구."

그때 학교종이 울렸다. 그래서 알리는 서둘러 말했다.

"에이 씨! 벌써 종이 울리네. 저녁때 수업 끝나면 여기서 보자. 이따가 점심때는 내가 시간이 없어. 시청에 가서 엄마 일보는 걸 도와줘야 하거든. 알았지?"

"알았어."

남자 반 마당으로 들어가던 나는 여자 반 입구에 서있는 조라 누나를 보았다. 누나는 끼리끼리 서서 한창 즐거워 보이는 아이들을 수줍게 바라보고 있었다. 누나가 조금은 불쌍하단 생각이 들었다. 이윽고 나와 시선이 마주친 누나가 나를 격려하는 듯한 손짓을 했다. 나도 똑같이 누나를 응원했다.

알리와 무스타프 형은 학생들 속으로 사라져갔다. 그때 한 여자 선생님의 목소리가 마당에 울려 퍼졌다.

"CM 2반 학생들! 이쪽으로!"

새 담임선생님인 마담 발라르였다. 별로 어울리지 않는 초록색 블라우스를 입고, 테가 작은 안경을 썼으며, 입술이 무척 얇은 선생님은 참 쌀쌀맞아 보였다.

학생들이 다 모이자 선생님이 말했다.

"자, 이쪽으로 따라와!"

우리는 교실에 들어와 앉았고, 선생님은 교탁에 자리를 잡았다. 선생님이 학생들의 얼굴을 한번 훑더니 말을 이었다.

"낯이 익은 얼굴들이 많구나. 작년에 내가 맡았던 반의 학생들이 꽤 있네."

그리고 내 오른쪽으로 놓인 책상에 시선을 고정시키고 말했다.

"알랭 타불! 넌 또 동생이랑 같은 반이야?"

알랭 타불과 그의 동생이 바보처럼 웃었다. 나는 짙은 피부색 하며, 곱슬곱슬한 머리카락을 한 그 둘을 아랍 아이들로 착각했다. 하지만 이름을 들으니 아랍 아이일 리 없다는 생각이 들었다.

선생님이 계속해서 말했다.

"새로 온 학생도 있네?"

그리고 선생님의 시선이 나를 향했다. 아이들도 모두 나를 향해 고개를 돌렸다.

선생님은 내 학생기록부를 들고 있었다. 작년 담임선생님이었던 므슈 그랑이 나에 대한 기록을 꼼꼼히 적어 보낸 것이었다. 선생님이 큰소리로 말했다.

"아! 알았다! 우리 반에 새로 들어온 천재소년이구나!"

나는 눈을 내리깔았고, 선생님은 계속해서 다른 이야기를 했다. 마음이 불편하고 내 입장이 참 곤란해진 느낌이었다.

"오늘 하루 어땠냐? 참, 너랑 내 친구 바바르랑 같은 반이라며?"

정문에서 나를 기다리고 있던 알리가 물었다.

"그래? 난 모르는 앤데……. 아침에 내가 그랬잖아. 여기 사는 애들 아무도 모른다고……."

"아, 저기 온다. 저 아이가 바바르야."

알리는 나에게 바바르를 소개시켜주었다.

"자, 이쪽은 아주즈. 예전에 같은 동네에 살았었어."
"아까 교실에서 봤어. 너 혼자 앉았지?" 하고 바바르가 말했다.
나는 그 사실을 정당화시키기 위해 말을 이었다.
"여기에 아는 사람이 아무도 없어서 그랬어."
바바르가 계속해서 말했다.
"응, 그런 것 같더라. 하긴 담임까지도 널 무시했으니까. 너도 조심하는 게 좋을 거야. 우리 담임, 아주 악질이야. 그래도 그 여자, 나는 건드리지 못해. 그 이유는 나도 모르겠어. 맨날 나한테 말썽쟁이라고 욕하기만 하고, 내가 언제 말썽을 피웠다고……."
이번에는 알리가 한마디 했다.
"너희 담임이 자꾸 널 짜증나게 하잖아? 그럼 나한테 와서 말해. 내가 너희 담임 차 타이어를 다 망가뜨려놓을 테니까. 어떤 차인지 알고 있거든."
알리의 말에 바바르가 웃었다. 그리고 나에게 말했다.
"내일, 내가 네 옆에 앉을게."
나는 바바르에게 정말 좋은 생각이라고 말했다.
알리가 갑자기 나에게 물었다.
"이제 뭐하고 자빠질 거냐?"
알리의 말에 놀란 내가 물었다.

"응? 자빠…… 뭐? 뭐라고 말한 거야?"

"이제 뭘 할 거냐고!"

"아, 집에 가야지. 우리 형이 먼저 집으로 가서 나도 어쩔 수가 없어. 형이랑 같이 들어가지 않으면 안 되거든. 안 그러면 우리 아빠가 내 머리를 잡고……."

"그래? 알았어. 그럼 우리가 널 데려다줄게. 어느 구석에 처박혔는지도 볼 겸."

나는 놀란 표정을 지었다. 그랬더니 알리가 나에게 설명을 해주었다.

"네가 어디 사는지 본다는 말이야. 대체 넌 어디서 지껄이는 걸 배웠길래 아무 말도 못 알아듣냐?"

알리와 바바르는 나의 순진함에 대해 놀랐다.

"너희 부모님은 잘 계셔?" 하고 알리가 나에게 물었다.

"응. 그럭저럭. 우리 아빠는 샤바를 떠나고 싶어하지 않았잖아. 너도 알지? 그래서 그런지, 매일 후회해……" 하고 내가 말했다.

"여기가 샤바 판자촌보다 훨씬 낫다. 금방 익숙해지면 너도 곧 알게 될 거야."

바바르도 나를 격려해주었다.

"내가 친구들 다 소개해줄게. 그럼 더이상 혼자 다니지 않아도 되고……."

샤바의 소년 233

조금씩 조금씩 기분이 나아지는 것 같았다. 이제 외로운 생활은 끝이 났다. 텔레비전 앞에 붙어 하루를 보내는 생활도 끝이다. 세르장-블랑당 길을 거슬러 오르는 동안, 알리와 바바르의 친구 여럿과 마주쳤다. 알리와 바바르는 그 친구들을 일일이 다 나에게 소개해주었다. 나는 알리와 가까운 사이라는 것에 굉장한 자부심을 느꼈다. 그리고 알리와 바바르가 나에게 마르틴을 소개해주었을 때, 내 얼굴은 발갛게 달아올랐다. 알리는 여자 아이들과 어울리는 것이 편한 모양이었다. 바바르보다 더 친숙하게 굴었다. 마르틴과 헤어진 후에 알리가 이렇게 말했다.

"쟤, 오래전부터 나랑 사귀려고 애쓰잖아. 어때? 마음에 드나?"

나는 마르틴의 금발이 정말 예쁘다고 말했다. 그랬더니 알리가 말했다.

"그것뿐이야?"

집에 도착하자 알리는 엄마와 아빠의 뺨에 뽀뽀를 하며 인사했고, 조라 누나에게는 손을 내밀어 악수를 했다. 나이가 어느 정도 든 여자한테는 그렇게 하는 것이 예의였기 때문이다. 바바르는 우리집에 들어오기를 꺼려했다. 바바르가 우리에게 말했다.

"나는 그냥 복도에서 기다릴게."

그랬더니 아빠가 밖으로 나가 바바르를 찾았다.

"드리와, 드리와. 드리와서 커피 마셔. 꽤차나." (들어와, 들어와. 들어와서 커피 마셔. 괜찮아.)

영 불편해하며 바바르가 집안으로 들어왔다. 나와 알리는 우리 아빠의 말투 때문에 한참 웃던 중이었다.

우리는 괜히 시간을 끌지 않기로 했다. 알리와 바바르가 부모님께 인사를 했고, 우리는 곧 밖으로 다시 나왔다. 알리가 말을 꺼냈다.

"여기가 비에이유 길이야. 별로 안 멀지?"

알리네 집이 있는 길은 정말 학교에서 조금도 멀지 않았다. 그 길은 여느 다른 길과 마찬가지로 보도블록이 깔려 있었고, 회색빛으로 우울했으며, 집들 사이사이로 또 작은 길이 나 있었다. 우리는 3번지 앞에서 어떤 아이 한 명을 만났다. 별로 하는 일 없이 그냥 밖에 나와 있는 아이였다.

"인사해. 저 아이 이름은 카멜이야" 하고 알리가 말했다.

나는 카멜에게 손을 내밀어 악수를 청했고, 곧이어 카멜이 물었다.

"어디서 왔어? 알제리?"

"응, 세티프. 너는?"

"오란."

우리는 오래전부터 알고 지내는 친구인 듯이 이런저런 대화를 나누었다. 그러는 동안 아이들이 하나둘씩 몰려들었고 나는 시간이 가는 줄 몰랐다. 어느새 손 강 너머로 9월의 태양이 저물고 있었다. 밤이 깊었고, 나는 그제야 아빠가 집에서 나를 기다리고 있다는 사실을 깨달았다. 아이들을 만나 기분이 좋아진 나는 이 길 저 길 보도블록 위를 달리고 또 달렸다. 아빠한테 머리채를 잡힐까 겁을 먹지도 않았다. 비로소 나는 진정한 이 동네의 아이가 되었기 때문이다.

집에 갔더니 역시 아빠가 나를 기다리고 있었다. 나와는 달리 기분이 좋아 보이지 않았다.

아빠가 소리쳤다.

"어디를 쏘다니다 이제야 들어와!"

나는 당당하게 대답했다.

"알리랑 같이 있었어, 아빠. 아까 말했잖아, 알리네 집에 간다고."

"옳거니, 이제 시작이로구만. 길바닥에서 시간이나 보내고, 빈둥거리기 시작한 거야!"

나는 엄마를 향해 견제 공격을 날렸다.

"엄마! 알리네 엄마가 안부 전해달래……."

"빨리 와서 밥이나 먹어"라고 엄마가 대답했다.

그때 머리채 잡기의 달인이 갑자기 큰소리를 쳤다.

"밥? 밥을 먹어? 오늘 저녁에 저 녀석 먹을 밥은 없어! 아직

머리에 피도 안 마른 놈이, 어디서 감히. 이제 슬슬 늦게 들어
오기 시작하지? 조금만 있어봐. 우리 머리 위로 기어오를걸?"
 그리고 아빠는 내 쪽을 보며 말했다.
 "당장 방에 들어가지 못해! 고약한 놈!"

 "너, 유태인이야 아랍인이야?"
 쉬는 시간이 되자 타불 형제 중 형인 알랭이 나에게 물었다.
 새학교에서 수업이 시작된 후 처음으로 나에게 말을 거는 것
이었다. 늘 그렇듯 동생은 형의 바지춤에 달라붙어 있었다. 만
일 바바르가 나와 함께 있었다면, 타불 형제를 무서워하지 않
았을 것이다. 그러나 오늘 아침, 바바르는 학교에 오지 않았다.
그래서 괜히 담임선생님 앞에서도 나는 기를 펼 수가 없었다.
게다가 타불 형제까지 나서서 내 기를 죽였다.
 이 엄청난 질문을 받은 내 머릿속으로 백만 가지의 답변이
오고갔다. 그것도 눈 깜짝할 사이에 말이다. 그러나 절대 망설
이는 듯한 인상은 주지 말아야 했다.
 나는 당당하게 말했다.
 "유태인인데, 왜?"
 타불 형제는 그들의 만족감을 표시했다. 나는 타불 형제가
유태인이라는 사실을 이미 알고 있었다. 요즘 텔레비전에서는

온통 아랍인들과 이스라엘인들 사이의 '6일 전쟁'에 관한 소식만 떠들어대고 있었다. 그리고 타불 형제 중 형이 정말 화가 나서 제일 듣기 싫은 욕을 한답시고 동생에게 '더러운 아랍놈!'이라고 하는 것을 들었기 때문이다. 이것은 아빠가 화가 나면 '유태인놈!'이라고 욕을 하는 것과도 같다. 단지 아빠는 이 욕을 할 때, 더럽다느니 깨끗하다느니 하는 위생 관련 단어는 덧붙이지 않았다.

내가 유태인이라고 말해버렸다니! 단지 그들이 둘이고, 담임 선생님을 잘 알고 있으며, 반 친구들을 나보다 더 많이 안다는 이유 때문이었다. 만일 내가 아랍인이라고 사실대로 말했다면? 아마 아이들은 나를 벌레 보듯 멀리할지도 모르는 일이었다. 물론 바바르는 예외였다. 게다가 타불 형제의 말에 따르면 백만 명의 이스라엘 사람들이 수백만 명의 아랍 사람들을 완패시켰다고 했다. 이에 대해 나는 굴욕감을 느꼈다. 그러니 이런 상황에서는 내가 유태인인 것이 훨씬 나았다.

"그런데 왜 네 이름이 아주즈야?"

북아프리카 냄새가 물씬 풍기는 내 이름을 수상하게 여긴 알랭이 물었다.

"그건 우리 부모님이 알제리에서 태어났기 때문이야. 그래서 내 이름도 알제리 이름을 딴 것이고. 어찌 되었든 간에, 나는 리옹에서 태어났어. 그러니까 내 국적은 프랑스야."

"그래? 그런 거야?" 하고 알랭이 당황해하며 말했다.

다행히 수업종이 쳐서 일단 목숨은 구했다. 학교종은 우리에게 이제 그만 공부할 시간이라는 것을 알려주었다. 그러나 수업에 집중하는 것은 이제 그른 일인 것 같았다.

수업이 모두 끝난 다섯 시경에 놀라운 일이 벌어졌다. 나와 같은 출신의 유태인 타불 형제와 나란히 인도로 이어지는 학교 계단을 걸어 내려오고 있을 때였다. 많은 엄마들이 와서 아이들을 기다리고 있었다. 바로 그때, 정문 쪽에서 엄청난 장면을 목격하고야 말았다.

바로 거기, 인도 위에 서있는 아줌마들 사이로 보이는 그녀. 발목까지 떨어지는 가운을 입고, 초록색 스카프로 머리를 가렸으며, 전보다 더 돋보이는 이마의 문신까지! 바로 우리 엄마였다. 이런 차림새의 엄마를 유태인라고 우기는 것은 불가능한 일이었다. 프랑스인은 더욱 아니었다. 엄마는 왔다는 것을 알리기 위해 나에게 손짓을 했다. 그때, 알랭이 동생에게 말했다.

"저기 봐! 아랍 여자가 너한테 손짓하는데?"

알랭의 동생은 웃음을 터뜨렸다. 비열하기 짝이 없는 그런 웃음이었다. 그리고 말했다.

"네 각시냐?"

타불 형제는 내가 보는 바로 앞에서 박장대소했다. 나는 숨이 탁 막혀 아무 말도 할 수가 없었다. 시나이 사막의 이집트인들과도 같은 모습이었을 것이다. 나는 타불 형제가 나에게서 멀어지기를 기다리며 괜히 신발끈을 다시 묶는 척했다. 그리고 타불 형제가 나한테 등을 돌린 틈을 이용해 얼른 엄마에게 신호를 보냈다. 아주 큰 동작으로 차갑고도 확실하게 말이다!

눈과 손과 온몸을 이용하여 얼른 다른 곳으로 가라고 엄마에게 말했다. 처음에 엄마는 내가 보내는 신호를 이해하지 못하고 도리어 나를 향해 미소를 지어 보였다. 그리고 손을 흔드는 것이었다. 나는 점점 더 화가 나서 신호를 보냈고, 이에 엄마의 미소가 사라져버렸다. 나를 향해 들고 있던 손도 내렸고, 엄마의 몸은 굳어버리고 말았다. 결국 엄마는 몇 발자국 뒷걸음을 쳤고, 자동차 뒤로 가서 숨는 것이었다.

휴, 살았다! 그러는 동안 다른 엄마들은 수업이 끝난 아이들을 포옹하고 뽀뽀를 했다.

타불 형제가 나에게 인사했다.

"안녕! 내일 보자!"

이번에는 바바르가 나에게 말했다.

"조금 있다가 비에이유 길에서 보자!"

그래서 나는 바바르를 향해 소리쳤다.

"잠깐만! 같이 가자!"

엄마는 아직도 자동차 뒤에 서서 나를 기다리고 있었다. 나는 엄마 쪽을 얼른 쳐다보았다. 가엾은 우리 엄마는 꼼짝도 하지 않고 있었다. 엄마 쪽이 아닌 반대 방향으로 향하는 나를 본 엄마는 그제야 깨달았다. 당신의 아들이 엄마를 반기지 않는다는 것을 말이다. 엄마는 외롭게 세르장-블랑당 길을 향해 걸음을 옮겼다. 집으로 돌아가려는 것이었다.

결국 나는 바바르에게 말했다.

"안 되겠다. 그냥 집으로 갈래."

바바르는 어찌된 영문인지 이해를 못했다. 어쨌든 나는 얼른 엄마를 향해 달려갔고 엄마를 겨우 붙잡았다. 나는 엄마에게 거침없이 물었다.

"엄마, 학교에는 도대체 왜 온 거야?"

"너 간식 가져다주러 왔지. 봐라, 빵하고 치쿠레투(초콜렛)도 샀어. 지금 먹을래?"

엄마는 조심스럽게 주머니에서 빵을 꺼냈다.

"아니, 됐어. 배 하나도 안 고파. 그리고 학교에 와서 나를 기다리거나 그러지 마."

엄마는 나의 거센 반응에 놀라는 눈치였다. 그러더니 슬픈 표정으로 물었다.

"왜?"

"내가 어린애야? 얼마든지 혼자 집에 들어갈 수 있어!"

"알았어. 이제 다시는 간식 갖다주러 학교에 안 올 테니 나한테 화내지 마라."

엄마와 나는 나란히 걸었다. 그러더니 엄마는 갑자기 멈춰서서 내 눈을 똑바로 보며 물었다.

"너 나 때문에 창피하나?"

그래서 내가 대답했다.

"말도 안 돼! 엄마, 도대체 무슨 소리를 하는 거야?"

"나는 네가 그렇게 소리 지르는 것이 싫다, 아들. 사람들이 다 우리를 쳐다보잖아."

"왜 내가 엄마 때문에 창피해한다고 생각해?"

"내가 다른 프랑스 엄마들이랑 다르니까. 게다가 내 옷이……"

나는 엄마의 말을 중간에서 잘랐다.

"아니야, 그 때문이 아니야. 난 그냥 내가 마치 어린애인 것처럼 엄마가 학교까지 와서 기다리는 게 싫다는 말이야. 우리 반 애들 봐. 아무도 엄마가 와서 기다리는 애가 없잖아!"

"그래, 네 말이 맞다. 엄마가 잘못했어. 그냥 나는 바람이나 좀 쐴까 하고. 그래서 너 주려고 학교에 간식을 가져온 거야."

"그럼 한번 줘봐. 이제 배고파, 엄마."

엄마는 나에게 빵과 초콜릿을 건네주었다. 그리고 우리는 집까지 나란히 걸어왔다. 너무나 창피하고 엄마한테 미안한 마음에 나는 식욕까지 잃어버렸다.

 시험 등수를 발표하던 마담 발라르는 은근히 나를 놀리며 즐거워했다. 마귀할멈 같으니라고!
 "아주즈, 30명 중 17등……. 실망인걸, 전 천재소년?"
 너무 수치스러운 나머지 나는 교실에서 울음을 터뜨리고 말았다. 그랬더니 선생님이 한마디 더 했다.
 "1등 하던 것이 몸에 밴 터라 억울해서 우는 거니?"

 아빠는 내가 샤바에서 하던 것처럼 남는 시간에 책을 보지 않고, 밖에 나가서 깡패들이랑 어울려 다니느라 학교에서 제대로 공부를 못한 것이라고 말했다. 아빠는 내가 17등밖에 할 수 없었던 것은 바로 마담 발라르의 탓이라는 것을 절대 인정하려 들지 않았다. 그래서 나는 화가 난 김에 밖으로 나가 비에이유 길로 향했다. 나중에 집에 돌아가 혼난다 하더라도 어쩔 수 없는 일이었다.
 카멜이 자전거 뒷바퀴를 고치고 있었다.
 "안녕, 카멜!"
 "응, 안녕?"

"혼자 있어?"

"응. 친구들을 기다리던 중이야. 시골까지 자전거 타고 가기로 했거든. 너도 같이 갈래?" 하고 카멜이 말했다.

"거기까지 뭘 타고 가? 난 자전거도 없는데."

카멜이 놀라서 나에게 물었다.

"정말? 너 자전거도 없어?"

그러더니 바로 말했다.

"너도 자전거 하나 갖고 싶냐?"

"어떻게 자전거를 쉽게 갖냐? 혹시 나한테 줄 자전거라도 있는 거야?"

"뭘 또 복잡하게 따지냐. 이 짜증나는 바퀴만 얼른 고치고, 네가 탈 자전거 하나 구하러 가자. 알았지?"

몇 분이 흘렀고, 우리는 드디어 길을 나섰다. 카멜과 나는 사토네 광장을 향해서 가기로 했다. 사람들이 북적대지 않아 한적할 시간이었다. 다들 식사를 할 시간이었기 때문이다.

"카멜! 대체 뭘 하려는 거야?"

"자전거를 한 대 훔치는 거지! 하나 갖고 싶어, 안 갖고 싶어?"

"당연히 갖고 싶지. 하지만 나는 자전거 도둑이 아니야!"

그러자 카멜이 큰소리로 웃었다.

"나도 자전거 도둑이 아니야. 어쨌든 네가 훔치는 거지, 내가 훔치는 게 아니니까. 나는 망을 볼게. 알았지?"
 우리는 광장의 중앙을 향해 걸어갔다. 그곳에는 블랑당 하사의 상이 있는데, 사람들은 주로 그곳에다 자전거며 오토바이를 주차시키곤 했다. 카멜이 여유를 부리며 나에게 자전거 하나를 지목해주었다. 아주 멋진 빨간색 도로용 자전거였다.
 카멜이 말했다.
 "저 자전거 보여? 자, 빨리 가. 내가 망을 볼게."
 "자물쇠는 어떻게 해? 자물쇠를 어떻게 풀어?"
 내가 망설이자 카멜이 슬슬 짜증을 내며 말했다.
 "그거야 쉽지! 자물쇠를 이렇게 잡고, 손가락 사이에 놓고 이렇게 돌려. 그럼 달칵 하고 빠져. 자물쇠? 칫, 그거 별것도 아니야. 너도 곧 알게 될걸?"
 "못하겠어."
 "왜, 무서워?"
 "응. 그것도 많이."
 "그래? 그럼 할 수 없지, 뭐. 가자" 하고 카멜이 결론을 지었다.
 나는 잠시 머뭇거렸다.
 "아니, 잠깐만 있어봐. 가서 해볼래."
 "좋았어! 그럼 빨리 서둘러. 안 그러면 들킬지도 몰라."
 카멜이 나에게서 조금 물러났다. 그리고 나에게서 등을 돌리더니 멀리 다른 곳을 바라보았다. 도둑이 된 나는 긴장감에 배를 움켜잡았고, 손가락마저 덜덜 떨려왔다. 이미 다리에는 감각이 없었다. 나는 자물쇠를 걸머쥐고 이리저리로 돌려보았다. 그러자 자전거가 요란스러운 소리를 내며 바닥으로 넘어졌다. 카멜이 얼른 내 쪽으로 돌아섰다.

카멜은 웃으면서 나에게 물었다.

"대체 뭘 한 거야?"

"자물쇠를 못 열겠어!"

"그럼 더 세게 힘을 줘봐!"

나는 힘껏 눌러보았다. 두개의 바큇살이 휘어지더니 이내 자물쇠가 달칵 하고 열렸다.

"카멜! 됐어, 됐어!"

나는 미친 사람처럼 광장을 달려 자전거 위에 올라탔고, 카멜은 짐을 싣는 자전거의 뒤편에 올랐다.

"빨리 달려! 누가 우리 뒤를 쫓아와!" 하고 카멜이 소리쳤다.

더이상 속도를 낼 수가 없었다. 나는 즉시 그 자리에 얼어붙고 말았다.

나는 몸을 돌리며 카멜에게 물었다.

"그 사람 어디 있어?"

걱정하는 내 모습에 카멜이 배꼽이 빠져라 웃었다.

"농담이야, 농담! 쫄긴, 자식!"

"그런 농담이 어디 있어! 너 때문에 깜짝 놀랐잖아!"

"빨리 달리기나 해! 어때? 자전거 훔치는 거 쉽지?"

우리는 곧 세르장-블랑당 길에 다다랐다. 나는 재빨리 아파트 마당으로 들어가 우리집으로 가는 통로로 들어섰다. 살았다! 아주 짧은 시간이 지났고, 우리는 순식간에 빨간색이었던 자전거를 검은색으로 탈바꿈시켰다. 이제 나는 이 자전거의 주인이었다!

"이제 됐으니까 다시 비에이유 길로 가자. 너도 자물쇠 하나 마련해야지……"

"응, 네 말이 맞아. 누가 내 자전거 훔쳐가면 어떡하라고."

"잘됐어! 아주 잘됐어! 그렇게 샤바를 떠나려고 안달이었잖아! 그러니 이제 죽이 되든 밥이 되든 나 없이 알아서들 잘살라고!"

이곳으로 이사를 온 지 벌써 몇 달이 지났다. 그리고 우리집에 어떤 어려운 일이 닥칠 때마다 아빠는 항상 이렇게 잔소리를 했다. 지난주는 정말이지 끔찍했다. 아빠가 엄마에게 동전 한 푼도 주지 않았던 것이다. 가족수당 받은 것도 모두 아빠가 다 챙겼다. 우리가 아무렇게나 돈을 쓸까봐 생긴 노파심 때문이었다. 우리는 겨우 우유를 샀고, 엄마는 돈을 아끼기 위해서 매일같이 굵은 밀로 빵을 만들었다. 어젯밤, 일을 마치고 돌아온 아빠는 엄마한테 으름장을 놓았다.

"두고 봐. 나 혼자서라도 곧 샤바로 돌아갈 거야. 뭐라도 제대로 먹고 싶으면 날 따라오고, 아니면 말고……."

그리고 몇 분 후에 아빠는 정말로 집을 나갔다. 우리는 멍하니 아빠가 비닐봉지에 옷과 식료품을 대강 아무렇게나 집어넣는 것을 바라볼 뿐이었다. 그리고 아빠는 한마디 남기지 않고 아빠만의 샤바 성지순례를 떠났다. 엄마는 무표정할 뿐 울지 않았다. 아빠가 며칠 후에 다시 나타날 것을 알았기 때문이다. 아니, 아빠가 떠나자 오히려 안심이 되는 모양이었다. 우리도 긴장이 풀렸다. 엄마는 문을 닫으며 아빠에게 큰소리를 쳤다.

"그놈의 샤반지 똥단진지, 거기 가서 콱 죽어버려!"

예상대로 아빠는 토요일이 되자 다시 집으로 돌아왔다. 아빠는 일부러 요란스럽게 문을 열었다. 아마도 아빠가 왔다는 것을 알리기 위해서였을 것이다. 집으로 들어온 아빠는 바로 거실을 향해 왔다. 우리는 엄마 주위로 서로 몸을 바싹 붙이고 소파에 앉아 텔레비전을 보던 참이었다. 우리들 중 아무도 움직이는 사람이 없었다. 몇 초가 마치 몇십 년처럼 느껴졌다.

아빠의 입가에 슬그머니 미소가 번졌다. 그리고 아빠의 눈이 반짝거렸다. 가방을 손에 든 채로 아빠는 계속해서 우리를 뚫어져라 쳐다보았다. 우리는 아빠의 이런 행동 앞에 모두 멍하니 있었다. 엄마는 아빠에게 눈길 한번 주지 않았다. 아빠는 다시 미소를 지었고, 곧이어 허허거리며 큰소리로 웃었다. 마치 아빠의 가출이 하나의 놀이일 뿐이었다는 듯이 말이다. 조라 누나가 제일 먼저 낄낄거리기 시작했고, 나중에는 모두가 다 같이 웃었다. 엄마는 제일 마지막으로 웃음을 지었다.

아빠가 입을 열었다.

"배고파서 죽지는 않은 모양이네! 나 없이도 잘살고 있었어, 나 참!"

아빠의 말에 아무도 대답하지 않았다. 그랬더니 아빠가 조라 누나를 보며 말했다.

"가서 커피 한 잔 끓여 오너라."

누나는 별 반응 없이 아빠의 말을 따랐다.

텔레비전에 나온 그 추잡스러운 키스씬만 아니었더라도 우리는 단란한 저녁 시간을 보낼 수 있었을 것이다. 그런데 그 응큼한 남자배우가 여자배우의 혀를 자꾸만 탐냈던 것이다. 우리 가족 모두가 보는 앞에서 말이다. 당연히 아빠는 이 장면을 그냥 참고 넘기지 못했다. 아빠가 버럭 하고 화를 냈다.

"이 추잡스러운 걸 어째! 당장 꺼버려! 여기가 길 한복판이야 뭐야?"

하지만 우리는 꼼짝도 안 했다. 할 수 없이 아빠가 직접 텔레비전 앞으로 달려갔고, 텔레비전을 끄기 위해 아무 버튼이나 눌러댔다. 처음으로 누른 것은 볼륨을 높이는 버튼이었다. 두 번째는 명암을 조정하는 버튼이었다. 세번째는 색 조절을 위한 것이었다. 광분한 아빠는 아예 전기 플러그를 뽑아버렸고, 집 안의 모든 전기가 나갔다. 아파트 전체가 암흑에 잠겼고, 견딜 수 없이 얄궂은 상황이 펼쳐졌다. 그러자 무스타프 형이 농담을 하기 시작했다.

이에 아빠가 고래고래 고함을 쳤다.

"그렇게 웃지만 말고 가서 양초나 찾아와!"

여태까지 침묵으로 일관하던 엄마가 드디어 입을 열었다.

"양초 없어요."

"그래? 그거 잘됐네. 징기도 아끼고, 잘됐어! 어쨌든 이제부터 징기 켜기만 해봐……. 다들 알아들었어? 그리고 저놈의 틸리피주(텔레비전)는 확 팔아버리든지 해야지!"

무스타프 형이 걱정스러운 표정을 하고 나에게 다가왔다. 그리고 말했다.

"아빠가 드디어 미쳤나봐."

나는 무어라 할 말이 없었다. 아빠의 기분이 좋았다 나빴다 변덕을 부리는 것은 더이상 놀라운 일이 아니었다. 조라 누나도 우리에게 합류하여 한마디 했다.

"이젠 밤이 되어도 전기를 켜면 안 된대, 글쎄. 변기가 꽉 차기 전에는 화장실 물을 내려도 안 되고, 텔레비전도 켜면 안 돼…… . 아빠 때문에 정말 짜증나."

조라 누나의 말에 이어 무스타프 형이 말했다.

"아빠가 다시 샤바로 돌아가면 좋겠어."

다시 주말이 돌아왔고 아빠는 샤바로 떠났다. 정원을 돌보기 위해서 샤바에 가는 것이라고 말했다. 설마 그랬을까!

세르장-블랑당 학교에 다니기 시작한 지 벌써 일년이 지났고, 나는 어렵게 어렵게 마지막 학기를 마쳤다.

담임선생님은 일년치 수업보고를 위해 토요일에 학부모 회의를 개최하기로 했다. 선생님은 부모님의 사인을 받아오라고 학생들에게 종이 한 장씩을 나눠주었다. 나는 그 종이를 가방에 넣어두었다. 만일 종이를 아빠한테 준다면, 아빠는 나에게 질문공세를 퍼부을 것이 분명했고 학부모 회의에 참석하겠다고 고집을 부릴 것이다. 나는 별것도 아닌 일로 아빠가 일을 하러 가지 못한다면 참 유감일 것이라고 생각했다. 게다가 아빠가 학부모 회의에 참석한들 한마디라도 이해할 수 있단 말인가? 그리고 아빠가 마담 발라르한테 무슨 말을 할 수 있겠는가? 아빠가 선생님의 말을 듣는다 하더라도 그것은 정말로 듣는 것이 아닐 것이다. 그리고 선생님의 말 한마디 한마디에 아빠는 고개를 끄덕이며 마치 다 이해한 듯 행동할 것이 분명했다. 마녀 같은 마담 발라르는 아빠가 자기 말을 이해하지 못한다는 것을 금방 눈치 챌 것이다. 나는 우리 아빠가 그런 수모를 당하는 것을 원하지 않았다.

수업이 끝난 어느 날 저녁, 마담 발라르는 나보고 남으라고 했다. 선생님은 나한테 왜 부모님이 학부모 회의에 참석하지 않았느냐고 물었고, 나는 아빠가 토요일에도 일을 하기 때문에 그렇다고 대답했다.

그랬더니 선생님이 다시 질문을 던졌다.

"그럼 너희 엄마는?"

나는 엄마가 아팠다고 대답했다. 하지만 선생님은 내 말을 조금도 믿지 않는 눈치였다. 마담 발라르는 항상 닭살이 쫘악 돋게 하는 말투를 썼다. 그런데 오늘은 처음으로 정상적인 말투를 썼다. 선생님은 나에게 우리 가족에 관한 질문을 했다. 그래서 나는 아빠는 미장이이고, 엄마는 일을 하지 않는다고 대답했다.

선생님은 또 내가 언제 알제리에서 프랑스로 이민을 온 것이냐고 물었다. 이것은 내가 아주 자신 있게 대답할 수 있는 질문이었다. 나는 엄마와 아빠가 늘 말했듯이, 리옹에서 제일 큰 '그라슈-블라슈'(그랑주-블랑슈) 병원에서 태어났다고 당당하게 말했다. 이번에는 선생님이 웃으면서 나에게 6학년으로 진급하고 싶으냐고 물었다. 그래서 나는 레오-라그랑주 학교의 담임선생님이었던 므슈 그랑이 나는 얼마든지 고등학교에 입학할 수 있을 것이라고 말했다고 했다. 이에 선생님은 웃었고, 내 확신이 조금은 지나치다고 생각하는 것 같았다. 나는 싸움에서 승리를 한 사람마냥 포부도 당당하게 교실을 나왔다.

타불 형제가 길가에서 나를 기다리고 있었다. 타불 형제 중 형이 물었다.

"선생님이랑 무슨 얘기를 한 거야?"

그리고 바로 동생도 한마디 덧붙인다.

"너 고등학교 들어가는 거야? 어느 학교에 다닐 건데?"

나는 아주 간단하게 대답했다.

"생-텍쥐페리 고등학교."

타불 형제 중 형이 나에게 말하기를, 그들의 부모님은 타불 형제를 사립 고등학교에 보내기로 결정했고, 그 학교에는 온통 신부님들밖에 없다고 했다. 그 소리를 듣자마자 나는 말할 수 없는 기쁨에 사로잡혔다. 사실 나는 타불 형제 때문에 '코란' 대신 '토라'를 읽는 사람인 척했고, 이 형제와 있을 때마다 죄책감에 시달리며 나 스스로를 저주했던 것이다.

마지막으로 헤어지기 전에 타불 형제가 나를 자기네 집으로 초대하고 싶다고 했다. 하지만 나는 엄마가 집에서 나를 기다리고 있다는 핑계를 대며 거절했다. 나는 타불 형제와 작별 인사를 나누며 남부의 억양을 최대한 살려 '살라마리쿰'이라고 했다. 타불 형제는 배꼽이 빠져라 웃으면서 누가 보면 내가 정말 아랍 사람인 줄 알겠다고 했다. 나도 그들과 함께 웃어줬다.

집으로 들어가보니 아빠가 벌써 일을 마치고 돌아와 있었다. 나는 태연한 척 아빠에게 말했다.
"아빠! 나 6학년(프랑스는 초등학교 과정이 5년이므로 6학년부터는 중학생이 된다. 1959년, 1963년 두 번에 걸쳐 교육과정이 바뀐 이후 고등학교 7년 과정이 중학교 4년, 고등학교 3년으로 나뉘었지만, 그 이전에는 중학교 없이 고등학교 과정이 7년이었기 때문에 아주즈는 우리나라 교육과정으로 봤을 때 중학교 1학년에 해당하지만 고등학교에 입학을 한 것이다)에 합격했어."
아빠는 나에게 축하한다고 말했다. 그리고 6이라는 숫자가 영 궁금한지 조라 누나를 향해 물었다.
"그게 뭐야, 6학······, 6학이 뭐냐?"
그러자 조라 누나가 대답했다.
"이제 더 큰 학교에 간다는 말이야······."
아빠는 일요일 아침에 나를 데리고 벼룩시장에 가기로 약속했다. 그리고 나는 아빠한테 텔레비전을 봐도 되겠느냐고 물었다. 아빠가 승낙했다!

생-텍쥐페리 고등학교는 크르와-루스에 있었다. 우리집에서는 약 15분 정도 걸렸다. 고등학교에 입학하는 날, 학교로 가는 버스를 타기 위해 정류장에서 기다리고 있던 나는 걱정과 흥분으로 머리가 복잡했다. 학교 가기 전날, 엄마는 당신의 소중한 냉장고를 닦듯 초록색 대야 속에 나를 담그고 반짝반짝 윤을 냈다. 내 피부가 말끔해졌다. 나와 함께 정류장에서 버스를 기다리던 학생들이 가끔씩 나를 쳐다보았다. 그 아이들 역시 나만큼이나 피부가 하얗고, 조금은 어색해했으며, 어지간히 수줍어하는 모습이었다.

테름므 길의 커브를 도는 버스가 보였다. 하지만 그 버스는 '크르와-루스 묘지'로 가는 버스가 아니었다. 이번 차는 그냥 보내야 했다. 학생 하나가 버스에 올라탔고, 버스 문이 닫혔다. 그 학생은 자기 뒤로 아무도 버스에 오르지 않은 것을 깨닫고는 깜짝 놀랐다. 그러나 너무 늦었다. 버스가 출발한 것이었다. 그 학생은 오늘 지각을 할 것이 분명했다.

조금 후에 '묘지'로 가는 버스가 도착했다. 그러나 버스 안은 이미 사람들로 가득했다. 소름 돋는 끼익 소리를 내며 버스가 정류장으로 다가왔다. 내 키만큼이나 크고 거대한 버스의 바퀴가 내 앞에 멈춰 섰다. 내가 막 버스에 올라타려는 찰나, 어떤 할머니가 내 가방을 붙들어 잡고는 나를 뒤로 끌어당겼다. 할머니가 괜히 나한테 큰소리를 쳤다.

"어디서 배워먹은 버르장머리인고! 늙은이가 먼저 타도록 양보를 해야지!"

나는 할 수 없이 할머니가 먼저 버스에 오를 수 있도록 자리를 양보했다. 그리고 다시 버스에 오르려는데!

"만원입니다! 만원! 다음 버스를 타세요, 금방 와요!" 하고 차장 아저씨가 말했다.

나는 어찌할 바를 모르고 그저 뒷걸음질을 쳤다. 다행히 그 다음 버스가 귀청 찢어지는 경적 소리를 내며 달려왔다. 버스 안에는 학생들이 가득했다. 분명 나처럼 생-텍쥐페리 고등학교에 가는 학생들일 것이다. 버스는 겨우 크르와-루스에 도착했다.

버스 운전사 아저씨가 외쳤다.

"에농 정류장입니다!"

가방 물결이 우르르 쏟아져 내렸다. 나도 인파에 휩쓸려 버스에서 내렸다.

학교는 정류장 바로 앞에 있었다. 위풍당당한 학교였다. 나는 혼자 걸어갔다. 내 옆으로는 오래전부터 서로 잘 알고 지내는 듯한 세 명의 학생이 방학 동안 있었던 일을 이야기하며 걸어갔다. 나는 그 아이들과 함께 엄청난 규모의 학교 마당으로 들어갔다. 학생명단이 붙어 있는 벽 앞으로 열 명 정도 되어 보이는 아이들이 달려갔다. 그중의 한 명이 소리쳤다.

"야호! 우리 같은 반이야!"

다른 아이들은 나처럼 무표정했다. 나는 괜히 이 학교에 익숙한 척하며 명단에서 내 이름을 찾았다. 아이들이 나를 불쌍하게 여길까 걱정이 되었기 때문이었다. 여기 있다, 내 이름! 6학년 B반, 110호실. 나는 얼른 다른 아이들의 이름을 훑었다. 우리 반에는 나와 같은 출신의 아랍 아이가 없는 것 같았다. 내 뒤로는 백 명도 넘는 아이들이 학교 마당에 서서 종이 울리기를 기다리고 있었다.

그때 저 멀리, 학생명단 제일 마지막 장 앞에 서있는 '곱슬머리'가 보였다. 그 아이도 나를 보았다. 잠시 나를 뚫어져라 쳐다보더니 이내 눈길을 돌려버렸다. 불쌍한 놈……. 저 아이도 나만큼이나 이곳이 어색한 듯했다. 그 아이가 다시 나를 쳐다봤다. 나는 보일락말락 겨우 고개를 끄덕여 인사를 건넸다. 그 아이 역시 보일락말락 고개를 끄덕이며 인사했다.

여덟 시가 되었고, 학교종이 울렸다. 마당에 흩어져 있던 아이들이 모두 기둥 앞으로 정렬했다. 6학년 B반 아이들도 다 모였다. 그때 나는 샤바와 레오-라그랑주 학교를 떠올렸다. 그리고 아침마다 수위아저씨가 정문을 열기를 기다리며 그 앞에서 '야! 구슬치기 하자!' 라고 말했던 아이들을 생각했다. 추억이 가슴을 스치니 왠지 코끝이 시큰해왔다. 줄을 선 아이들은 서로를 슬쩍슬쩍 엿보곤 했다. 나는 어느 곳을 쳐다봐야 할지 알 수 없었다. 그래서 할 수 없이 천만 번도 더 확인한 학생명단만 물끄러미 바라보고 있었다.

드디어 교장선생님이 자기소개를 했고, 이제 우리에게 정말 중요한 시기가 시작되는 것이라고 말했다. 교장선생님은 이윽고 각 반의 담임선생님을 소개했다. 다시 므슈 그랑의 반으로 돌아가고 싶은 심정이었다.

"너 우리 교실이 어딘지 알아?"

우리가 계단을 오르고 있을 때, 한 아이가 와서 나에게 물었다.

"아니. 이 학교에 처음 왔어" 하고 내가 대답했다.

그러자 아이가 말했다.

"나도 이번이 처음이야. 넌 어디서 왔니?"

갑작스러운 질문에 깜짝 놀랐으나, 나는 재빨리 안정을 되찾고 대답했다.

"난 리옹에서 태어났어."

"아니. 내가 묻고 싶었던 말은 네가 작년에 다녔던 학교가 어디였나 하는 거야."

"아! 어느 학교 다녔냐고? 세르장-블랑당 학교. 테로 광장 바로 옆이야."

"어딘지 잘 모르겠다. 난 파리에 살았었거든. 얼마 전에 우리 집이 리옹으로 이사를 했어" 하고 아이가 말했다.

"아, 그래?"

나는 별 감흥이 없었으나 깜짝 놀란 척하며 말했다.

그 아이가 계속해서 말을 이었다.

"난 알랭이라고 해. 너는?"

"베가그."

나는 계속 걸으면서 대답했다.

"너 이 학교에 아는 애들 있니?"

"물론이지. 나 여기 아는 애들 많아. 그런데 우리 반은 아니야."

"좋겠다. 나는 아는 사람 한 명도 없는데……. 오늘 네 옆에 앉아도 되겠니?"

"그러든지."

알랭의 눈은 희망으로 초롱초롱 빛이 났다. '얘도 나처럼 여기가 처음이군.' 길고 긴 복도를 지나 우리는 드디어 110호실에 도착했다. 교실문은 열려 있었으나 담임선생님은 아직 보이지 않았다. 몇몇의 학생들이 교실로 들어갔다. 나도 새로 온 파리 출신 아이와 그 뒤를 따랐다.

알랭이 나에게 물었다.

"어디에 앉을까?"

아이들은 앞쪽은 남겨놓고 다들 뒤에 자리를 잡고 있었다.
"앞에서 두번째 줄에 앉지, 뭐……."
"잘됐다. 어차피 난 눈이 나빠서 뒤에 있으면 잘 못 보거든."
조금 후에 선생님이 번개처럼 날아 들어왔다. 학생들의 얼굴을 꼼꼼하게 둘러보았고, 교실 문을 닫았다. 그리고 우리에게 미소를 지어 보이더니 교단 위에 놓인 책상에 가서 자리를 잡았다. 선생님은 교실 맨 뒤에 앉은 학생들을 보면서 말했다.
"내가 무서워서 뒤에 가서 앉은 거야? 자, 이 앞으로 와라."
선생님의 말에 아이들이 움직였다. 두 명의 학생은 나와 알랭의 앞에 와서 앉았다.
"어때? 앞에 앉으니까 훨씬 낫지 않니?" 하고 선생님이 물었다.
그러자 한 아이가 자기에게 한 질문인 줄 알고 얼른 대답했다.
"훨씬 낫습니다, 선생님!"
선생님은 계속해서 말을 이었다.
"내 이름은 에밀 르봉이다."
선생님이 이름을 칠판 위에 쓰며 계속 말했다.
"여러분의 담임을 맡았고, 프랑스어를 가르친다. 매주 월요일 아침에 바로 이곳에서 조회를 하겠다."
그리고 선생님은 학교가 어떻게 돌아가는지, 수업은 어떻게 진행될 것인지를 설명한 후 우리에게 시간표를 나눠주었다. 마지막으로 학생조사서를 작성하게 했는데, 이것은 우리를 더 잘 이해하기 위한 것이라고 했다.

"우선 이름을 쓰고 집주소를 적도록 해라. 아버지와 어머니 직업을 적고, 형제나 자매가 몇인지도 적고……."

르봉 선생님은 뭐랄까, 참 매력적인 사람이었다. 각이 진 얼굴에 턱선이 뚜렷하고, 입술 모양이 참으로 선명했다. 눈은 아주 동그랗고 갈색이며, 피부는 까무잡잡했다. 머리색 역시 갈색이고 숱이 많았다. 희끗희끗 흰머리가 나서 아주 조금 나이가 들어 보였다.

문제없이 잘 지낼 수 있는 좋은 선생님은 금방 알아볼 수 있는 법이다. 므슈 르봉이 좋은 선생님 축에 속한다. 그리고 그 반대인 선생님들도 있다. 예를 들면 마담 발라르가 바로 그런 경우였다. 이런 선생님과 만나면 학교생활이 힘들어진다. 그리고 스스로에게 끊임없이 질문을 던지게 된다. 이 선생님은 왜 나를 싫어하는 것일까? 내가 아랍 사람이기 때문에? 아니면 그냥 내 얼굴을 싫어해서? 게다가 내 얼굴은 괜찮은 편이 아니던가! 나는 자주 거울을 들여다보곤 했다. 그때마다 나는 내 얼굴이 그리 못생긴 편이 아니며, 재미있어 보이기까지 한다는 생각을 했었다. 그냥 단념하고 인정하는 수밖에 없다. 모든 사람에게 좋은 인상을 줄 수는 없는 노릇이기 때문이다.

내가 학생조사서를 작성하는 동안, 선생님은 교단에서 내려와 분단마다 돌아다니며 이미 다 끝낸 아이들의 조사서를 걷었다. 선생님이 우리 분단 가까이로 왔고, 내 어깨 위로 고개를 내밀었다. 내 이름을 보기 위해서였다. 나는 선생님 쪽으로 몸을 돌렸고, 우리의 눈길이 마주쳤다. 그때 나는 느꼈다. 르봉 선생님과 나는 어딘지는 확실히 모르지만 분명 닮았고, 우리 둘을 이어주는 무엇인가가 존재한다고 말이다. 그것이 무엇이냐고 말하라면 솔직히 할 말은 없다.

선생님은 다시 자리로 돌아갔다. 그리고 방금 걷은 조사서와 학생들의 얼굴을 함께 맞춰보면서 하나하나 일일이 검토했다. 간혹 학생들에게 보충질문을 던져 더 자세한 것을 알아보기도 했다.

내 차례가 돌아왔다. 선생님은 내가 작성한 학생조사서를 두 손에 들고 있었다. 나 자신에 대해 모든 것을 말해야 하는 이런 상황을 나는 증오하고 또 증오했다. 선생님은 나에 대해 꼬치꼬치 질문을 할 것이 틀림없었다.

"아랍어로 네 이름을 어떻게 발음하니?"

선생님이 아주 정답게 물었다.

나는 힘이 쭉 빠져 기진맥진한 기분이 들었다. 타불 형제가 이곳에 없음은 천만다행이었다. 그렇지 않은 경우, 과연 무어라고 그들에게 변명을 한단 말인가? 나는 절대 아랍 아이가 아니라고? 혹시 제2의 타불 형제가 이곳에 있는 것은 아닐까? 선생님은 내가 질문에 답하기만을 기다리고 있었다. 이런 선생님에게 어떻게 말을 할까? 서커스의 동물을 쳐다보듯 나를 보는 학생들 앞에서 내 출신을 말하고 싶지 않다는 사실을 말이다. 나는 선생님에게 이렇게 대답하고 싶었다. '제가 아랍 출신이라고 착각하시나요? 아니에요, 아니에요.' 하지만 그것은 불가능한 일이나 다름없었다. 선생님이 나의 모든 것을 이미 알고 있다는 느낌이 들었다. 그래서 나는 대답했다.

"예, 샘님. 아주즈라고 함다, 샘님."

"알제리 출신이니?"

선생님의 질문에 나는 기어들어가는 목소리로 대답했다.

"예, 샘님."

이제 나는 덫에 걸린 것과도 같은 상황에 처했다. 도망갈 구멍이 없는 것이었다.

"정확하게 알제리 어디?"

"세티픔다, 샘님. 그러니까 우리 부모님 고향이 그곳이라는 말임다, 샘님. 저는 리옹의 그랑주-블랑슈 병원에서 태어났습다."

파리에서 온 알랭은 나에게 바짝 붙어 앉아 있었다. 게다가 내가 하는 말에 신중히 귀를 기울이고 있었다. 나는 알랭에게 이렇게 소리치고 싶었다. '이제 나에 대해서 다 아니까 어디 속이 시원하냐? 그런 눈으로 쳐다보지 좀 마!' 라고 말이다.

"빌뤠르반느에 살았었어?"

선생님이 계속해서 물었다.

"옛!"

"정확히 어느 동네에 살았었는데?"

"모냉 아브뉴입다, 샘님!"

"거기 있는 오두막촌?"

나는 선생님의 직감에 깜짝 놀랐다. 그리고 혹시 내가 예전에 살았던 더럽기만 한 샤바를 알면 어쩌나 걱정이 되기도 했다. 그래서 나는 오두막촌에 살았던 것이 맞다고 대답했다. 오두막촌이 샤바보다는 훨씬 깨끗한 느낌이 들지 않는가!

"그런데 너희 부모님은 왜 이사를 하신 걸까?"

"그건 잘 모르겠슴다, 샘님!"

선생님은 왜 저리도 궁금한 것이 많은 걸까 하고 생각했다.

교실 전체에 얼마간의 침묵이 흘렀다. 이제 더이상 내 출신을 숨길 필요도 없고, 엄마도 당당하게 학교 앞에 와서 기다릴 수 있겠다는 생각이 들었다. 하지만 엄마는 두 번 다시 학교 앞에 와서 나를 기다리는 일이 없을 것이다. 그때는 내가 너무 나빴다.

이번에는 르봉 선생님이 자신의 얘기를 꺼냈다.

"나도 알제리에 살았었단다. 틀렘센이라고. 오란 옆에 있는데, 혹시 아니?"

"모르는데요. 알제리에 가본 적이 없슴다, 샘님."

"난 프랑스 사람인데 알제리에서 태어났고, 너는 알제리 사람인데 프랑스 리옹에서 태어났구나!"

선생님은 방긋 미소를 짓더니 계속해서 말을 이어갔다.

"나는 알제리 독립 후에 프랑스로 건너왔단다."

"그럼 샘님은 피에-느와르(알제리 독립 이전에 알제리에서 살던 프랑스 사람. 프랑스 출신인 알제리 사람)이심까?"

나는 유식한 사람처럼 질문을 던졌다.

"응. 알제리 동포라고 할 수 있겠지. 피에-느와르라고도 하고."

선생님은 나에게 계속 말할 것을 부탁하는 듯한 표정을 지었다.

"우리 아버지가 그러시는데, 아버지가 세티프에 살 때 일을 했던 곳의 사장님도 피에-느와르였다고 함다. 사장님 이름은 바랄 씨라고……."

"아버지가 세티프에서 어떤 일을 하셨는데?"

"바랄 씨 농장에서 논자를 돌봤다고 들었슴다……."

그랬더니 나의 뜬금없는 대답에 어리둥절해하며 선생님이 물었다.

"논자? 농장에서 논자를 돌본다고?"

"옛, 샘님. 양도 돌보고, 말도 돌보고. 하루 종일 밭을 일구기도 하고 말임다."

선생님은 한바탕 웃고 나서 말했다.

"그곳에서 농사를 돌보셨나보다. 그렇지 않니?"

"잘 모르겠슴다, 샘님. 우리 아부지가 늘 '논자를 돌봤다고' 말씀을 하시기에……. 저는 아버지가 한 말을 그대로 한 것임다, 샘님."

"그래, 알겠다. 그런데 알제리에 사는 프랑스 사람들이 바랄씨처럼 다 농장을 갖고 있는 것은 아니었단다……."

나는 아무 말도 하지 않았다. 아빠가 말로는 알제리에 살았던 프랑스 사람들은 우리 아랍 사람을 아주 싫어한다고 했다. 특히 아빠와 함께 공장에서 일하는 프랑스 사람들이 더 그렇다고 했다. 그 사람들은 작업현장에서 일하는 알제리인에게 '그렇게 독립을 떠들어대더니, 이제는 프랑스에 와서 일을 하는 거야?' 라면서 흉을 본다고 했다. 이것이 내가 알고 있는 전부였다. 왜 그런 것인지는 나도 모르겠다. 아마 우리는 일찍감치 우리나라로 돌아갔어야 했나보다.

열 시 종이 울렸다. 첫 시간인 프랑스어 수업이 끝난 것이다. 다른 학생들처럼 나도 가방에 책을 집어넣고 교실을 막 나가려던 참이었다. 그때 선생님은 마지막 질문을 나에게 했다. 하지만 이번에는 아랍어로 말을 하는 것이었다. 게다가 그것은 알제리에서 쓰는 아랍어였다. 우리집에서 쓰는 바로 그 말! 선생님의 질문을 바로 이것이었다.

"너 아랍어로 말하면 알아들을 수 있니?"

나는 불어로 대답했다.

"옛. 집에서 부모님과는 항상 아랍어로 말함다."

"그래, 잘 가라. 월요일에 보자."

선생님은 웃으며 나와의 대화를 마쳤다.

에펠탑이 있는 파리에서 이사 온 알랭은 마치 내가 신이라도 되는 것처럼 경이로운 표정으로 나를 쳐다보았다. 너무 놀란 나머지 벌어진 알랭의 입은 닫히지 않았다.

알랭이 궁금하다는 듯이 나에게 물었다.

"너, 선생님을 예전부터 알고 있었어?"

그래서 내가 대답했다.

"아니. 나도 오늘 처음 봤는걸?"

"자식, 너 정말 운 좋은 놈이구나!"

나는 왠지 이런 식의 대화가 불편했다. 대화의 소재를 바꿀 생각으로 다음 수업은 어느 교실에서 하느냐고 물었다. 알랭은 자기도 모르겠다고 하더니 한마디 슬쩍 덧붙였다.

"너만 괜찮다면 우리 같이 앉을래?"

내가 알랭에게 대답할 차례였다.

"응. 좋았어!"

"아주즈! 아랍어로 모로코를 어떻게 발음하는지 알고 있니?"

접속법의 동사변형을 칠판에 적고 있던 선생님이 느닷없이 나에게 물었다.

나는 선생님의 이 질문에 별로 당황하지 않았다. 우리의 첫 만남 이후 몇 달째 르봉 선생님은 항상 수업 시간에 나에 대해서, 내 가족에 대해서, 그리고 내가 잘 알지 못했던 알제리에 대해서 말을 하도록 나를 유도했던 것이다. 나는 선생님 덕분에 알제리에 대해서 더욱 잘 알게 되었다.

우리집에서 쓰는 아랍어를 본토박이 아랍 사람이 듣는다면 비웃고 화를 낼 것이 뻔했다.

우리집에서 성냥을 뭐라고 하는지 아는가? '숭낭'이라고 한다. 매우 간단하며 우리 가족 모두가 다 이해한다. 그럼 자동차는? '둔차.' 행주는? '한주.'

자꾸 들어 귀에 익으면 간단하게 따라할 수 있는 일종의 사투리인 셈이었다. 그렇다면 모로코가 아랍어로 무엇이냐? 엄마와 아빠는 모로코를 말할 때, '엘-모로오크'라고 했다. 오 발음에 강세를 넣으면서 말이다. 그래서 므슈 르봉에게 대답했다.

"모로코 말씀이심까, 샘님? 모로코는 엘-모로오코라고 함다!"

선생님이 약간은 놀란 표정을 지으며 되물었다.

"'엘-마그레브'라고 하지 않고?"

"아닙다, 샘님. 우리 부모님은 그렇게 말을 하지 않슴다, 샘님! 모로코 일을 말할 때는 '모로오코닌' 이라고 함다."

선생님은 재미있다는 듯 말을 이었다.

"아랍 문어로 모로코는 엘-마그레브라고 말한단다. 그리고 이렇게 쓰지."

어리둥절해하는 학생들 앞에서 선생님은 칠판에 아랍어로 글을 썼다. 나는 선생님이 글을 쓰는 동안 한마디 했다.

"아! 우리 부모님이 그렇게 말하는 걸 들은 적이 있는 것도 같슴다, 샘님!"

그러자 선생님이 말했다.

"모로코가 아랍어로 '해가 지는 나라'를 뜻한다는 것을 알고 있었니?"

"몰랐슴다."

그리고 선생님은 프랑스어 수업을 계속해서 진행했다. 그리고 얼마의 시간이 지났을까, 다시 나에게 말을 걸었다.

"이것이 무슨 뜻인지 아니?"

그러면서 선생님은 칠판에 알 수 없는 상형문자를 썼다.

나는 모른다고 대답했다. 나는 아랍어를 쓸 줄도 읽을 줄도 몰랐다.

"이것은 알리프, a와 같은 것이지. 또 이것은 l과 같고, 이것은 또 다른 a란다. 다 합치면 무엇이 되지?"

선생님이 이렇게 차근차근 설명하더니 나에게 질문을 던졌다.

"아라!"

나는 뜻을 생각해보지 않고 발음 나는 대로 얼른 대답했다. 그랬더니 선생님이 설명했다.

"아라가 아니고 알라! 알라가 무슨 뜻인지는 알고 있겠지?"

나는 선생님의 아랍 본토 발음을 듣고 살짝 미소를 지었다.

"옛, 샘님! 알라는 무슬림의 신입다!"

"그래, 알라는 이렇게 쓰는 거야. 어때? 나도 너만큼 아랍어 좀 하지?"

참 겸손하기도 하시지! 선생님은 나에게 내 진정한 뿌리에 대해서 설명을 하셨다. 그리고 아랍 문화에 대해 내가 얼마나 무지한지 일깨워주셨다. 게다가 선생님이 나만큼 아랍어를 한다는 겸손함까지!

조금은 내버려진 아이들이 내 주위에서 수군거렸다.

어느 날 저녁, 선생님은 나에게 잠깐 남으라고 했다. 나는 다른 아이들이 모두 교실 밖으로 나가기를 기다렸다. 담임선생님으로부터 특별한 대우를 받는 것에 조금은 마음이 불편했기 때문이다. 르봉 선생님은 내 가까이로 오더니 나에게 책 한 권을 내밀었다.

"쥘 르와(Jules Roy, 1907~2000. 알제리 출신의 작가)가 쓴 이 책을 알고 있니?"

나는 제목을 보기 위해 책을 받아 들었다. 그 책의 제목은 《태양의 말》이었다.

"아니요. 잘 모르겠는데……. 대신 쥘 르나르(Jules Renard, 1864~1910. 《홍당무》로 유명한 작가)는 잘 압니다!"

솔직히 말해서 쥘 르와라는 이름은 들어본 적도 없었다.

"쥘 르와를 모른단 말이냐?"

"예, 샘님."

"그럼 그 책을 꼭 읽어봐라. 선생님이 선물로 주는 거야. 쥘 르와도 우리처럼 알제리 사람이란다. 알제리에서 아주 유명한 작가이기도 하지."

"이 작가는 죽었슴까, 샘님?"

"오, 아니란다. 지금은 프랑스에 살고 있어."

나는 책을 이렇게도 돌려봤다, 저렇게도 돌려봤다 했다. 므슈 르봉과의 독특한 면담이 빨리 끝나기를 기다리면서 말이다. 선생님의 눈은 책표지에 고정되었고, 마치 꿈을 꾸는 듯 했다. 아마 선생님이 태어난 고향 알제리를 생각하는 것이리라. 그러더니 곧 다른 곳을 쳐다보며 슬픈 목소리로 말했다.

"틀렘센에서 나는 학생들을 가르쳤지. 틀렘센……, 정말 아름다운 곳이야. 우리 반에는 아랍 학생이 딱 한 명 있었는데, 그 학생의 이름은 나쎄르였단다. 나쎄르 보바비. 아직도 기억해. 하긴 그렇게 오래된 일도 아니지. 공부도 잘하고 참 똑똑한 학생이었는데……. 너는 이다음에 커서 무슨 일을 하고 싶니?"

나는 너무나 당당하게 대답했다.

"예, 저는 알제리 대통령이 되고 싶습다, 샘님!"

"그래, 아주 좋은 생각이구나. 암, 그래야지."

선생님은 고객을 끄덕이며 말했다.

"자, 너무 늦었다. 이제 나갈까?" 하고 잠깐 침묵을 지키던 선생님은 말했다.

"옛, 샘님!"

우리는 함께 교실에서 나왔고 텅 빈 복도를 걸어 정문까지 왔다. 그곳에는 시외버스를 기다리는 학생들이 몇몇 서있었다. 그 아이들이 우리를 쳐다봤다. 선생님은 나와 헤어지기 전에 이렇게 말씀하셨다.

"그 책은 두고두고 읽으렴. 다 읽는 데 시간이 좀 걸릴 거야. 다 읽고 그때 다시 얘기하자. 잘 가거라."

나도 안녕히 가시라고 선생님께 인사했다. 나는 걸어서 테름므 길까지 왔다. 르봉 선생님과 보낸 시간이 너무도 즐거웠다. 집에 와서 나는 아빠한테 피에-느와르인 우리 선생님이 나한테 읽어보라고 책을 한 권 줬는데, 알제리에 관한 얘기라고 말했다. 그랬더니 아빠가 말했다.

"거 참 좋으신 신상님이네, 그려!"

그리고 나는 아빠에게 우리 선생님은 아랍어를 읽을 줄도 알며, 한번은 아이들이 다 보는 앞에서 칠판에 '알라'라고 썼다고 말했다. 그러자 알라를 사랑하고, 아끼고, 존경해마지않는 우리 아빠가 흥분해 소리쳤다.

"오, 알라! 전능하신 알라가 모든 사람들의 마음을 사로잡으셨구나!"

아빠가 또 덧붙여 말했다.

"내일 학교에 가서 그 신상님한테 꼭 말해라. 우리집에 쿠스쿠스라도 드시러 한번 꼭 오시라고."

그래서 나는 아빠에게 대답했다.

"안 돼, 아빠! 선생님은 그렇게 집에 초대하고 그러는 게 아니야."

아빠가 잠시 놀란 표정을 짓더니 말했다.

"왜 신상님을 집에 초대하면 안 되는데? 뭐가 나쁘다고 그러느냐? 내가 우리 신상님 드릴 보두주(포도주)도 한 병 살 테니 오시라 해라. 프랑스 사람들이 알제리 보두주를 얼마나 좋아하는데!"

"아, 안 된다니까! 창피하단 말이야! 아이들이 학교에서 날 놀려댈 거야."

나는 아빠의 말에 강력하게 반대했다.

그러자 아빠는 너무도 순진하게 말했다.

"그래? 그럼, 내가 돈을 줄 테니까 보드주 한 병을 사라. 그리고 그 신상님께 갖다드려."

나는 절대 안 된다고 단호하게 말했다. 그러자 달리 떠오르는 생각이 없는 모양이었다. 이런 식의 일은 우리집에서 종종 일어나곤 했다. 다시 말해, 어떤 문제에 관해서는 차라리 아빠와 의논을 하지 않는 편이 훨씬 낫다는 뜻이다.

"공증인 앞에서 유산을 나눠야 하는 겁니다! 사람이 죽을 때는 유서를 남기는데, 그 유서에 누구에게 무엇을 남긴다고 쓰는 것입니다!"

선생님이 발표한 학생을 칭찬해주셨다.

"응, 그렇지. 아주 잘 설명했다."

그리고 손을 들고 있는 다른 아이를 지적하며 물었다.

"왜? 너는 이 말에 동의하지 않니?"

"아니요, 동의합니다. 그냥 보충설명을 하려구요. 만일 죽은 사람이 유서를 남기지 않은 경우는 법에 따라 상속인들이 유산을 나눠 갖는다고……."

르봉 선생님은 또 한번 칭찬을 했다. 우리는 상속에 관한 토론을 하고 있었다. 아직까지 나는 한마디도 하지 못했다. 왜냐하면 아이들이 하는 말을 도대체 이해할 수 없었기 때문이다. 우리 문화에 따르면 모든 것은 모든 사람들의 차지였다. 누군가가 죽었다고 그 사람이 여태 모아놓은 재산을 나눠 갖지 않는다는 말이다. 그저 죽은 사람의 재산은 죽은 사람의 가족에게 돌아가는 것이다. 토론 시간에 너무 겉돌지 않기 위하여 나도 결국 손을 들었다.

"유산은 나눠 갖고 그러는 것이 아님다. 누군가가 죽으면 그 가족의 장남이 모든 책임을 지는 것임다!"

반 곳곳에서 항의의 소리가 대단했다. 그리고 몇몇 아이들은 웃음을 터뜨렸다. 나는 목소리를 한층 높여 말했다.

"다들 웃는데, 그래도 할 수 없슴다. 우리 문화가 그렇기 때문임다! 예를 들어 우리 아버지는 작은 정원이 있는 집을 갖고 있는데, 그 집은 우리 형제자매 모두의 것임다. 그런 소중한 것을 나눠 갖고 그러지는 절대 않을 것임다!"

그러자 교실 구석에서 누군가 화가 난 듯 말했다.

"그건 야만인들이나 하는 짓이지!"

그 말에 반 전체가 폭소를 터뜨렸다. 몇몇의 학생은 발표를 하기 위해 손을 들었다. 하지만 르봉 선생님은 말없이 대리석처럼 굳어버렸다. 선생님은 '야만인'을 거론한 아이를 뚫어져라 쳐다보았다. 곧 무거운 침묵이 반 전체를 둘러쌌고, 손을 들었던 아이들이 하나둘 올렸던 손을 거둬들였다. 선생님이 무척 쌀쌀한 표정을 지으셨다. 그리고 잠시 후.

"당장 친구에게 사과해라."

선생님이 침착한 말투로 말했다.

반 아이들의 시선이 모두 그 아이에게 향했다. 그 아이는 고개를 푹 숙여 신발을 보며 겨우 입을 열고 데면데면하게 말했다.

"미안하다."

선생님의 반응에 그 아이도 나만큼이나 놀란 모양이었다.

별다른 설명도 없이 선생님이 힘 있는 목소리로 말씀하셨다.

"자, 이제 다들 공책을 꺼내라. 남은 시간은 받아쓰기를 한다!"

토론 시간은 이렇게 끝이 났다. 조금은 나 때문에 이런 식으로 끝이 난 것이다. 받아쓰기를 하는 동안, 나는 아무도 쳐다볼 수가 없었다. 이제 아이들은 나에 대해 어떻게 생각할 것인가? 선생님한테 따리나 붙이는 놈이라고? 레오-라그랑주 학교에 다닐 때는 내가 공부를 잘한다는 이유로 아랍 아이들에게서 배신자 취급을 당했다. 그리고 이제 이 학교에서는 프랑스 아이들이 곧 내 욕을 할 것이다. 알제리가 나와 르봉 선생님을 긴밀하게 이어주는 역할을 했기 때문이다. 그렇다고 내가 겁을 먹은 것은 아니었다. 단지 조금 창피할 뿐, 아무렇지 않았다.

 그때 당한 모욕을 나는 결코 잊을 수 없을 것이다. 마담 발라르가 집에서 해오라고 작문 숙제를 내준 적이 있었다. 그 작문 숙제에 점수를 매기고 우리에게 다시 나눠주던 그날! 발라르 선생님이 내 앞에 섰다. 한쪽 입가를 올려 비웃으며 나를 뚫어져라 쳐다보며 말했다.
 "게으름뱅이 같으니라고! 모파상을 베낀 모양인데, 하려면 제대로 하든가!"
 나는 느닷없는 선생님의 비난에 놀라 얼굴을 붉혔다. 그리고 내 자신을 변호해보려 애썼다. 주위에 있던 아이들도 덩달아 키드득키드득 웃었다.
 "아닌데요, 샘님! 저는 모파상을 베낀 것이 절대 아닙니다, 샘님! 모파상이 그런 글을 쓴 줄도 몰랐습니다. 예전에 다니던 학교 샘님이 들려주신 이야기를 쓴 것인데요, 샘님."
 순진했던 나는 어떻게라도 위기를 모면하려고 선생님한테 사실을 말했다.
 모파상의 글을, 아니 그것을 표절한 글을 단번에 알아보았다는 사실로 자기만족에 빠져 있던 마담 발라르는 나에게 있는 대로 창피를 주었다. 반 아이들이 다 지켜보는 데서 말이다.

선생님이 나에게 소리를 질렀다.

"게다가 거짓말까지 한단 말이야? 쓴 종이와 잉크가 아까워서 1점이라도 줬건만! 넌 빵점이야, 빵점! 너는 빵점을 받아도 싸!"

그것은 바로 레오-라그랑주 학교의 선생님이었던 므슈 그랑이 들려준 이야기였다. 십여 년 전 어느 작은 마을에서 있었던 일로, 그 마을에 살던 한 노인에게 다가온 불운에 대한 이야기였다. 그 불쌍한 노인은 길가에 떨어진 것을 다 주워담는 이상한 버릇이 있었다. 언젠가는 다 쓸모가 있을 것이라는 기대 때문이었다. 그러던 어느 날 아침, 마을 광장 한가운데에 떨어져 있는 끈조각을 줍기 위해 그 노인은 몸을 숙였다. 나중에 구두끈으로 사용하면 되겠지 하고 생각했던 것이다. 노인은 재빨리 그 끈조각을 바지 주머니에 담았다. 바로 그때, 가게 앞에 앉아 있던 정육점 주인이 무언가를 줍던 그 노인을 보았다. 그리고 다음날, 떠들썩한 소문이 마을에 나돌았다. 이웃마을에 다녀오던 마을 서기가 지갑을 잃어버린 것이다. 마을 중앙의 광장에서 잃어버린 듯했다. 무언가를 줍던 노인을 본 정육점 주인은 바로 어떻게 된 일인지 알아차렸다. 그리고 결국 작은 끈조각 하나 때문에 그 가엾은 노인이 감옥으로 끌려갔다는 슬픈 이야기였다.

당시 노인이 견뎌야 했던 모욕을 나 또한 마담 발라르로부터 받았다. 나는 결코 모파상의 이야기를 표절하지 않았다. 그럼에도 불구하고 의심을 받아야 했다. 그날 이후로, 바바르를 제외한 반 아이들 모두가 나를 약삭빠른 아이로 취급했다. 그리고 나는 작문 숙제가 있을 때마다, 혹시나 표절시비에 걸리지 않을까 조심하고 또 조심해야 했다.

한번은 두 장에 걸쳐 바다와 산, 바람에 빙글빙글 소용돌이치는 가을 낙엽, 그리고 눈옷을 입은 겨울에 대한 작문을 했다. 하지만 마담 발라르는 내가 낸 작문을 고운 눈으로 보지 않았다. 종이 여백에 선생님은 이런 문장을 남겼다.

"흥미 없는 이야기! 독창성 결여! 모호함!"

나는 생-텍쥐페리 고등학교에서 르봉 선생님이 아끼는 학생으로 통했다. 하지만 내 작문 성적은 늘 평균점수를 맴돌았다. 프랑스 아이들은 나보다 훨씬 글을 잘 썼다. 르봉 선생님도 이 점에 대해 조금은 아쉬워했다. 아마 선생님은 내가 독창력이 부족하고, 그 이유는 우리 부모님이 글을 읽을 수 없기 때문이라고 생각했을지도 모른다. 정말 씁쓸한 기분이었다.

몇 주 전부터, 리옹의 모든 고등학교 학생들과 버스 운전사들의 파업이 이어지고 있었다. 생-텍쥐페리 고등학교도 마찬가지였다. 들쑥날쑥, 학교수업이 체계적으로 운영되지 않았다. 방학이 길어질 것만 같았다.

어느 월요일 아침, 나는 우리 반 소식을 좀 알아볼까 하고 학교까지 걸어갔다. 정말 오랜만에 가는 것이었다. 르봉 선생님에 대해서는 양심의 가책을 받았다. 하지만 다행인 것은 나뿐만 아니라 많은 학생들이 오래전부터 학교에 오지 않는다는 사실이었다. 특별히 준비된 수업이 없었기 때문에 선생님은 우리에게 자유 주제로 작문 숙제를 내주시고는 일찍 집으로 돌아가게 해주셨다.

알라가 나를 인도하셨다! 오래 전부터 나는 이날이 오기만을 얼마나 기다렸던가! 그리고 오늘 르봉 선생님이 절호의 기회를 나에게 주신 것이다. 인종차별. 드디어 나는 인종차별을 주제로 작문을 할 수 있게 되었다.

나는 며칠에 걸쳐 장편소설을 써내려갔다. 옛날 옛날에, 어느 아랍 아이 한 명이 살았는데……. 그 아이와 아이의 가족이 얼마 전에 리옹으로 이사를 왔다. 그래서 아이는 동네 친구들을 사귈 시간이 없었다. 개학날 아침, 아랍 아이는 서로서로 알고 지내는 듯 웃으며 농담을 주고받는 열 명 남짓한 아이들 사이에 외롭게 서있었다. 학교종이 울리자, 아랍 아이는 멍하니 다른 학생들이 줄을 맞춰 학교 마당으로 들어가는 것을 보았다. 아랍 아이는 잠시 망설였다. 그리고 이내 집으로 돌아가기로 마음먹었다. 엄마 곁으로 말이다.

나는 조라 누나에게 나의 걸작을 한번 읽어보라고 했다. 누나는 틀린 문법을 고쳐주며 나를 살짝 놀렸다. 왜냐하면 내가 조금은 과장해서 쓴 글이 절망 속에서 허우적거리는 이의 아우성인 듯한 느낌이 든다는 이유 때문이었다.

6월이 막바지에 접어들자 시간은 너무나 빨리 지나갔다. 파업은 계속되었고, 버스도 더이상 다니지 않았다. 그래서 나도 학교에 가는 대신, 비에이유 길에 사는 친구들과 함께 자전거를 타며 시간을 보내는 쪽을 택했다.

그러던 어느 화요일, 나는 아빠의 부탁으로 재학증명서를 떼기 위해 학교에 갔다. 나는 정문에 한가로이 모여 대화를 나누고 있던 아이들 틈에서 알랭을 보았다. 알랭은 나를 보자마자 얼른 내 쪽으로 달려왔다. 알랭의 얼굴빛이 밝아졌다. 나에게 악수를 청하며 알랭이 말했다.

"너 어제 학교에 안 왔었어?"

"응, 안 왔는데. 왜? 애들 많이 왔었냐?"

나는 순간 나 혼자 결석을 한 줄 알고 조금 겁을 먹었다. 그러나 곧 알랭이 나를 안심시켰다.

"아니. 겨우 아홉 명밖에 없었어. 참, 저번에 숙제로 낸 작문 있지? 어제 선생님이 다 나눠줬어……"

알랭은 점점 알 수 없는 표정을 지었다. 그러더니 알랭의 입가로 미소가 번졌다.

"그래서?" 하고 내가 물었다.

"음…… 너, 20점 만점에 17점이나 받았어! 우리 반에서 네가 1등이야. 선생님이 우리 앞에서 네가 쓴 작문을 읽어주셨어. 그리고 네 작문을 보관해서 두고두고 예로 쓰신다고……."

나는 얼른 자전거를 땅바닥에 내려놓았다. 그리고 알랭에게 더 자세하게 얘기해보라고 독촉했다. 나는 너무 감동을 받은 나머지 온몸이 굳어버리는 것 같았다. 나무에도 올라가고 싶었고, 사방팔방으로 위험을 무릅쓰고 뛰어다니고 싶은 심정이었다. 그리고 내 자전거를 부숴 희생물로 바치기까지 하고 싶은 마음이 들었다.

"또 뭐라고 하시든?"

"그 외에는 별말이 없었는데? 참, 네가 학교에 안 와서 아쉽다고도 했어."

"지금 선생님 어디에 계셔?"

나는 학교 마당을 향해 몇 걸음을 옮겼다.

"선생님 안 계셔. 아마 학교에 아무도 없을 거야. 내 생각인데 말이야, 이제 학교도 끝이야."

아, 알라여! 고맙습니다, 알라여! 나는 그 글을 쓴 내 손이 자랑스럽기만 했다. 나는 이제 자타가 공인하는 똑똑한 학생인 것이다. 우리 반에서 제일 높은 점수를 받은 학생이 나라니! 반에 딱 하나밖에 없는 아랍 학생 아주즈 베가그라니! 프랑스 아이들보다 더 좋은 점수를 받았다니! 나는 성취감에 잔뜩 취해 있었다. 집에 가서 아빠한테 프랑스 학생들보다 내가 더 높은 점수를 받았다고 말한다면 아빠는 너무도 기뻐할 것이다.

그런데 왜 선생님은 반 아이들 앞에서 내가 쓴 글을 읽으신 걸까? 나는 선생님 혼자 보라고 그 작문 숙제를 하지 않았던가? 말할 것도 없이 선생님과 나에 대해 뒤에서 욕을 할 아이들을 생각해 보았다. 하지만 별 상관없었다. 그때 나는 버팔로보다 더 힘이 세진 듯한 기분이 들었다.

저녁이 되었고, 나는 집으로 돌아갔다. 피에-느와르 선생님이 나에게 우리 반에서 가장 높은 점수, 프랑스 학생들보다 더 좋은 점수를 주셨다고 아빠에게 말했다. 그리고 우리 아빠의 대답.

"꼭 가서 전해라. 내가 집으로 초대해서 쿠스쿠스 대접한다고. 좋아하신다면 보두주도 대접한다고 꼭 전해."

"안 돼, 아빠."

나는 아빠의 말에 반박했다.

"그럼 돈을 줄 테니 보두주 한 병 사서 드려."

아빠가 또 고집을 부렸다. 그래서 내가 말했다.

"싫어. 게다가 학교문도 닫았단 말이야."

아빠의 눈에서 의미를 알 수 없는 빛이 반짝했다. 그리고 미스테리한 목소리로 나에게 말했다.

샤바의 소년 283

"이리 와봐. 여기, 빨리!"

나는 아빠 곁으로 다가갔다.

"왜 그러는데, 아빠?"

"더 가까이 와. 아빠가 할 얘기가 있어서 그런다."

그래서 나는 아빠 바로 옆으로 갔다.

"앉거라!"

나는 아빠 말에 따랐다. 아빠는 예언자의 비밀을 나에게 말해주는 것인 양 나지막한 목소리로 말했다.

"그게 말이다, 아들아."

"그게 말이다의 그게 뭔데?"

"끼어들지 말고 아빠 말씀하시는데 가만히 좀 있어. 아주 중요한 말을 할 테니까……."

"알았어, 아빠."

"그게 말이다, 아들아……. 알라는 세상 모든 것 위에 계신다. 알라가 우리의 운명을 인도하는 것이다. 너도 나도, 그리고 그 신상님 운명까지 말이다……."

나는 미소를 지었다.

"웃으면 안 된다, 아들아."

"안 웃어, 아빠."

"아랍 사람인 네가 다른 프랑스 아이들을 제치고 반에서 1등을 한 것이 넌 그저 우연이라고 생각하느냐? 그 신상님은 또 어떻고? 너는 그 신상님한테 우리말로 알라라고 쓰는 것을 누가 가르쳐준 것 같으냐?"

"선생님이 혼자서 배운 거야, 아빠!"

그러자 아빠는 최고로 심각한 표정과 말투로 우리의 대화를 종결지었다.

"아니다, 아들아. 다 알라 덕분이다. 알라가 우리의 갈 길을 인도하시는 것이다. 단지 알라뿐이셔."

그리고 아빠가 넌지시 의견을 비쳤다.

"너도 토요일 아침마다 코란을 배우러 가는 것이……"

나는 아빠의 말을 자르고 반발했다.

"아, 싫어! 안 그래도 공부할 게 산더미야. 그런데 어떻게……"

"알았다, 알았다. 결정은 네가 하는 것이니까 알아서 해라."

그때 엄마가 부엌으로 저녁을 먹으러 오라고 소리쳤다. 나는 내 접시를 받아들고 소파로 향했다. 그러자 아빠가 물었다.

"어디 가서 먹으려고?"

"텔레비전 보면서 먹을래."

나는 당당하게 아빠에게 대답했다.

아빠가 나의 행동에 반기를 들려고 하는 순간, 내가 선수를 쳐서 아빠에게 말했다.

"알라가 나를 이쪽으로 인도하셔……"

아빠는 엄마를 보며 말했다.
"저거, 저거. 저런 것이 어디서 나왔을고!"
그리고 아빠는 웃음을 터뜨렸다.

며칠 후, 우리집 우편함에 내 성적표가 도착했다. 르봉 선생님이 나의 성적을 축하해주셨다. 성적표 한 부분에는 다음 주 토요일에 학부모와 교사들의 회의가 주최될 것이라고 조그맣게 쓰여 있었다. 이번 학부모 회의에는 엄마, 아빠 그리고 조라 누나가 참석했다. 누나가 왜 학부모 회의에 참석하느냐고? 엄마와 아빠를 위한 통역자의 역할을 맡았기 때문이다. 내가 아무리 말려도 소용없는 일이었다. 아빠는 결국 알라를 아랍어로 쓸 줄 아는 선생님께 감사의 표시를 전하기 위해 포도주 두 병을 비닐봉지에 넣어 갔다.

나는 그 회의에 참석할 마음이 없었다. 그래서 가족들이 돌아오기를 기다리며 집에 눌러앉아 텔레비전을 보았다. 집에 돌아오자마자 조라 누나는 감탄어린 말투로 말했다.

"우리가 교실에 들어가자마자, 선생님이 그러시더라? '아주즈의 부모님이십니까?' 라고 말이야. 다른 부모님들은 내버려두고 우리한테 달려오시는 거야. 우리랑 얘기를 하려고 말이야······."

나는 미소를 지었다. 그러자 아빠도 한마디 거들었다.
"신상님이 너는 왜 안 왔냐고 물으시더라. 그리고 내가 가져간 보두주를 보고 얼마나 기뻐하시던지……."
이에 엄마가 덧붙였다.
"신상님이 조금 창피했을 수도 있어."
왜냐하면 다른 학부모님들이 선생님과 우리 가족의 모습을 곱지 못한 시선으로 바라봤기 때문이라고 했다.
나는 더이상의 행복은 없을 것이라고 생각했다.

나에 대한 르봉 선생님의 칭찬과 생-텍쥐페리 고등학교 5학년으로의 입학이 쉽게 결정된 이후, 우리 가족들은 나에게 우리집의 '지식인' 대접을 했다.
이제 학교 수업은 모두 끝이 났고 여름방학이 되었다. 하루하루가 제각기 다르게 흘러가고 있었다. 나는 언제든지 내 마음대로 텔레비전을 볼 수 있었고, 아빠는 내가 하고 싶은 대로 하도록 놔두었다.
아빠는 삶에 지쳐 있었다. 오직 나만이 우리집에서 가끔 아빠를 웃게 할 수 있는 존재였다. 아빠의 명령을 당돌하게 거절하면서 말이다. 그럴 때마다 나는 아빠가 잔소리처럼 항상 사용했던 말을 했다.

"나는 공장에서 일을 할 테니, 너희들은 학교에서 열심히 공부해라."

학교 성적이 좋았던 나는 우리집에서 자유를 만끽할 수 있었다. 스스로 놓은 덫에 걸린 아빠. 아빠는 할 수 없이 내가 하고 싶은 대로 하게 놔두고 그런 나를 보며 좋아했다. 아빠는 우리들을 자랑스러워했다. 아빠의 자식들은 아빠처럼 하루하루 날품을 팔며 허드렛일을 하지 않아도 될 것이다. 언젠가 아빠의 자식들은 의사가 되어 하얀 가운을 입을 것이고, 최고의 기술자가 될 것이다. 부자가 되어 알제리의 세티프로 돌아가 집도 지을 것이다. 그러니 지금 집세, 전기세, 물세 등을 내기 위해 하루에 열 시간씩 일을 해야 한다면, 그것은 당연히 감수할 수 있는 일이었다.

그래도 가끔은 아빠가 이곳에서의 새로운 생활에 적응하는 듯 보였다. 아빠가 샤바 생각도 덜 하고, 이제는 샤바와 조금씩 멀어져간다는 생각까지 들었다. 그러나 바로 그 다음날, 이사를 가겠다고 고집했던 엄마에게 욕을 실컷 해대고는 아빠가 집을 나가버렸다. 아빠는 우리에게 돈 한 푼도 남겨주지 않고 그렇게 집을 떠나 사흘이고 나흘이고 샤바에 가서 지냈다.

아빠는 정말 예측이 불가능한 사람이 되어버렸다.

오늘 오후, 나는 '단골 텔레비전 시청자'로서의 임무를 마치고 낮잠을 잤다. 쥘 르와의 《태양의 말》을 읽어보려 했지만, 피곤하기도 했고 7월의 불볕 더위 때문에 도저히 책을 읽을 수가 없었다.

엄마가 나를 보며 소리쳤다.

"아니 지금이 오후 세 시밖에 되지 않았는데 자고 있는 거야? 왜? 어디 아프냐?"

아직 잠에서 덜 깼던 나는 내 건강에 아무 이상이 없음을 엄마에게 확인시켰다.

그랬더니 엄마가 말했다.

"그럼 왜 밖에 나가지 않고 이 시간에 집구석에 틀어박혀 있는 거야? 친구들이랑 같이 밖에 나가서 놀아."

그때 누군가 현관문을 두드렸다. 엄마는 누군가 우리집 문을 두드릴 때마다 겁을 먹곤 했다. 마치 안 좋은 소식이라도 기다리고 있었던 사람처럼 말이다. 엄마가 혼자 중얼거렸다.

"좋은 일, 좋은 일만 생겨라. 나쁜 일은 물러가라. 나쁜 일은 저 멀리 물러가라!"

문을 열어주러 가기 전에 엄마는 아파트 안을 얼른 둘러보았다. 커튼을 정리하고, 소파에 널려 있던 수건을 거두어 모으고, 신발을 가지런히 놓았다. 일단 프랑스어로 물은 다음 아랍어로 말했다.

"누기요? 슈쿤?"

그리고 나를 보며 말했다.

"네 친구들이 널 보러 왔나봐."

"그럼 들어오라고 해, 엄마!"

알리 사아디가 들어오더니 엄마 뺨에 뽀뽀를 하며 인사했다. 카멜도 똑같이 따라했다. 바바르는 엄마에게 악수를 청하며 인사했다.

"비에이유 길에 가서 놀려던 참이야. 너는? 달리 할 일이 있는 거야?" 하고 알리가 말했다.

나는 아니라고 대답했다.

엄마는 우리에게 과자를 하나씩 나눠주었다. 우리는 얼른 먹고 밖으로 나왔다. 아파트 계단을 내려가며 나는 카멜에게 물었다.

"우리 어디에 가는 거야?"

알리가 서둘러 대답했다.

"사토네 광장에서 여자애들이랑 만나기로 했어. 여자애 네 명."

카멜은 응큼하게 손바닥을 비볐다. 눈을 게슴츠레하게 뜨더니 과자 부스러기가 잔뜩 묻어 이빨이 노랗게 된 그 큰 입을 벌려 호탕하게 웃어댔다. 잔뜩 흥분한 카멜이 말했다.

"손 좀 풀어야지. 오늘은 한번 제대로 만져볼까?"

알리도 한마디 했다.

"이번에는 말이지……, 골목길에 가서 할 거야. 걔, 저번에 내가 손을 집어넣었는데 아무 말도 안 하더라?"

하리사 소스(고추로 만든 매운 소스)며 매운 튀니지 고추를 많이 먹어서인지 온몸이 뜨거운 피로 들끓어오르는 알리나 카멜과는 달리 바바르는 얌전히 있었다. 한마디도 꺼내지 않고, 그저 친구들의 알 수 없는 표현을 들으며 재미있어했다.

알리가 말했다.

"카멜이 제일 못생긴 애를 맡고, 너랑 바바르는 나머지 둘이랑 놀아."

이제 곧 '손을 풀러 갈' 카멜이 말했다.

"난 못생기고 뚱뚱해도 상관없어. 그냥 만질 수만 있다면야!"

카멜의 혀에 군침이 도는 듯했다. 계단을 내려가는 내내 흥분되는 모양이었다.

내 머릿속은 이미 상상만으로도 즐거운 장면들로 가득 차 있었다. 빨리 광장에 가고 싶은 마음이 굴뚝 같았으나 바바르처럼 점잖게 아무렇지 않은 척하기로 했다.

알리의 여자친구인 마르틴이 블랑당 상 받침돌 위에 혼자 앉아 있었다. 우리는 마르틴에게 다가갔고 알리가 선뜻 물었다.

"네 친구들은?"

그러자 예쁜 마르틴이 대답했다.

"다들 수영장에 갔어. 그래서 혼자 온 거야."

카멜은 실망으로 얼굴까지 창백해졌고, 바바르는 그저 웃기만 했다. 아무도 말이 없었다. 내 머릿속에서는 멋있게 지은 성 하나가 와르르 하고 무너지고 있었다. 대략 난감인 상황 앞에서 머쓱해진 알리가 마르틴을 보며 말을 꺼냈다.

"우린 가서 한 바퀴 돌고 오자. 얼른 와."

적당하게 그을린 얼굴을 한 미의 여신 마르틴이 좋다는 듯 일어났다. 그리고 우리에게 꿈속에서나 볼 수 있을 듯한 미소를 지어 보였다. 그리고 마르틴은 알리의 손을 잡았다.

행복하기만 한 알리가 말했다.

"조금 있다가 보자!"

사랑에 빠진 두 남녀가 골목길을 향해 멀어져갔다. 카멜은 아직도 진정하지 못하는 눈치였다. 세상의 모든 여자를 향해 저주를 퍼부었다. 물론 엄마들과 누나 그리고 여동생들은 제외하고 말이다. 우리는 알리가 다시 돌아오기를 기다리며 사토네 광장에 두 시간 정도 머물렀다.

그동안 우리는 광장을 지나가는 여자 아이들의 몸을 만졌고, 팬티 색깔 확인 차 열 명이나 넘는 아이들의 치마를 걷었다. 카멜은 미친 듯이 여자들의 뒤꽁무니를 따라다녔다. 그런 카멜을 보니 도망가는 암탉을 잡으려고 오른손을 쭉 뻗고 달리는 사람이 연상되었다. 카멜은 목표물을 발견할 때마다 바바르와 나에게 짐승처럼 소리쳤다.

"야, 저기 봐! 저기 좀 봐!"

그리고 카멜이 웃었다. 우리도 따라 웃었다. 나도 여자 아이들을 만져보고 싶었다. 하지만 왠지 모르게 부끄러운 것이 사실이었다. 카멜은 뺨을 맞든, '더러운 아랍놈, 너희 나라로 돌아가!' 라는 욕설을 듣든 상관하지 않았다. 그저 웃기만 할 뿐이었다. 그리고 한 여자 아이가 흥분하며 화를 내자 카멜은 바지춤을 추켜올리며 말했다.

"이거 한번 맛볼래? 응? 한번 보여줘?"

드디어 알리가 돌아왔다. 하지만 혼자였다. 마르틴은 다른 길을 따라 집으로 돌아갔다고 했다.

카멜이 알리에게 물었다.

"그래서? 만지긴 했냐?"

알리는 빙긋 미소를 지었다. 그 미소 속에 모든 대답이 들어 있었다. 알리는 잠깐 달콤한 순간을 회상하더니 이렇게 말했다.

"너희들, 여자들 거시기가 어디 붙었는지 알아? 바로 여기야, 우리처럼. 다리 사이에 있어."

그러더니 알리는 손가락으로 그 정확한 부분을 가리켰.

우리는 모두 놀라 입을 다물지 못했다.

"진짜야? 내가 봤을 때는 앞에 붙어 있었는데. 우리처럼 다리 사이가 아니고 말이야. 하긴 어린애들이어서 그랬을 수도 있어"라고 카멜이 말했다.

이때 바바르가 다 이해한 듯 말을 이었다.

"흠…… 네 말이 맞아. 여자들이 나중에 크면 거시기가 여기까지 안으로 들어가는 거야."

바바르 역시 손가락을 이용해 자세히 설명했다.

"조용! 야, 조용해! 마르틴 친구들이 온다!" 하고 갑자기 알리가 말했다.

여자 아이들은 수영장에서 돌아오는 길에 우리에게 인사를 했다. 마르틴의 친구들이 우리에게 지어 보인 조금은 새치름한 미소에 나는 아무 생각도, 아무 말도 할 수 없었다. 항상 자신감에 넘치는 알리만이 그 여자 아이들과 이야기를 주고받으며 다시 만날 새로운 계획을 세웠다. 카멜은 조금 전의 불타던 열정을 잃은 듯했다.

우리는 벤치에 앉았고 대화를 나눴다. 그리고 그때, 바바르가 갑자기 내 쪽으로 몸을 돌리더니 소곤댔다.

"너희 아빠! 저기! 저기 봐. 이쪽으로 오고 있어."

바바르의 이 말에 내 몸 안으로 펑 하고 폭탄이 터진 느낌이 들었다. 세르장-블랑당 길에 나타난 아빠! 왠지 불안해 보이는 아빠가 내 쪽을 향해 다가오고 있었다. 아주 잠시 동안, 나는 아무 생각도 나지 않았다. 만일 여자 아이들과 있는 나를 아빠가 본다면? 나는 아마도 영영 아빠의 눈을 똑바로 쳐다보지 못할 것이다.

나는 얼른 아이들에게 미안하지만 먼저 일어나겠다고 했다. 그래도 여자 아이들 앞에서 우스운 꼴이 되지 않으려고 급한 일이 생겨서 먼저 간다고 말을 했다. 최대한 몸을 숙인 나는 비에이유 길 쪽으로 얼른 달려갔다. 아빠가 분명 나를 봤을 것이다. 그런 것이 틀림없었다. 내 느낌이 맞았는지 겨우 몇 미터를 달렸을 때, 분노에 가득한 아빠의 목소리가 사토네 광장에 울려 퍼졌다.

"하아주우우우우우우우즈!"

아빠가 소리쳤다.

나는 못 들은 척 딴청을 피웠다. 이어지는 아빠의 경고!

"하아주우우우우즈! 너 거기 있는 거 이미 봤다!"

광장의 구경꾼들이 고개를 돌려 아빠를 바라보았다. 물론 그들은 내 쪽으로도 눈길을 돌렸다. 이제 여자 아이들과는 영영 안녕이었다. 나는 덫에 걸린 토끼마냥 할 수 없이 아빠 쪽을 향해 갔다. 아빠는 아랍어로 고래고래 고함을 질렀다.

"내가 불렀는데 왜 도망을 가?"

"도망 안 갔어, 아빠. 음료수 한 병 사려고 가게에 가던 참이었지."

"너 지금 날 놀리는 것이냐?"

나는 상황이 악화될까 무서워 아무 변명도 하지 않았다.

아빠의 말이 이어졌다.

"무스타프 이놈 어디 갔어?"

"모르겠는데?"

"그래? 어쨌든 너는 당장 집으로 들어가! 이 망할 놈의 무스타프 녀석은 또 어딜 간 게야?"

"무슨 일인데 그래, 아빠?"

"넌 집에나 가! 네가 상관할 문제가 아니야!"

아빠는 형을 찾아 거리를 헤맸다. 아빠가 그렇게까지 흥분을 하는 데는 분명한 이유가 있었다. 무슨 일이 일어나도 단단히 일어난 모양이었다. 나는 갑자기 겁이 났고, 집까지 단숨에 뛰어갔다. 조라 누나가 문을 열어주었다. 누나는 냉정한 표정으로 말했다.

"아빠 만났어?"

나는 누나에게 그렇다고 대답했다. 그러자 조라 누나가 또 물었다.

"무스타프는? 무스타프는 어디 있는 거야?"

"형이 어디 있는지 내가 그걸 어떻게 알아? 아빠도 형을 찾던데……."

엄마는 부엌에서 울고 있었다. 엄마는 절망에 빠져 침울해하는 사람 같았다.

나는 엄마에게 다가가서 물었다.

"도대체 무슨 일이야, 엄마?"

엄마는 두 손으로 얼굴을 감싸고 계속해서 울 뿐 아무런 말도 하지 않았다. 그래서 나는 조라 누나에게 물었다.

"왜 그래? 무슨 일이야?"

"우리 아파트 관리실 사람들이 등기로 편지를 보냈어."

"그랬는데 왜?"

"여기서 당장 이사하지 않으면 안 된대."

낙담한 누나가 말했다.

내 목이 칼칼하게 조여왔다. 모든 것이 다 무너져 내리는 기분이었다. 무서운 지진이 일어나 바바르, 알리, 카멜, 비에이유 길, 샤바, 생-텍쥐페리 고등학교, 그리고 하물며 르봉 선생님까지 한꺼번에 쓸어 삼켜버리는 것 같았다. 아무것도 냉정하게 생각할 수가 없었다. 머리까지 아파왔다. 그리고 다리에 힘이 쭉 풀렸다.

"그 편지 어디 있어, 누나?"

"저기. 탁자 위에. 건드리지 마. 괜히 아빠가 더 화낼라."

몇 분이 흘렀고 아빠가 돌아왔다. 아빠는 미친 사람처럼 소리를 질러댔다. 아빠가 부엌으로 들어오더니 잠깐 머뭇거렸다. 그러고는 바로 탁자로 가서 편지를 잡아들었다. 그 편지를 한

참 쳐다보더니 이윽고 결국 찾아내지 못한 무스타프 형을 나무랐다.

"짐승만도 못한 자식 같으니라고! 꼭 필요할 때는 없지, 이 놈이! 이번에는 내가 혼쭐을 내줄……"

그러더니 갑자기 아빠가 나를 보며 말했다.

"너 이리와! 여기 와서 이것 좀 읽어봐! 여기 써진 그대로 잘 설명해!"

"아빠! 내가 아까 읽었잖아. 그 이상 무슨 말을 해, 애가."

이런 조라 누나의 말에 아빠가 더욱더 으르렁거렸다.

"너! 누가 너보고 말하라고 했어! 저걸 얼른 시집이나 보내버려야지, 원! 널 쫓아버려야 내가 편하지!"

아빠의 각별한 부성애를 불러일으킨 데에 기분이 몹시 상한 누나가 사라져버렸다.

나는 등기로 보내온 편지를 읽었다. 그 편지에는 우리가 살고 있는 아파트의 주인이 곧 바뀔 것이고, 새주인은 아파트를 팔고 싶어한다고 쓰여 있었다. 그래서 우리가 원한다면 차라리 이 아파트를 사라는 것이었다……. 그렇지 않은 경우 빨리 다른 집을 알아보라고 했다.

나는 편지를 아랍어로 번역했다. 아빠가 눈을 부릅떴다. 아마 아빠의 머릿속으로 엄청난 광풍의 이상변동이 일어나고 있는 듯했다. 아빠가 엄마 쪽으로 몸을 돌렸다. 엄마는 아직도 홀쩍이고 있었다. 엄마가 우는 이유는 다 아빠 때문이었다. 물론 편지 때문이기도 했다. 마치 씹은 담배를 땅바닥에 뱉기라도 하듯, 아빠가 갑자기 입을 열고 잔소리를 뱉어냈다.

"잘됐어, 아주 잘됐다고! 그렇게 샤바를 떠나고 싶어 안달이더니……. 그 결과가 바로 이것인가? 이제 어디로 갈 거야? 어디 지옥에라도 떨어져? 다들 지옥에 떨어져도 싸! 알아들어?"

그리고 아빠는 다시 편지를 잡아들었다.

"나 혼자 떠날 거야. 이번 기회에 아주 단단히들 당해봐!" 하고 아빠가 말했다.

이번에는 아빠가 편지를 보낸 아파트 관리인들을 생각하는 것 같았다.

"도둑놈들 같으니라고! 별안간 와서 집을 나가라니, 그런 법이 어디 있어? 내가 집씨(집세)를 안 냈어, 징기세를 안 냈어, 갈리비(관리비)를 안 냈어! 다 냈잖아, 다! 그런데 도대체 왜 나가래, 응? 이놈들 내일 당장 가서 만나봐야지."

일을 마친 아빠는 관리사무소에 찾아갔다. 그리고 이제 모든 것을 포기한 듯 집으로 돌아왔다. 아빠는 땅에 쓰러져 죽어가는 짐승처럼 무스타프 형에게 힘없이 말했다.

"이 동네에 어디 세놓은 아파트 없는지 매일 신문에서 찾아

봐라."

"관리사무소에 아빠 혼자 찾아갔었어?"

순진하게도 무스타프 형이 아빠에게 물었다.

"왜, 내가 너희들 없으면 프랑스 사람들이랑 말도 한마디 못 할까봐? 내가 너희들을 알제리에서 불러오기 전에는 그럼 어떻게 했을 것 같으냐? 내가 프랑스말을 못하는 줄 알지? 어디, 내가 네 덕분에 일을 구했더냐?"

무스타프 형이 계속해서 아빠를 추궁했다.

"관리소에서 뭐라고 그래?"

아빠는 드디어 진정을 찾고 말했다.

"그 우선 신도시 기긱시구(우선 신도시 계획지구)에 집을 하나 금방 구해줄 수가 있다고 하더라. 그래서 내가 싫다고 했지. 일하는 데랑 너무 멀면 안 된다고."

이번에는 조라 누나가 나서 아빠에게 질문을 했다.

"언제까지 여기 있을 수 있대, 아빠?"

"뭐, 다른 바트를 찾아본다고 하긴 했는데……, 좀 기다려야 한다더라."

이번에는 내가 물었다.

"만일 우리가 여기서 한발짝도 움직이지 않겠다고 하면, 그 사람들이 어떻게 할까?"

"가차없이 우리를 밖으로 내쫓는 거지! 우리 가구며 짐이며

다 밖에다 내던져버린대. 그 사람들이 경고했다."

별로 흥분하지도 않고 우리와 별문제 없이 온건한 대화를 주고받는 아빠를 보니, 관리소 사람들이 아파트에서 바로 내쫓는다고 아빠에게 단단히 협박을 한 것 같았다. 불쌍한 우리 아빠, 얼마나 겁을 먹었을까? 아빠는 이것저것 볼 것 없이 제일 먼저 떠오르는 해결책을 선택할 것만 같았다. 그렇다면 다시 샤바로 돌아가는 것인가?

이튿날 아침, 관리소 직원이 우리집으로 찾아왔다. 우리가 짊어져야 하는 이 무거운 불행이 다 그 사람 때문이었음에도 불구하고, 아빠는 그 아저씨를 집안에까지 들였다. 아빠는 커피를 대접했고, 관리소 아저씨와 이런저런 소소한 이야기를 나누었다. 그러는 내내 아빠는 관리소 사람이 좋은 소식을 가져온 것이기를 바라고 또 바랐다. 관리소 아저씨는 침착하게 커피를 다 마시고는 우리집으로 찾아온 용건을 말했다.

"베가그 씨, 유예기간이 끝난 것은 알고 계시죠? 저희가 뒤세르에 아파트를 하나 구해놓았습니다. 방도 세 개나 있고, 이 아파트보다 훨씬 커요. 빛도 잘 드는 아파트입니다. 게다가 여기서 조금도 멀지 않아요. 15분도 채 안 되는 거리입니다. 어디, 그쪽으로 이사를 가시렵니까?"

아빠는 탁자 위에 두 팔을 올려놓고 있었다. 이 문제에 관해 심각하게 고민하는 듯했다. 하지만 나는 아빠가 관리소 아저씨의 제안을 받아들일 것임을 알고 있었다. 이 마지막 제안을 어떻게 거절할 수 있겠는가? 관리소 아저씨 역시 압력을 불어넣었다.

"제가 드리는 마지막 기회입니다. 이것도 싫다 하시면 짐을 다 빼고 거리에 버릴 수밖에 없어요. 이미 아시지 않습니까. 바로 추방입니다, 추방!"

이 말에 의자에 앉아 있던 아빠가 갑자기 비틀했다. 그러더니 아빠가 물었다.

"구기 디시르에 가기도 있소? 아들 다닐 학교도 있구?"(거기 뒤셰르에 가게도 있소? 아이들 다닐 학교도 있고?)

"물론이죠, 원하시는 것은 다 있습니다."

계속 굳은 얼굴을 하고 관리소 아저씨가 대답했다.

"그 바트 보루 함분 가부지, 뭐."

"언제든지 좋은 시간을 정하세요."

만족스러운 듯 관리소 아저씨가 말했다.

아저씨는 웃으며 자리에서 일어났고, 아빠에게 악수를 청하며 말했다.

"부지드 씨가 지혜로운 분이라 천만다행입니다. 그렇지 않았으면 강제추방이다 뭐다 해서 큰 문제가 생겼을 거예요."

이번에는 아빠가 자리에서 일어났다. 아빠는 겁에 질려 멍한 눈빛을 하고 있었다. 아빠도 관리소 아저씨에게 손을 내밀었고, 교육을 잘 받은 사람처럼 악수를 하며 미소를 지었다.

아빠가 관리소 아저씨에게 말했다.

"고마워요!"

그러자 관리소 아저씨가 대답했다.

"뭘요."

그리고 관리소 아저씨가 말을 이었다.

"그나저나 언제 고향에 가보실 예정이십니까?"

그러자 아빠는 두 손을 하늘을 향해 들고 말했다.

"아이구, 구거눈 알라가 길칭할 문지요. 아마두 내난에 고향에 갈 수 이쑬까, 아니문 다움 달에……." (그것은 알라가 결정할 문제지요. 아마도 내년에 고향에 갈 수 있을까, 아니면 다음 달에…….)

■ 옮긴이의 말
이 땅의 수많은 아주즈를 위하여

프랑스 판자촌의 한 소년이 들려주는 이야기를 들었다.
옥작대는 판자촌에서 일어나는 일들, 경제적인 어려움, 이민 2세로서 갖게 되는 정체성에 관한 고민들, 출신 때문에 이유 없이 받아야 했던 차별들……. 제법 무거울 법도 한 이야기를 소년은 재미있게 풀어나갔다. 즐겁고 유쾌한 일들, 조금은 부끄러웠던 일들, 가족 이야기, 친구들 이야기. 어느 것 하나 놓칠 것이 없었다.
자신의 경험을 조곤조곤 생생하게 묘사하는 소년의 말에 나는 귀를 기울였다. 소년 덕분에 아랍 문화를 더 많이 알게 되었고, 천진난만한 소년의 이야기에 정말 많이도 웃었다. 소년의 말에 가끔은 가슴이 찡하기도 했고, 소년의 자랑 앞에서 잘했다며 어깨를 다독거려주고 싶었다.

철없는 짓도 많이 하고, 어린 마음에 선생님에게 잘 보이고 싶기도 했고, 가난이 부끄럽기도 했다는 소년. 소년은 곱슬머리의 아랍 아이가 아니라, 깨끗하고 공부도 잘하는 프랑스 아이를 꿈꿨다고 했다. 그래서 학교 공부도 열심히 하고 책도 많이 읽어 성적이 좋아지자 우쭐하기도 했단다. 하지만 실망도 해보고, 가슴앓이도 해보았다는 소년 아주즈.

프랑스인이지만 프랑스인이 아닌 소년. 두 문화 사이에서 갈등해야 하는 소년의 입장. 나는 아주즈에게서 외국생활을 하면서 만나게 되는 문화적 차이 때문에 어쩔 수 없이 당해야 했던 억울한 일들로 속상해했던 나를 보았다. 꼭 외국에서만이 아니라, 살아가면서 알게 되는 크고 작은 '차이'의 문제에 속앓이할 모든 이를 생각해보았다. 우리나라에 살고 있는 외국인들과 그들의 자녀들, 혼혈아들의 사회 적응 문제와 고민에 관한 기사까지도 떠올릴 수 있었다. 더이상 먼 나라의 이야기가 아닌 바로 내 주변의 이야기와 고민들이었다. 직접적이든 간접적이든, 나 역시 '차이'를 인정하지 못하고 좁은 생각에 갇히지는 않았던가 하고 반성도 했다.

아주즈는 나에게 '차이'를 이해하고, 그 사이에서 균형을 잡는 지혜를 가르쳐주었다. 불가능하다고, 내 능력 밖의 일이라고 지레 겁을 먹을 것이 아니었다. 목표를 가졌으면 어쨌든 밀고 나가는 용기, 아주즈는 나에게 그 용기를 보여주었다. 자신을 믿고 사람을 믿고 힘이 들면 도움의 손을 청하는 방법을 가르쳐주었다.

나는 세상에 우연히 일어나는 일은 없다고 본다. 같은 맥락으로, 프랑스에서 오래전에 출간되어 줄곧 청소년 권장도서로 사랑받아온 《샤바의 소년》이 이제야 우리나라에 소개되는 것은 바로 지금이 가장 적절한 시기이기 때문일 것이다. 우리나라에서도 해마다 외국으로 이민 가는 가정이 그 얼마나 많은가. 그리고 현재 우리나라에서도 정체성의 혼란과 함께 아웃사이더로 겉돌며 방황하는 한국판 아주즈는 또 얼마나 많은가. 이 소설이 비단 아주즈만의 이야기가 아닌 이유이다.

어리지만 속 깊은 소년 아주즈에게 푹 빠져 있는 동안 그 뜨겁던 여름이 훌쩍 지나가버렸다. 아주즈를 만나게 해주고 그와 행복하고 유쾌한 시간을 보낼 수 있는 기회를 주신 도서출판 〈푸르메〉의 가족들께 감사드린다. 아주즈가 전해준 웃음과 감동을 많은 이들과 함께하고 싶다. 살라마리쿰!

2007년 가을 프랑스에서
옮긴이 강미란